セカンドステージ

五十嵐貴久

幻冬舎文庫

セカンドステージ

目次

プロローグ

キッチンで一心不乱に納豆を掻《か》き交ぜていると、良美《よしみ》が駆け込んできた。

「ママ助けて！　おにいがトイレでDSやってるの！　もうムリ！」

お腹の辺りを押さえてしゃがみこむ。七歳、小学二年生だから可愛いで済むが、もうちょっと大きくなったらそれははしたないことだと教える必要があるだろう。はいはい、とうなずいた杏子《きょうこ》は納豆を掻き交ぜる手を休めずにトイレへ向かった。

どうした？　とまだ寝たりない顔で夫の真人《まさと》が部屋から半分体を出してきたが無視して通り過ぎる。元はといえば真人にも責任がある話だ。

トイレへ新聞でも何でも持ち込む悪癖があり、何度も注意して止めさせたが、見ていなければ今でも平気でやる。息子の尚也《なおや》はそれを見て育ったために、トイレをある種のフリースペースと考えるようになったらしい。

「尚也、五秒だけ待ちます。おとなしく両手を上げて出てきなさい」

廊下から呼びかけた。すぐだから、というくぐもった声がトイレから返ってくる。

「……すぐ終わるって。マジで。仲間がピンチなんだ。見捨てるわけに……」

「仲間より家族よ。妹がオシッコ漏らす前に出てきなさい」

トイレのドアが開いて、ニンテンドー3DSを頭上にキープした尚也が出てきた。切羽詰まった顔の良美が駆け込む。何だあ？　と真人の声がした。

「さっさとリビング行く。座る。DSは置いときなさい。黙って食べる」

トイレから良美が飛び出してくる。いつも走り回っているのはなぜなのか、杏子にはわからない。

「良美、あんたトイレ流してないよ！」

「ママよろしくう」足音が響いた。「おにい、あたしにも貸してえ」

杏子はトイレに入り、レバーをひねった。男たちはちゃんと言い付け通り座って用を足しているのだろうか。便座の周りをチェックした。

朝は戦場だ。夫だけならともかく、小学生の子供が二人いればどうしてもそうなる。

三人分の食事を作ってテーブルに並べ、子供たちのお代わりの要求に応え、つけっぱなしのテレビと新聞を交互に見ることに夢中な夫と短い時間で情報を交換し、時には口げんかを始める二人の子供の仲裁に入ることもある。

平日の朝はいつもそうだった。六時半からの一時間は戦闘モードで、息もつけなくなる。七時半、真人が勤めている保険会社へと向かう。二十分後、尚也と良美が小学校へ行く。二人は同じ学校に通っていて、それは救いだった。八時、ようやく呼吸ができるようになる。もう何年も同じことが繰り返されていた。

桜井《さくらい》杏子は今年三十九歳になる。真人と結婚したのは十一年前で、それまでは食品関係の会社で働いていた。

会社に勤めていた時は忙しかったが、充実していたと振り返って思う。入社二年目で社長の肝煎《きもい》りで始められた新商品開発プロジェクトに参加した。若い女子社員の声を参考にしたいというプロジェクトリーダーの考えでそうなったのだが、抜擢に近かった。

感謝もしていたし、恩返しがしたいという思いで努力を続けた。数年後、プロジェクトが独立した課になった時の達成感は忘れられない。

真人は大学時代のサークルの先輩で、三つ上だ。在学当時はほとんど話をしたこともなかったが、OB会で会った時突然食事に誘われた。あまり深く考えないまま、はい、とうなずいた。卒業するまで、月に一、二度会って食事をする関係になった。食品会社を就職先に選んだこともそうだが、食べることが好きだったのだ。

真人が連れていってくれる店はほとんど外れがなく、一緒にいて普通に楽しかったので、そういう関係が続いた。美味《おい》しいものを食べさせてくれるいい先輩だなあ、ぐらいにしか考えていなかった。

卒業して、自分も社会人になった。会社は新入社員にも配慮があり、入社した年の六月にボーナスではないが一時金が出た。もらった時、初めて自分から真人を誘って食事に行った。今までのお礼をしようと思ったのだ。

その時は何もなかったが、翌日からやたらとメールがくるようになり、週末になると誘われた。おやおや、と思ってるうちに交際を申し込まれた。

実は最初から狙っていたんだと真人が告白し、結局落ち着くところに落ち着いた。自分もそういうつもりがあったということはわかっていた。

その後プロジェクトメンバーに選ばれ、出張が続き、会えなくなって別れようかと迷った時期もあったが、何とか乗り越えて二十八歳の時に結婚した。その後も仕事を続けていたが、翌年妊娠して状況が一変した。

会社は社員の妊娠に理解があり、真人も構わないと言ってくれたのだが、初めての妊娠ということもあり、体調に不安があったことから自分の判断でプロジェクトから外れ、休職することにした。その時点では復帰するつもりもあったし、必ず戻ってきますから席を空けておいてくださいと上司にも念を押したほどだ。

だが出産はもちろん、子育ては予想より遥かに大変だった。初めての子供で、わからないことだらけでもあった。体力に自信はあったが、精神的になかなか前向きになることができず、ずるずると復職を引き伸ばした。

二年経った頃、予定していなかったことだが第二子を妊娠した。一人ならともかく二人ではとても無理だと思い、会社と相談して辞表を出した。それ以来会社勤めはしていない。専業主婦として暮らしている。

二人の子供を育て、夫の世話をし、更に自分も会社で働くというのは無理なのだ。そこまでのエネルギーはないとわかっていた。

未《いま》だに混乱は続いているが、少し落ち着いたと感じたのは二年前、良美が小学校に上がった頃だ。それまでは本当におおげさでも何でもなく、死に物狂いだったと思っている。もう一度やれと言われてもできないだろう。無我夢中の数年間だった。

もともと子供は欲しかった。尚也を妊娠したとわかった時のことは忘れられない。どんなに嬉しかったか、言葉では表現できない。

真人も子供好きだった。今住んでいる吉祥寺の井の頭公園近くにある中古マンションに引っ越したのも、生まれてくる子供のためだ。駅から十五分ほど離れているし、それまで住んでいた目黒のマンションと比べて真人の通勤時間は倍近くになったが、環境のいいところで子供を育てたいと強く主張したのはむしろ真人の方だった。

妊娠してから、雑誌やインターネットで調べ、親などにも話を聞き、子育ての準備をした。ママになりたいと思っていたし、なることが嬉しかった。だが、ママになることの意味はよくわかっていなかったかもしれない。覚悟も自覚もなかった。

出産のことはよく覚えていない。突然陣痛が来たこと、タクシーを呼んで病院へ向かったことは、ドラマみたいだなあと感じたことを記憶しているが、後はただ痛いだけだった。腰を巨大なハンマーで思いきり何度も叩かれたような印象があるだけで、それが永遠に続いた。あまりの痛みに駆けつけた真人の頭を何度か殴ったらしいが、無意識にしたことだから許してほしい。

いろいろあったが、尚也が生まれ、その顔を見た時すべて忘れた。子供って凄い、と思った。それが一番鮮明な尚也との最初の思い出だ。

だからそれは良かったが、出産してからが大変だった。杏子の実家は静岡で、出産に合わせて母親が出てきてくれていた。自分の両親、真人の両親もそうだったが、周囲も気を遣ってくれた。真人も協力的だった。真人の上司や同僚なども配慮して、早めに会社を出ても許してくれたようだ。

出産直後の一カ月は自分でもテンションが上がっていたし、それで何とか回っていた。けれど一カ月が経つとまず母親が静岡に帰り、真人も前と同じペースで仕事をするようになった。残されたのは杏子だけで、赤ん坊は一カ月が過ぎても赤ん坊のままだった。

尚也はよく泣く子だった。ミルクが欲しいといっては泣き、ウンチしたといっては泣く。なぜか天候の変化に敏感な子で、雨が降っても泣いたし風が吹くだけで泣くこともあった。ある週など、正確に一時間おきに泣いたこともあった。時計がいらなくなったな、と真人は言ったが冗談では済まない。家で赤ん坊とずっと一緒にいるのは杏子なのだ。まともに眠ることもできなくなった。

初めての子供ということもあって何もかもが不安で、目を離すことができなかった。少しでも熱があれば病院へ駆け込んだりもした。すべてが未体験で、どう対応していいのかわからなかった。

正直、育児ノイローゼだったのだろうと思っている。尚也のことが心配で、不眠症になった。どちらかと言えば社交的な性格のはずだったが、引きこもって誰とも口を利かない時期もあった。真人に対してもそうで、気づいた時には自分でも危ないと思った。軽度の鬱《うつ》状態だったのかもしれない。

もちろん、尚也のことは可愛いと思っている。愛しているといえば、誰よりも愛している。夫の真人のことなど眼中になくなったほどだ。

それでも、産まなければ良かったと思うこともあった。尚也と二人きりで家の中にいると、得体の知れない不安を感じたりもした。子供とはコミュニケーションが取れない。話しかけても通じない。

こちらの声に反応して笑ったりすると、天にも昇るほど幸せな気持ちになったが、それだって偶然なのかもしれない。思っていたのとは違う反応が返ってくる。孤独を感じ、無性に虚しくなる時があった。

百回同じことを言っても、平然と百一回繰り返す。怒っても反省するわけではない。ひとつ間違えれば何をしてもおかしくなかった。世の中のママたちもみんなこうなのだろうか。

どうにかこうにか尚也は成長し、二歳になった。ようやく少し落ち着いたかと安心していた時、二人目を身ごもったことがわかった。あっと言う間に良美が生まれ、再び赤ん坊との暮らしが始まった。

二人目ですから慣れてますよねなどと周りから言われたが、冗談じゃない。より大変だった。三歳児と赤ん坊を同時に育てるのは人間のできることではないのだ。瞬時にして家は動物園と化した。

前と同じく睡眠不足になり、食生活は乱れ、極端な話、歯を磨く時間もなくなった。常に何かに追われているような感じがして、二人の子供のことしか見えなくなり、自分のことに気を遣わなくなった。良美が三歳になるまで、杏子は自分の服を新しく買った記憶がない。

よくある話だったが、さまざまなことを諦めざるを得なくなった。食べることが好きな杏子は同時にアルコールにも目がなかったが、一切飲まなくなった。二人の子供のためだ。

真人も酒が好きで、交際していた頃や結婚当初はよく二人で飲みに行ったものだが、そういう機会はなくなった。母乳で育てていたためやむを得ないことではあったが、真人は相変わらず仕事関係などの酒席にも顔を出しているし、友人などと飲みに行ったりもしている。家でも夕食の時にはビールを欠かさない。

仕方がないとは思うが、目の前で飲まれるとやるせないものがあった。あたしに対する思いやりはないのだろうかと内心いらいらしたりするが、言うのもどうかと思い口をつぐんでいる。

学生時代、社会人時代の友人とは疎遠になり、外出も家の近所以外ほとんどしなくなった。友人とのやり取りはメールやＬＩＮＥが主となったが、それでも助かっているし、救われているとも思っている。ひと昔前、携帯電話のなかった時代、ママたちはどんなふうに過ごしていたのだろうと思うと信じられない。

もっとも、昔の友人との付き合いはなくなったが、新しい知り合いが増えた。いわゆるママ友だ。病院で知り合ったり、尚也の幼稚園で一緒になったママたちと話すようになり、付き合いを始めた。

杏子はあまり深く考えていなかったが、ママ友というのも実は難しい。十人ほどのグループに属していたが、そこでの人間関係は複雑なものがあり、付き合い方にも一定のルールが存在する。下手なことを言えば仲間外れになる。自分が無視されたりするのはしょうがないと諦めることはできたが、それが子供同士の関係にまで影響する可能性がある。そう思うと、迂闊《うかつ》なことはできなかった。

女が十人いれば、それなりのヒエラルキーが生まれる。なぜかリーダーがいて、その発言に右往左往させられたりしながら、慌ただしく数年が過ぎていった。いつの間にか三十六歳になっていた。

尚也は七歳に、良美も四歳になった。小学校と幼稚園に通うようになり、二人が家にいない時間ができた。何年かぶりに学生時代の友人と会ったり、子供たちを真人に任せて外出することもできるようになった。タイミングだったのか、勤めていた会社の先輩から連絡があったのはその頃だ。

何年ぶりかで会社を訪れた。社屋の外観に大きな変化はなく、懐かしさで胸が一杯になった。出迎えてくれた先輩と、新商品開発課というプレートのかかった部署へ行った。昔の仲間に会えたのは嬉しかったが、二時間ほどで帰った。もしあのまま会社に残っていたら、と帰りの電車の中で思った。

今頃、あたしは何をしていただろう。どんなポジションで仕事をしていたのか。井の頭線のホームに降りた時、ほんの少しだが涙ぐんでいたことを覚えている。あの時、何かしなければと痛切に思った。だから今の自分がいる。

夫と子供たちの洗い物をして、残っていたおかずを立ったまま食べた。朝はいつでもこんなものだ。時計を見ると九時を五分過ぎたところだった。ヤバ、とつぶやいて部屋に向かう。朝の仕事が待っていた。

第一話　ママのお仕事

1

「おはようございます。桜井です」

ノートパソコンを開きながら、スマホをスピーカーホンにして話しかける。はいはい、という枯れた声が返ってきた。

「確認です。中島さんは玲《れい》さんと組んで、三鷹の奥田友子さんというママの家で十二時からです。住所は昨日お伝えした通りですが、わかりますか？」

はいはい、とまた声がした。いつもより少ししゃがれているのは、昨晩飲み過ぎたためなのだろう。玲さんとはさっき話した、と声が続く。

「奥田ママのところは前も行ってる。場所はわかってる。何度も言わんでくれ。年寄り扱い年寄りじゃないですかと言おうとしたが、口を閉じた。プライドを無用に傷つける必要はない。

「何かあります？　あたしも今日は出てしまうんで、昼からは電話に出れないんですが」

「何もない。あれば言ってる。忙しいんだ。切るぞ」

中島への連絡を終え、パソコンでスケジュールを確かめながら続けて三人に電話した。用件は同じで、今日の予約を伝え、時間と場所の確認をする。最後にもう一人、登録している番号を押した。ワンコールで甲高い女の声が聞こえてきた。

「社長、遅い。何なの」

少しハスキーだが、色気を感じさせる声だった。すいません、と詫《わ》びる。

「ちょっと他の人に連絡してて、有佳利《ゆかり》さんが後回しになっちゃいました。今日、よろしくお願いしますね。あたしと一緒なんですけど」

「わかってる。任せなさい。社長も初出勤だね。頑張んなよ」

「時間と場所なんですけど、十二時半に……」

「わかってるわかってる。昨夜《ゆうべ》聞いた。同じこと何度も言わなくていい」

「もう一人、話しましたけど、佐々木くんっていう男の子が一緒です。彼は見習いっていうか……」

「わかってるわかってるわかってる」早口で有佳利が言った。「マッサージ学校の子だろ？　何でもいい。任せなさい。ところで、何歳だっけ、その子。若いんだよね？」

「二十八歳です」

「まあ、素敵」有佳利が叫んだ。「イケメン？　彼女いる？　年上はどこまでOK？」

「ルックスは自分で判断してください。女性関係は知りませんよ。そんなに親しいわけじゃ……」

「四十二下かあ……あたしはいいけど、本人はどう？　世間の声を気にするタイプ？」

とにかくお願いしますと言ってスピーカーホンを切った。新藤有佳利は七十歳だ。佐々木は孫でもおかしくない年齢だが、興味があるのは本当なのだろう。

三年前、杏子は起業していた。朝の電話はそれ以来の日課となっている。立場的には経営者ということになり、雇っているスタッフたちからは社長と呼ばれていた。止めてほしいといつも言っているのだが、誰も言うことを聞こうとはしない。

起業と言っても、会社なのかと言われるとちょっと違う。社屋や事務所があるわけではない。パソコンとスマホだけで営業している。そんな程度の規模だから、自分のような普通の主婦でも起業できた。

業務内容はマッサージ師と家事代行の派遣だ。ママをターゲットにしたママ向けのサービスだと、唯一の宣伝媒体であるホームページには書いている。

昔勤めていた会社に顔を出した一週間後、学生時代の友人と会った。その友人も一児のママだった。杏子とほぼ同じ時期に働いていた清涼飲料水の販売会社を退職し、今は専業主婦として暮らしている。

メールや電話で連絡は取っていたが、会うのは久しぶりだった。銀座のカフェでお茶を飲んだ。いくら話しても足りなかったが、一番盛り上がったのはママがいかに大変かという話だった。

「本当にねえ、一時間でいいから寝させてよって、マジでそう思った」友人が紅茶を飲みながら言った。「どうして赤ん坊ってああなの？　油断も隙もありゃしない。オッパイオッパイって騒いで、済んだと思ったらウンチよ？　ようやく寝たって思って、こっちもうとうとしていたら、突然ギャーって泣き出して。どうなってるのかね」

「だよねえ。どういう仕組なんだろう」杏子も首を傾げた。「何かスイッチでもあるんじゃないかって。自分で勝手に押してるのかなって思うよね。眠らせてくんないのはホント困った。殺す気かよって」

「誰かが預かってくれればいいいんだけど、そんな人いないいし。何するかわかんないっていうのはねえ……うちの子はさあ、抱き癖っていうか、甘えん坊でいつでもどこでも抱っこ抱っこって。あれも参ったよね。もう肩凝っちゃってさあ。赤ん坊って重いじゃない？　あんなのずっと抱えてたら、腕パンパンになるって。太くなってみっともないし、肩も腕も腰も、いっつも何か重くってさあ」

「そうそう。マッサージとかしてほしかったよね」杏子はうなずいた。「ダンナに頼んだりもしたけど、わかってくれなくて。ちょこちょこって揉んだだけで、もういいだろって」

「うち、金渡された。駅前のクイックマッサージ行ってこいって。そういう問題じゃないっつーの！　いつ行けって？　赤ん坊はどうすんのよ。連れていけって？　そんなの無理じゃん。何でそういうことがわからないのかねえ」

「ホント、男ってバカだよね。何にもわかってない。都合のいい時だけパパですよーって子供と遊んで、飽きるとどっかへ行っちゃう。自分も父親の自覚持てって。こっちのことも考えなさいっつーの。おれは働いて給料もらって、お前たちを養ってるとかわけのわかんないこと言って、結局逃げてるのよ。だいたい……」

　気がつくと、夫への不満を愚痴りあっていたが、別れてから少し落ち着いて考えてみると、ママがいかに大変で疲れているかというのは本当だった。メンタルも重要な問題だが、肉体の疲労はどんなママでも直面することで、ある意味でより切実だ。

今の日本社会では、ママと赤ん坊が二人きりで過ごす時間が圧倒的に長くなる。ならざるを得ない。昔は実の親か夫の親かどちらかと同居していたのだろうが、現代においては親から離れて夫婦だけで暮らす方が圧倒的に多い。

隣近所とのつきあいはほとんどない。ちょっとだけ預かってくれないかと頼める、信頼できる人間はいない。夫は仕事がある。必然的に子供と向き合うのはママの仕事になる。

子供のことは愛してる。世界で一番可愛い存在だ。一緒にいることを幸せに思っている。でも、疲れるのも本当だ。

一時間でいいから爆睡したかった。赤ん坊を抱えて家事をしていると、腕や腰、体全身が悲鳴を上げた。ちょっとでいいからマッサージしてほしかった。家事だって何日かに一度、週に一度でいいから誰かに替わってもらいたかった。

赤ん坊の世話や家事が嫌だと言っているのではない。さぼるつもりもない。毎日、やるべきことはすべてやっている。自分のことは二の次にして、大袈裟に言えば赤ん坊と夫のためにすべてを捧げていた。毎日だ。毎日毎日だ。

ほんの少し、一時間とか二時間だけ、何もかも忘れて休みたいと思うのはいけないことだろうか。そんなはずはない。ママはロボットじゃない。人間なのだ。

それがきっかけで、ママ向けのサービスを思いついた。あんなに苛酷なことを毎日やっているママはもっと報われていい。少なくともささやかな安らぎは必要だ。何の救いもなければやってられない。

家事代行を請け負っている会社があることは何かで知っていたが、ママ向けに特化した形にしてみたらどうかと思った。掃除、洗濯、炊事、皿洗い、その他を一括で代行する。赤ん坊の面倒も見る。その間、一、二時間はママが休めるようにする。眠ってもいいし、外出させてあげてもいい。

アイデアというのは面白いもので、同時にマッサージについても考えが浮かんだ。出張マッサージのサービスをしてはどうか。ママには肉体的な癒しが必要だ。

思いついたのには理由があった。良美が一歳の時、尚也と同時に熱を出した。間が悪いことに、自分も体調を崩していた。子供を病院に連れていき、薬をもらって寝かしつけたが、二人とも大泣きするばかりで収拾がつかなくなった。無理をしたせいか、自分の調子も悪くなっていた。

病院へ行かなければと思ったが、子供を置いていくわけにもいかない。緊急事態だと感じ、真人にも電話をしたが出なかった。実家は静岡で、簡単に呼べる距離ではない。

どうしたらいいかと激しくなる頭痛を堪《こら》えていたら、たまたまマンションの管理人をしているお婆さんが駐車場の書類にサインをしてほしいとやってきた。這うようにして玄関までたどりつき、みっともない格好ですいませんと事情を話すと、あなた、病院へ行きなさい、とお婆さんが言った。

子供のことは見ててあげよう。あなたはまず自分のことを何とかしなさい。相当悪そうなのは見ればわかる。このままじゃあなたが本当に倒れてしまいますよ。

管理人といっても、ほとんど話したことさえなかったが、好意に甘えることにした。普段ならそんなことはしないが、その時は藁《わら》にもすがる思いだった。

病院で診察をしてもらい、注射を一本打ってもらったら、少し気分がよくなった。子供たちと離れて一人で動くのは久しぶりで、解放感があった。近くのカフェで三十分だけお茶を飲み、帰る道沿いにあった店で一時間マッサージをしてもらった。終わった時、思わず涙がこぼれた。

お婆さんの好意や、一人で二時間ほど過ごせたことに感謝の念があった。感情を揺さぶられる思いがして、自然に泣けてきた。抱えていたストレスがすっと消えていくのがわかった。

その時のことが忘れられなかった。ママにもああいう時間は必要なのだ。

自分もママだからわかるが、何もかもしてほしいということではない。毎日でもない。時々でいいから、家事をやってもらったり、マッサージを受けられればそれで十分だ。贅沢を言っているわけではない。

最初のとっかかりはそんなことだった。その後も、子供の面倒を見ながらいろいろ想像した。妄想に近かったが、そのせいか考えるのは楽しかった。

時間は二時間制にしよう。二人組で家を訪問すればいい。赤ん坊を連れてマッサージ屋に行くことはできないが、家に来てくれるのなら問題はない。一人はマッサージをして、一人は赤ん坊の世話をしながら家事を代行する。ママたちはそんなにお金に余裕がない。料金は安くしよう。

二人で行って、二時間で五千円ではどうか。それぐらいならママたちも払えるだろう。マッサージ師や家事代行者に入る金が少ないのはわかっているが、それが上限ではないか。

そんな仕事を受けてくれる人などいないと思ったが、お年寄りにやってもらったらどうかと思いついた。捜せば、マッサージ師の資格を持っている人もいるのではないか。彼らはそれほどお金を必要としていない。自分の両親を見ていればわかる。お金より、仕事がしたいと思っている。社会とコミットしたいし、十分にできる能力があるのは本当だ。

そんな人たちに働いてもらおう。疲れたママのための仕事とわかれば、理解してくれる者もいるのではないか。子供を好きなお年寄りはむしろ多いだろう。家事だって慣れた仕事のはずだ。

彼らをママの家に派遣すると決めると、店舗を構える必要がないことがわかった。スタッフは家でもどこでもいればいい。依頼があったら、その家に直接行ってもらうのだ。

ユニフォームもいらない。家事でもマッサージでも、その家にあるものを使ってもらう。どうしてもいるものがあれば、それは別途考えよう。携帯電話があれば、十分に成立する。

細かいところまで詰めてみたが、驚くべきことに初期費用がほとんどかからないことがわかった。考えていた時、これはある種の起業ということになるのではないかと思い、資金のない自分には無理だと思っていたが、このアイデアならもしかしたらほとんどお金はいらないのではないだろうか。それがわかって、具体的にチャレンジしてみる気になった。

とりあえず市役所へ行き、何もわからないまま相談を持ちかけてみると、担当の中年男性が、そりゃ面白いですなと言ってくれた。その男の人は親切で、老人たちが集まる会やサークルに知っているところがあるので紹介すると言い、後に実際そうしてくれた。

市内の老人会などを訪ね、マッサージ師の資格を持っている者、興味のある者を捜した。武蔵野市内には老人が約四万人いる。彼らにはネットワークがあり、全員に会う必要はなく、情報は行き渡った。

詳しい話を聞きたいという人たちから連絡があり、自分がしたいと思っている仕事の内容を説明した。数カ月で百人ほどと話しただろうか。想像していた以上に、協力を申し出る者は多かった。

暇だからさ、と今もスタッフとして働いている中島さんは会うなり言った。若い時、勤めていた会社の業務の関係で、マッサージ師の資格を取っていたと言い、何でもいいから働かせてくれと頼んできた。ジジイたちと毎日将棋を打って暮らすのは飽きたんだ、と自分も年寄りのくせに言う。

家事代行の仕事をしたいという者は更に多かった。主にお婆さんだが、赤ちゃんの世話をしながら家事をする仕事ですと説明すると、いいじゃないのと同意してくれた。彼女たちには実際に孫がいたりするのだが、その子たちはある程度の年齢に達しており、お婆ちゃんの相手はしてくれなくなっているようだった。

ゆっくりだが、話は進んでいった。結局半年かけて、三人のマッサージ師と五人の家事代行スタッフを揃えた。そうなるとむしろ彼らの方が、早く始めようと言うようになった。皆気が短かったが、歳を取るとそうなるらしい。

社会人時代の同期社員に連絡を取ってデザイナーを紹介してもらい、ホームページを作ってもらった。ムサシノマッサージ&家事代行サービスという色気のない名前をつけたのは、どういう事業内容の会社なのかをはっきりわからせたかったからだ。

ホームページ上でサービスと料金の説明をし、三カ月後から営業をスタートさせると告知した。同時にチラシを作り、自分の住む吉祥寺駅を中心とした中央線と井の頭線沿線の住人の家に配った。もちろん自分もやったが、ほとんどは話を聞いた老人たちがボランティアで手伝ってくれた。そんなふうにして客を募った。

予定通り四月に業務を開始した。完全予約制を謳《うた》っていて、それも基本的にはネットだけで受け付ける。チラシの効果があったのか、初日から客はぽつぽつとついた。

その後もちょこちょこと依頼があり、暇でもなく忙しくもない状態が続いたが、半年ほど経った頃から料金が安いこととサービスの質がいいことが口コミで評判になり、リピーターが増えたこともあって気がつくとかなり忙しい状況になっていた。

正直、ちっとも儲からない。料金を安く設定しているためだ。金が出て行くことはないが、微々たる収入しかなく、そこは当てが外れたが、まあいいだろうと思っている。マイナスにならなければそれで良かった。忙しいのは嫌いではない。そんな感じで三年が経過している。

ひと通りスタッフに連絡を済ませて立ち上がった。そうやって会社を起業し、曲がりなりにも経営者ということになっているが、その実態は三十九歳になる二人の子供の母であり、妻だった。メインは自分の家をどう切り盛りしていくかなのだ。

あたしも誰かに家事代行をしてほしいと思いながら、掃除機を手にする。洗濯の方が先だろうか。今日の天気ってどうなんだっけ。いくつかのことを同時に考えながら掃除機をかけ始めた。

2

十二時少し前、家を出た。動きやすいようにジーンズと薄手のブラウスを着て、老人たちのアドバイスを受け長袖のカーディガンも持った。エアコンを尋常じゃなく利かせている家もあるからで、寒さ対策だ。

吉祥寺駅まで十五分ほどの道を速足で歩く。ちょっと緊張していた。自分もマッサージの仕事をするのは、今日が初めてだった。

営業を始めてから、思っていたより問題は起きなかった。サービスの相手をママに限定したので、非常識な客がいなかったからだ。たまに面倒な要望や無茶なリクエストもあったりしたが、老人たちでも対応できた。

唯一、困ったのはマッサージ師の不足だった。治療目的でないマッサージに資格はいらないことは調べてわかっていたが、それでも多少の経験は必要だろう。そういう老人は多くなかった。何とか捜して三人確保したのだが、重労働にもかかわらずスズメの涙ほどの報酬しかもらえないとわかり、短期間で辞めたりするなど定着しない時期があった。

他に当てもないので杏子は自分もマッサージ師として働くことに決めた。一年前から専門学校に通い、研修を受けた。卒業したのは先週のことだ。

今日、初めて客にマッサージする。今までもスタッフを相手に試させてもらったりしていたが、金をもらって他人の体を揉むのは初めてだ。頑張らないと、と思った。

中央線で三鷹まで行き駅南口の改札を抜けると、背筋のまっすぐな老女が日傘をさして立っていた。七十歳だが、十歳以上若く見える。

「こんにちは、有佳利さん。待ちました？　まだ時間は……」

「年寄りは気が短いんだよ」新藤有佳利が唇を曲げた。「それぐらいはわかってるだろうに。社長だからって甘やかさないよ。ちゃんとなさい」

言葉数が多いのは癖だ。お喋りで、おせっかいで、うるさいが頼りになる。年齢が一番上ということもあり、スタッフのリーダー的存在だった。

「じゃあ行こうか」

有佳利が歩きだそうとする。待ってください、と押しとどめた。

「言ったじゃないですか。もう一人来るって」

「ああ、若い男」有佳利がくるりと半回転した。「そうだったね、忘れてた。どんな奴なの？　何て名前？　どこでたらしこんだ？」

「たらしこんでなんかいません。マッサージ学校で知り合ったんです」

一年、専門学校に通った。生徒は若者が多く、杏子ぐらいの年齢は珍しい。友達が欲しくて行ったわけではないから、好奇の目で見られても気にはならなかったが、数カ月前から同じクラスの男性生徒と話すようになった。

佐々木崇《たかし》というその男は二十八歳で、他の生徒と比較すると杏子とは年齢が近い。佐々木も二十歳そこそこの他の生徒とはなじめなかったのだろう。

佐々木は一流企業で働いていたが、もっとわかりやすく客の反応がわかる仕事をしたいと考え、会社を辞めたという。他にも事情はあるようだが、マッサージ師になって少しでも人を楽にさせたいというのは本当らしかった。杏子も自分のことを話した。会社を作ったがマッサージ師が不足しているというようなことも言った。

聞いていた佐々木は、自分を雇ってほしいとその場で申し出た。十分なお金を払えないからと一度は断ったが、金のためじゃないんです、と言った。

学校を卒業する段階になっても、実際にマッサージをする機会はめったになかった。ただ講師の施術を見ているだけで、それが勉強だと言われればそうなのだが、自分の手でマッサージをしたいと杏子もよく思ったものだ。ぼくもそうです、と佐々木が言った。

いずれ独立して自分の店を持つことを考えている佐々木は経験を必要としていた。金ではなく、マッサージがしたいんです、と訴えてきた。じゃあお願いしてみようかなと言うと、佐々木も了解した。今日、佐々木も初出勤だ。

有佳利と少し話していたら、改札から背の高い男が駆け込んできた。体質なのか、汗びっしょりだった。

「すいません、反対側の改札にいました！」

深々と頭を下げる。大学時代は体育会ラグビー部だったという。

「言ったじゃない、南口だって」杏子は口を尖らせた。「五分遅刻よ。そんなんじゃ……」

「いいじゃないの、五分ぐらい」有佳利が色っぽい声で言った。「初めてなんだし、そんな怒らなくたって……かわいそうよ。佐々木くん、ごめんね。この人、そういうところあるのよ」

杏子は有佳利を睨んだ。さっきあたしには文句言ってませんでしたか？

だが有佳利はそんなことなど忘れているようだった。上機嫌になっている。佐々木は背も高いし、ルックスもいい。若けりゃ何でもいいと有佳利が公言していることは知っていた。予想以上にいい男がやってきたことに、気を良くしているようだった。

有佳利は杏子の会社に最初からいる。話す機会も多く、老人たちに要望などを伝える際、有佳利から言ってもらうことも多かった。そういう時、有佳利の恋愛問題に話が及ぶこともあった。若い頃はもてていたという。もっと言うと、四十代五十代でも、声をかけてくる男は絶えなかったし、更に言えば今でもそうらしい。

　自慢ではなく事実なのだろうと杏子は思っている。有佳利は外見も若々しく、元気で明るい。しかもかなりの美人で、七十になる今でも色気を十分に残している。六十五歳の中島友《とも》信《のぶ》が好意を寄せていることも聞いていた。ただ、有佳利自身は年寄りがあまり好きではないらしく、一番最近交際していた男というのも四十代の会社役員だった。

　どうやら佐々木のことは一目で気に入ったらしい。老人の特権ということなのか、佐々木の腕に自分の腕を絡めて歩きだす。五分ほど歩くと、目的地に着いた。ダイヤモンドマンションン2号棟の406号室、金井《かない》由香《ゆか》というママが依頼してきた客だった。

　ドアの前に立つと、中から子供の泣き声が聞こえた。元気で結構、と有佳利がつぶやく。一歳の女の子だそうです、と言いながら杏子はチャイムを押した。

　三十歳ぐらいの女が顔を覗かせた。金井ですけど、と言う。低い声だった。

「こんにちは、ムサシノマッサージ&家事代行サービスの……」

　強い香りが漂っている。アロマだろうか。もしかしたら香水？　悪い匂いではないのだが、かなりきつい。ママにしては珍しいのではないか。

　どうぞ、と由香が言った。あまり愛想がいいとは言えない。狭い玄関から中に入ると、短い廊下があった。奥へ行った由香が子供を抱いて出てくる。顔を真っ赤にして泣いていた。

「初めまして、ええと」何て名前？　と有佳利が聞いた。「はいはい、泣かない泣かない」

「沙弥加《さやか》です」

由香が答える。いいかしら、と言いながら有佳利が子供を抱えた。

「預かりますよ。大丈夫、心配しないで。落っことしたりしませんよ」

「彼女は新藤さん。うちで一番ベテランのスタッフです」杏子が説明した。「わたしは桜井といいます。こちらは今日から入った佐々木くん。研修中で、今日は見学を……」

「わかってます」

由香がうなずく。佐々木のことは事前に了解を取っていた。

「マッサージはどこで？」

「寝室でいいですよね？」由香が襖《ふすま》を開いた。「ベッドなんだけど、沈み込んだりします？　布団の方がいい？」

「いえ、ベッドでよろしいかと……」

お座りください、と杏子は寝室に入った。きれいに片付いている。ただ、畳んだ段ボールの箱がいくつも重ねて置かれているのが目についた。資源ゴミの日はまだらしい。

「少しお話を聞かせていただけますか」

メモを開いた。隣に立った佐々木が杏子と由香を交互に見ている。

話を聞くのはマッサージ師全員がやっていることだ。効率を良くするために始めたことで、疲れているのはどこか、重点的にマッサージをしてほしい箇所などを聞く。

「肩の辺りが全体的に……」由香が話し出した。「あと、腰もかな。重いっていうか……」

「強め、ソフトタッチ、その他お好みは？」

「そこそこ強くても……どうなんですか、桜井……さん？　上手《うま》いんですか？」

「まあ……マッサージは相性もありますから」

「ですよね」由香が大きくうなずく。「リラクゼーション？　そういうの好きで、クイックマッサージ、スポーツマッサージ、カイロ、整体、ヨガ、ホットスパ、エステなんかもよく行ってて。勤めてた頃の話だけど」

「お勤めされてたんですか？」

「三友商事」

由香がさらりと言った。三友、と杏子は思わずつぶやいた。日本最大級の商事会社だ。

「凄いですね……お仕事、大変でしたか？」

「忙しかったなあって……仕事は好きだったし向いてたと思うけど、何か毎日お祭りみたいで。でも楽しかったってことになるのかも。友達もたくさんできて……仕事が終わると、みんなで朝までカラオケ歌ったり。そのまま会社に行ったりも。若かったなあって」

「今でもお若いじゃないですか」

「もう駄目。疲れちゃって疲れちゃって……あの頃、そんなふうに毎日忙しかったから、同期の女子とよくマッサージ行ったんですよ。今考えると、結構お金かけてました。会社、銀座だから……あの辺何でも高いし」

「そうでしょうね」

「だけど、意味がなかったわけじゃなくて」由香がつまらなそうに言った。「結局マッサージってお金なんだなって。やっぱり高いところはそれなりによくて……そちらのムサシノ何とかサービスさんは、二時間五千円なんですよね？　家事代行も含めて」

「はい……」

「安いと、安いなりですよね……それなりなんでしょ？　しょうがないけど」

「頑張ります」

「適当に、いい感じでお願いします。正直、そんなに期待してませんから」

「そんなことおっしゃらずに……では、楽な格好に着替えていただけますか？」一回出ましょう、と佐々木に言った。「用意ができましたら、声をかけてください。それまでお待ちしてます」

杏子は立ち上がった。早く会社に戻りたい、とベッドの上に置いてあったパジャマを由香が取り上げる。

「とりあえず出産と子育てで休んでるけど、一段落ついたら仕事に戻ることになってるんです。会社は早く戻ってこいって言ってるし、あたしもそのつもりなんだけど、まだしばらくはね……」

うなずいて部屋を出た。佐々木が、あんまり期待されてないみたいですねとつぶやいた。

3

マッサージを始めると、最初の五分ほどは何か違うと言いたげに体をもぞもぞ動かしていたが、結局由香はすぐ眠ってしまった。いろいろ言ってたけれど疲れているのだとわかり、杏子はソフトタッチで施術を続けた。

他人の家でマッサージをするのは初めてで、緊張していた。二時間があっと言う間に経った。こっち終わったよ、と有佳利が襖を叩き、それを合図にマッサージを終えた。

終了です、とそっと肩を叩くと、由香がベッドの上に起き上がった。虚脱したような表情になっている。マッサージ後にはよくこんな顔になるものだ。

のろのろとベッドから降りた由香がポーチから財布を取り出して、五千円札を渡してくれた。有佳利が抱いていた赤ん坊を返す。ありがとうございました、と杏子は頭を下げた。

「またのご予約お待ちしています。二十四時間ネットで受け付けておりますので、いつでもどうぞ。では失礼します」

三人で寝室を出た。由香は出てこなかったが、そういう客は多いと聞いていたので、そのままマンションを後にした。

「有佳利さんはこのまま吉祥寺へ戻ってください。次、岩尾さんですよ」

「ビッグママだね」

岩尾というそのママは三十二歳で五人の子供を産んでいた。テレビに出したいようなママだ。会社を起業した時からの常連で、週に一度は予約が入る。

「わかってますって。行きますよ。社長は？」

「あたしは今日はここまでです。家に帰りますよ。自分の家事が残ってますから」

佐々木は学校に顔を出しますと言って新宿へ向かった。三鷹から吉祥寺まで有佳利と一緒に電車に乗ったが、疲労が全身に来ていた。後はよろしくお願いします、と言って駅で別れた。

帰り道のスーパーで買い物をした。子供たちの夕食を作らなければならない。ママの仕事は終わらないのだ。

家に帰り着くと、腕が鉛のようになっていた。専門学校の先生によると、慣れて体の使い方がわかれば無駄に疲れるようなことはなくなるという話だったが、いつのことやら。

買ってきた食品を冷蔵庫に入れてから部屋に行った。パソコンを開いて、朝から今までに入ってきていた予約の状況を確認する。スタッフの誰をどの家に派遣するかは杏子が決めなければならない。客が一カ所に固まっていればいいのだが、中央線と井の頭線沿線が営業エリアなので、遠いと下北沢や小金井、荻窪辺りからも依頼がある。シフト割りは結構面倒だ。

割り振りを決めるのに一時間ほどかかった。ちょっと休憩しようとリビングで紅茶をいれていたら、良美が学校から帰ってきた。やれやれと思いながら出迎える。

いつもそうだが良美は興奮状態で、今日学校で起きた出来事を一気に喋り始めた。順番がよくわかっていない子で、朝の話と昼の話と放課後の話がごっちゃになっている。理解するには忍耐力が必要だった。

真人からもメールが入っていた。夜は外で食べるという。この一年ほど、真人は帰りが遅くなっていた。新規キャンペーンが始まるので、その準備だと聞いている。

帰ってこなくてもいいのだが、時々何の連絡もないまま七時頃帰宅することがあり、そういう時に食事を用意していないと不機嫌になる。自衛上、早く帰る時は連絡をするように言い渡し、真人も従っていた。

遅いというのならそれもよし、と杏子は玉ねぎを刻みながらつぶやいた。子供たちと自分の分を作るだけのことだ。ハンバーグの形を整え、サラダを作り、みそ汁の味を見ていたところに尚也が帰ってきた。ＤＳから目を離さないまま、ただいま、と言った。危ないから止めなさい、と命じる。

「ゲームをやっちゃいけないとは言ってないでしょ。歩きながらは止めなさい。転んだらどうするの？　あんたも怪我するかもしれないし、大事なＤＳが壊れるかも。それでもいい？」

うん、とうなずいた尚也がそのまま部屋に入っていった。大人になったということなのか、最近尚也が前ほど会話してくれなくなっていることに気づいている。一年前までは、学校から帰ってきたらしがみついて離れなかったものだが。

夕食の準備を終えたところで、待っていたかのようにスマホが鳴った。有佳利だった。

「社長？　あたしだけど。今、ビッグママの家を出たところ」

「そうですか」

「ちょっと話したいんだけど、出てこれない？」

「……今からですか？」

「十分後、吉祥寺のいつもの店でどう？　みんなもいるよ」

「はあ……そうですねえ」時計を見ると、五時を少し回ったところだった。「じゃあ、三十分ぐらいだったら……」

待ってる、と言って有佳利は電話を切った。どうして老人はいつも突然なのだろうと思いながらガスを消した。

「ママ、買い物を忘れちゃった。駅まで行って、すぐ戻ってくるから」

子供部屋から二人が顔だけを出して見ている。待っててね、と言うと顔が引っ込んだ。スマホを握って外に出た。鍵をしっかりかけ、マンションのエレベーターへと歩きだす。社長は辛いよ、と思った。


吉祥寺駅南口徒歩一分、丸井のすぐ近くにそのオープンカフェはあった。外から見ると、七人の老人が我が物顔で座っていた。

吉祥寺は住みたい町ナンバーワンと呼ばれ、特徴として若者が多い。ロングタイムというその店にも大学生を中心に若い客が大勢いたが、老人たちは一切気にすることなく、店で最も人気のあるテラス席を独占している。

「お疲れさまです」

やあ、とか、おお、と返事があった。ここ空いてるから、とはげ上がった頭をハットで隠している老人が自分の隣を指す。すいません、と言って座った。諸見里浅雄《もろみざとあさお》といって、六十四歳の元看護師だった。

「社長はいつ見ても惚れ惚れするね。二十九だっけ？　美人だよねえ。何飲む？」

「うるさいよ」向かいに座っていた有佳利が苦々しい表情を浮かべた。「見え透いたお世辞は止めなさい。社長はあんたの好きな馬鹿女とは違う。おだてて喜ぶ歳じゃない」

諸見里はいつも陽気で、老人たちの中で最も若々しい。暇さえあればサンロードの入り口に立って、若い女をナンパしている。吉祥寺のジローラモと自称しているラテン系の老人だ。

「まあいいじゃない。誉められて嫌な気のする女はいないよ。挨拶だもん、これぐらい普通だろ？」

「あなたは普通じゃありませんよ」左側に座っていた岡村祥子《しょうこ》という六十八歳になる老女が頭を左右に振った。「いい歳して、若い女のことを追いかけ回すなんてどうかと思うわ」

祥子ちゃんはそう言うが、と諸見里が冷ややかに笑った。

「あんただってジャニーズ好きじゃないか。嵐はともかく、キスマイはあんたの孫の歳だ。いかがなもんかね」

「そうですよ。孫よ。カワイイじゃないの、あの子たち。あなたみたいないやらしい目で見てるわけじゃありません」

近づいてきた店員に、ジンジャーエールを、と杏子は注文した。祥子はソフトドリンクだが、他の者はビールやワインなどを飲んでいる。七人は杏子の会社のスタッフだ。全員に共通しているのは、年齢から考えるとかなり若々しいファッションに身を包んでいることだ。夕方から酒を飲み、店の名物のピザを何枚も食べていることからもわかるように、食欲も旺盛で、ひと言で言うと元気だった。それぞれ年相応に体に不調はあるが、それほど気にしている様子はない。大声で喋る姿は居酒屋で飲む大学生と変わらなかった。

選んだわけではないが、そういう老人たちが集まっている。一番年上の有佳利以外は六十代で、今の生活とこれからの人生を楽しもうとしている。

いいことだと杏子は思っていた。楽しく老後を過ごそうと考えるのは、決して悪いことではない。それは第二の青春で、銀春と呼ぶべきものだ。

友人と遊んだり、お喋りをしたり、趣味を楽しんだり、目標を持ってそれに向かって生きていったり、もしかしたら恋をしたりするのもありだろう。第二の青春というのは大袈裟な話ではない。彼らは全員定年などで会社勤めを辞めている。子供は既に手を離れており、家のローンなどの借金も終わっている。

縛られるものは何もない。何をするのも自分の意志だし、反対されることも怒られたりすることもない。時間は持て余すほどあり、ライフスタイルが学生に似るのは当然でもあった。

「どうかね、社長。今日、マッサージしたらしいじゃないの」派手なオレンジ色のポロシャツを着た中島友信が言った。「初めてだよな？　感想は？」

「いいじゃないの、そんなこと」

隣の老女がたしなめるように言った。鷹野《たかの》玲、六十三歳。二年前まで高校の英語教師だった。

「でも疲れたんじゃない？　人様の体に触れるっていうのは、気疲れするでしょう？」

川奈《かわな》麻美子《まみこ》が微笑した。六十七歳の専業主婦で、スタッフの中では最も物静かだ。

「まあ、そのうち慣れるさ。おれも最初はちょっと辛かった。マッサージしてから自分で金出してマッサージ屋に行ったりしたもんだ。だけどすぐ要領がわかる。そうしたら大丈夫さ」

ギンガムチェックのシャツを着た矢島《やじま》裕次《ゆうじ》がうなずく。年齢は六十一歳で、一番若い。ジンジャーエールが運ばれてきた。お疲れさま、とグラスを合わせる。

「有佳利さん、話って何ですか？　来て早々何ですけど、子供にご飯食べさせなくちゃならないんで……」

「わかってるわかってる。たいしたことじゃない。ちょっと気になっただけ」

有佳利がスペアリブを食べながら言った。七十歳でも歯は全部自前だ、というのが自慢だった。

「気になった？」

「今日行った家。金井由香っていったっけ？　あのママのこと」

「何かありました？　あたしも行きましたけど、そんなに変わったことは……」

「変わってはいない。家の中はちゃんとしてたし、ちょっと生意気だけどあんな客はざらにいる。だけど気になった」

有佳利がスペアリブを置いて、煙草に火をつけた。飲酒、喫煙、油っこい料理を好むなど、健康に悪いことばかり好んでするが、体に悪いところはないと言う。よく通る声は張りがあり、老人会などでカラオケ大会があればいつも優勝候補だ。高級カラオケ店パセラの常連で、店からVIP扱いされていることは杏子も知っていた。

「部屋がさ、すごいきれいなんだよね」深々と煙を吐いた。「あんたは寝室にしかいなかったけど、あたしは他の部屋にも入った。トイレや風呂場もだ。まあきれいだったね。ほこりひとつ落ちていない。ベランダまで掃除してあった。赤ん坊もだよ。清潔な服を着て、汚れなんか一切なかった。段ボールとかもちゃんとまとめてあってさ。あたしたちはママの代わりに家事をするのが仕事で、そのために行っている。だけど、やることはなかった」

「楽できてよかったじゃない」諸見里が茶々を入れた。「働かないで金もらえるんだったら、そんないいことないでしょうに」

「そうだけど、どうなんだろうって思った」有佳利が首を捻る。「三年この仕事をしてるけど、あんなママは見たことがない」

「そう言えば……確かに片付いていましたね」杏子はうなずいた。「あの人がパジャマに着替えた時、折り目がついてるんだって感心して……新品なのか、自分でアイロンかけたのか……ベッドもシーツとか折り込まれていて、ホテルみたいでした」

「そりゃご立派だ」隣のテーブルでビールを飲んでいた中島が甲高い声を上げた。「ママはみんな疲れてる。だからおれたちを雇う。服やベッドはよれよれさ。もちろん、家だって荒れ放題だよ。そりゃ仕方ない。赤ん坊がいたら誰だってそうなる」

「真面目そうだったのは確かだ」有佳利がスペアリブに齧《かじ》り付く。「でも、あそこまで完璧にきれいにしてるママは見たことがない。悪いことじゃない。だけどきれい過ぎるってのはどうかね。何かね、人間の住《す》み処《か》じゃないような……人工的で、ちょっと妙な感じもしたよ」

言われてみれば、杏子にも同じような思いがあった。清潔で、機能的で、だけどどこか寒寒しい。

「でも、それは人それぞれなんじゃないですか？　きれい過ぎるからって文句を言うのは……だいたい、それがどうしたって言うんです？　どうしろと？　あなたの家はきれい過ぎるって、文句をつけろって？」

「それは社長の言う通りだけどさ……気になるんだよ。あんたは？　ならない？」

なりません、と杏子は答えた。そんなつまらないことで呼ばれたのか。帰ります、と立ち上がった。

「夕食の支度しないと……お金、置いておきますね。皆さん、明日も仕事はあるんです。お酒もいいですけど、ほどほどにね。夜、連絡します。それじゃ、お先に」

うなずく老人たちに頭を下げて店を出た。あなたたちが羨《うらや》ましい、と思った。

あたしは現役のママで、子供を見なければならない。早く生活を楽しめるようになりたい。

つぶやきながら速足で家に向かった。


子供たちに夕食を食べさせ、皿洗いをし、テレビでアニメを見ている良美が何か言っているのを適当に相手していたら、あっと言う間に九時になっていた。尚也は食事の後すぐに部屋へ入って、出てこなかった。ゲームでもしているようだ。風呂に入るように言うと、良美が自分で着替えを取りに行った。

「尚也、あんたもお風呂入りなさい」子供部屋のドアを叩いて命じた。「ちゃんと体洗うのよ。歯磨きは六分。いいわね？」

　返事はなかったが、放っておいて部屋に戻った。パソコンを開き、会社のホームページで予約状況をチェックする。スタッフのシフト割りをしなければならない。

　ひとつひとつの予約に対し、確認も含めて連絡する。何時に、どこへ行くかを伝える。スマホを片手に一時間作業を続けた。すべてが終わったところで、玄関の鍵が音をたてた。真人が帰ってきたのだ。

　杏子は真人に、自分の会社について準備段階の時に話したことがある。全部聞く前に、馬鹿らしいと笑われた。できるわけないじゃないかと言う。その時点ではどうなるかわからなかったから、それ以上話すのを止めた。起業してからも何も言っていない。

　パソコンとスマホがあればできる仕事なので、三年間ばれずにきた。どうせ理解してもらえないだろうと思っている。玄関まで迎えに出た。

「お帰りなさい」

「うん」真人が生返事をした。「電話、したんだ」

「そう？」

「何か買ってくものがあったらと思って……あいつらは？」

「尚也は部屋、良美はお風呂」

「……お茶くれよ」

リビングで真人がジャケットを脱ぎ、ネクタイを外した。その仕草に年齢を感じてしまう。ひとつひとつの動きがどこかゆっくりしていた。

「ずっと話し中でさ……何をしていたか知らないけど、メールもしたんだぞ」

「ごめん、友達とちょっと話してた。メールには気がつかなくて……トイレに行ってたのかな？」冷蔵庫の麦茶を取り出してコップに注ぐ。「いちいち確認なんかしてないもの」

「いいけど……子供たちから目を離すなよ。あいつら、何をするかわからんぞ」

真人が美味しそうに麦茶を飲んだ。

だったらもっと早く帰ってきてほしい。そっちは仕事だ何だと言って、外で好き勝手に過ごして、都合のいい時間に帰ってくればそれでいいのかもしれないけど、あたしはこの家にずっといなければならない。子供たちのことを見ていろと簡単に言うけど、じゃああたしには何もするなと？　トイレも、風呂も、食事も、雑誌を読んだりテレビを見たり、友達と電話やメールもするなと？

子供たちの世話をするのが自分の役割だとわかっている。一生懸命やっている。毎日毎日だ。どんなに息が詰まるかわかる？

少しでいい。ほんのちょっと早く帰ってきて、子供たちの面倒を見てくれてもいいんじゃない？

だが、そんなことは言えなかった。ゴメンなさい、とつぶやく。麦茶もう一杯、と真人がコップを差し出した。

4

翌日十時に西荻窪のマンションへ行き、川奈麻美子とコンビを組んで三十二歳のママのマッサージをした。見習いということで、佐々木も一緒だった。

十二時過ぎ、仕事を終えて駅まで戻った。お昼を一緒に食べませんかと麻美子を誘ったが、妹と会う約束があるのでと一人で帰っていった。仕方なく佐々木と二人で蕎麦屋に入り、ランチの冷やしたぬきそばと白玉ぜんざいを頼んだ。待っている間、お年寄りがスタッフだと苦労することもある、とつい愚痴をこぼしてしまった。

「あそこが痛い、足が動かん、そんな話はしょっちゅうよ」

「ああ……まあ、お年寄りはね、仕方ないですよね」

「今朝も、有佳利さんと中島さんが、今日は仕事はできないって。心臓が苦しいから朝イチで病院に行かなきゃならないって。二人ともよ？　おかげで、予約断ったり、シフト替えたり、面倒臭いったら……体のことだから、しょうがないとは思うけど」

「皆さん、元気そうに見えますけど」

「うん……でも、やっぱり全員六十越えてるから、何かしらはあるのよ。みんな血圧高いし。あたしもそうなるのかな。嫌だなあ」

「社長は……大丈夫なんじゃないですか？　全然健康そうですし」

お待ちどおさまでした、と店員が二人の前に盆を並べた。食べよう、と割り箸に手を伸ばす。

「そんなことないよ、太った。ヤバイって感じ。ダイエットしても体重落ちないし」

「そうですか？　そうは見えませんけど」

「佐々木くんはいいよね。二十八？　ちょっと食べ過ぎたって、代謝がいいから翌日には戻るんだろうけど、もうそんなことは……」

スマホが鳴った。有佳利からだ。

「どこにいるの？」

つっけんどんな声がした。西荻ですけど、と答える。ちょうどいい、と言った。

「あたしたち吉祥寺なの。ちょっと来てよ」

「はあ？　有佳利さん、病院行くって言ってませんでした？　もう終わったんですか？　あたしたちって、誰がいるんです？」

「いいから来てよ。話があるの。北口のぐぐつ草って喫茶店にいる。待ってるから」

ヨロシク、と言って電話が切れた。何なんだと思ったが、有佳利は気まぐれなところがある。行くしかないのだろう。残っていたそばを食べ始めた。どうしたんですか、と佐々木が聞いてきたが、わからないので答えようがない。とりあえず食べよう。食事ぐらいさせていただきたい。


三十分後、吉祥寺の喫茶店、ぐぐつ草に行った。他にやることがなくてと言うので、佐々木も連れていった。

店の奥の席で有佳利がお茶を飲んでいた。向かいに中島の姿がある。どういうことかと思いながら席についた。

「こんにちは……何してるんですか？」

「おや、若者も一緒？」有佳利が嬉しそうに微笑んだ。「座って座って。隣、空いてるから。こっちおいでよ」

無言で杏子は有佳利の隣に座った。水を持ってきた店員に、コーヒーをください、と注文する。

「どういうことなんですか？　今日、お二人は病院へ行くって……それで休んでたんじゃ？」

中島が頭の後ろを掻いた。すまんね、とつぶやく。病院は嘘だったらしい。休みたいならそう言ってくれれば良かったのにと言うと、眠れなくってさあ、と有佳利の厚ぼったい唇が動いた。

「あのママのことが気になって眠れなかった。睡眠不足は美容の敵だ。原因があるなら、どうにかしなくちゃいけない。それで休んだ」

「何を言ってるんです？　あのママ？」

「昨日の金井由香ってママのこと」有佳利が煙草に火をつけた。「あたし、四時に起きちゃってさあ。まあ、歳だからね。珍しいことじゃないんだけど、でもあのママのことが引っ掛かってたのは本当。だから友ちゃんに電話して、手伝ってちょうだいって頼んだ」

「すげえ朝早くから電話してくるもんだからさ、誰か死んだのかと思って焦ったよ」中島がにこにこ笑った。「まあ、おれも起きてたからいいけど」

どこか嬉しそうなのは、有佳利から電話があったためのようだ。有佳利に好意を寄せているのはスタッフたちの間でも知られた話だった。中島は妻をずいぶん前に亡くしていると聞いていたし、有佳利も夫に死なれている。倫理的な問題はないから放っておいている。本人の自覚に任せておくしかない。

「手伝ってちょうだいって……何を？」

「友ちゃんにあのママの家まで行ってもらった。住所はわかってるからね。見張らせた」

「はあ？」

「よくわからんけど、頼まれたからさあ」中島が顔をくしゃくしゃにする。「家、行ったよ。部屋もわかってたし、ジジイが朝から立ってたって、誰も何も言いやしない。男が出てきたから跡をつけた。夫だよ。会社まで行った。新宿。大山田建設って会社だった」

「はあ？」

「あたしは家の近所まで行って、近くの公園を見張った。二時間ぐらい待ったかな」有佳利が煙を吐いた。「ママたちが集まってきて、その中にあの由香ってママもいた。子供を連れてたよ。一時間ぐらい何か話してから解散した。口が軽そうなママがいたからさ、追っかけてって話しかけた」

「待って……待ってください」杏子はひと口水を飲んだ。「有佳利さん、自分が何をしてるかわかってます？　あなたは刑事でも探偵でもない。ただの家事代行のお婆さんですよ。権利も資格もない。そんなことをしていいと思ってるんですか？」

「だって悪いことしてないもん」有佳利がくわえ煙草で言った。「いけないかい？」

「いけなくはないですけど……」

「水沢瞳ってママを捕まえて、話を聞いた」有佳利が煙草に火をつける。「金井ママはいい人だって言ってた。身奇麗にしているし、子育ては熱心だし、約束も守る。子供もおしゃれだし、余計なことは言わないって」

「いいじゃないですか」

「ってことは、あんたは親しいのかって聞いた」有佳利が首を斜めにした。「あたしはそうでもないけど、みんなそう言ってるって言う。じゃあ誰が親しいのかって聞くと、それはよくわからないとさ。由香ママは一流の大学を出て一流の会社で働いていたそうだが、どこかは知らない。同じ病院に通っているが、挨拶するぐらいで喋ったことはほとんどないって。自分でも驚いてたけどね」

「友達が少ないってことですか？」

佐々木が聞いた。少ないっていうか、いないんじゃないかなと有佳利が指で目の辺りを押さえる。

「ママ友たちは病院や保育園や子育ての講習会とか、そんなとこで知り合った連中だ。女が十人近く集まれば、いろんな話が出るさ。だけど由香ママはほとんど自分のことを言わない。愚痴でも悩みでも、失敗した話でも自慢話でも何かしら言うものだけど、ただ黙ってる。拒否してるのがわかるってさ」

「……はあ……」

「仕事に戻るつもりはある、みたいなことは言ってるようだ。親はめったに来ない。あまり家を出ることもないらしい。そんな話だった」

よくそんなことを聞けましたねと半ば呆れ、半ば感心しながら杏子は言った。年の功というものだ、と有佳利がうなずく。わからないではない。そういうキャラクターではあった。話しやすい女性なのだ。

「社長、どう思う？」

中島が言った。わかりませんけど別に普通のママなんじゃないでしょうか、と杏子はコーヒーを飲んだ。

「ママ友の件は？」

「あたしも覚えがありますけど、ママ友って結構難しいんですよ。いいんじゃないですか？ママ友は絶対必要なものじゃないですよ。いなくたって子育てはできます。後は子供がある程度大きくなって、職場復帰できるようになるのを待ってるってことなんじゃないでしょうか」

ふうん、とつぶやきながら有佳利が携帯でメールを打ち始めた。何だい？と中島が聞く。

由香ママにちょっとね、と答えた。

「サービスでマッサージと家事代行をしますって打った。五十パーオフって書いておいたから、何か言ってくるだろうさ」

「そんな勝手なこと」杏子が携帯を取り上げる。「あたし、許してませんよ。だいたい由香ママのアドレス、どうやって知ったんです？」

「固いこと言わないの……アドレスは昨日聞いた。何かあった時のためにってね」

まったく、と杏子はつぶやいた。メールというのは不便なもので、一度送ったら取り消すことはできない。しばらくすると携帯が鳴る音がした。

「……由香ママだ」有佳利が画面を見た。「女はオフって言葉に弱いからね……明日の予約を申し込んできたよ。一時からだとさ」

了解了解、と中島が答える。明日の午前中、あたしたち仕事できないから、と有佳利が言った。

「明日の午前中？」

「やることがあんのよ。ごちゃごちゃ言わない。じゃ、解散。ここでバイバイ。佐々木くん、今度ゆっくり話そうね」

じゃあ、と二人が店を出て行った。何だかなあ、と思う。有佳利は訳のわからない思い込みで若い夫婦のことを調べようとしているらしい。

由香ママは家をきれいにしている。子供の世話も完璧だ。なかなかできないことで、むしろ立派なママと言えるだろう。何もいけないことはしていない。おかしいと思う有佳利の方がよっぽど変だ。何を考えているのだろうとつぶやきながら佐々木と一緒に歩きだした。

5

有佳利と中島が何をしてるのか気になったが、その前に自分の仕事をこなさなければならなかった。まだ慣れていない。次の日の昼前から武蔵境のママと荻窪のママにマッサージをして、ようやく落ち着いたのは午後四時のことだ。

それを待っていたかのように有佳利から電話が入った。吉祥寺のオープンカフェにいるからすぐ来いと言う。ほとんど命令で、自分の立場がよくわからなくなりながら、荻窪のママの家で一緒だった佐々木を連れて吉祥寺へ向かった。

席に七人の老人が並んでいた。それぞれ何か飲んでいる。酒のようだ。四時半なのに、と思いながら席に着いた。

「前置きは結構です」オレンジジュースを頼んで、有佳利に向き直った。「何を調べてたんです？　何かわかりました？」

「はっきりしたことは何も」有佳利が派手な色のカクテルをすすりながら言った。「行ってきたよ。家の中はどこもかしこもきれいだった。友ちゃんがマッサージ始めたらすぐ寝ちゃってさ。疲れてるんじゃないのかね」

「それで？」

「子供を背負ったまま、部屋を調べた。生活感がないよね、あの家……パソコンがあったから、開いてみた」

「……それって……犯罪じゃないですか」

「ちょっと見ただけだよ」有佳利がにっこり微笑んだ。「ロックとかしてなかった。仕事関係の資料とかレポートみたいなものがたくさんあった。働いてた頃のものを取ってあるんだね。子供の通院記録とかもあったよ。その中に家計簿のソフトを見つけてさ……開いてみた」

「何てことを……」

「節約してる。頑張ってるのがわかった。食費とか光熱費とか、そういうのはぎりぎりまで抑えてる。下着とか靴下とか、見えにくい物は通販で安いのを買ってた」

「あたしだってそうです」杏子は言った。「高いのを買ってたらきりがないし……今だって

ＯＬ時代に買った服を着回してますよ。みんなそうですって」

「そうでもないんだな、これが」有佳利が片目をつぶった。「自分や子供の服なんかは結構買ってる。安いもんじゃない。数万円もする服や靴だ。子供関係の物はおもちゃやベビーカーなんかに至るまで、高い買い物をしてた。夫からは毎月十万円もらっていて、それと別に毎日二千円を生活費として受け取ってる。あの女はいい大学を出てるようだけど、金銭感覚はおそまつだね。毎月何万も赤字を出してる」

「……それは、どうしてるんでしょうか？」

「わからない。どうやって埋めてるんだろうね。マッサージが終わって少し話した。本棚に住宅雑誌とかインテリアの本が並んでたから、ちょっと聞いてみたんだ。今のマンションは賃貸なんだってさ。家を買いたいと思ってるそうだ。貯金もしてるらしい」

「そうですか……」

「家を出て、両隣に行ってみた。両方とも奥さんがいてね。話を聞いた。隣だからもちろん知ってるって。挨拶もするし、子供がいるのはわかってるが、話をしたことはない。いい人だと思う。迷惑に思ったことはない。常識のある人で良かったってさ。子供がたまに凄い声で泣いたりするけど、まだ小さいからそれは仕方がないでしょうって」

「おれはさ、ママさんの実家に電話した」

中島が口を開く。実家？　と杏子はこめかみを押さえた。

「……どうやって調べたんですか？」

「大山田建設の総務部に、区役所の職員を装って問い合わせた」何ら罪の意識など感じていない顔で中島が言った。「一流企業ってのは違うね。社員の女房の連絡先まで把握してた。緊急の連絡先ってことらしいけど、登録してたんだ。フツーは教えてくれないだろうけど、声で年寄りとわかったんだろう。あっさり教えてくれた。老人は得だよな」

「そんなこと……バレたらどうするんですか？」

「わかりゃしないって……電話したら由香の母親が出た。区役所と提携してる老人ホームの担当者だといったら、ああそうですかって。老人は老人を信じるもんだ」

「……何を話したんです？」

「施設のことを説明するのに必要だからって、仕事とか家族のことを聞いた。誘導しなくても娘のことを話し始めた。相当溜まってたらしい。由香ママのことだ」

「どんなことを？」

「結婚して四年ほどだそうだ。去年子供が生まれて、一歳とちょっと。初孫で、そりゃ喜んだってさ。生まれたんで、それで母親が手伝いに行くことになった。三日間、三鷹の家に泊まり込んで家事やら赤ちゃんの世話なんかをした。夫も感謝してくれた。ひと月ぐらい行ってるつもりだったらしいが、四日目に帰ってくれと娘が言い出した」

「何かあったんですか？」

「母親は心当たりがないとさ。何かまずいことをしたかって直接聞いてみたが、とにかく帰ってくれと言われて、仕方ないから帰った。翌日電話したが、来ないでいいと強く言われた。言われた通りそれからは行ってない。電話したりすると愛想はいいんだが、行くと言うと拒否する。よくわからないでいるって言ってたな」

「子育ては大変じゃないですか？　おれの姉が子供を産んだ時は、何カ月もオフクロ呼んでずっと面倒見させてましたよ」

佐々木が質問する。だよな、と中島がうなずいた。

「おれだってわかるさ。子供を持ったことがありゃ誰だってわかる。特に初めての子なんて、何をどうしたらいいのかわからん。母親はもうしっちゃかめっちゃかさ。眠れないし、食えないし、ウンコもろくにできなくなる」

「下品だよ」

有佳利がぼそりと言った。すいません、と中島が頭を下げる。

「だけど、あの由香ってママは何でも一人でやってるようだ。どうしてるのかはわからん。助けてくれと言われればいつだって行くつもりがあるが、そんなことは言ってこない。どうなってるんでしょうかと相談された。知らねえよ、そんなこと」

「有佳利さんじゃないけど、ちょっと不思議ね」玲が話に入ってきた。「親にも助けを求めない。ママ友とかもいない。誰かに相談したり、手助けしてもらってる様子もないわけでしょ？　一人で子供を育てて、家事は完璧にこなし、夫の世話もしてるわけよね？」

「そんなママはいないよ」諸見里がワイングラスを揺らした。「見たことない」

そうだねえ、と他の老人たちも口々に言った。確かにそうだ、と杏子も思った。子供を産んだ女はその瞬間からママになる。なってみなければ、その意味はわからない。妊娠中、いろいろと教わり、自分でも学び、心の準備をしているのだが、それは理屈の世界の話で現実とはまったく違う。

妊娠、出産は病気ではない。医者もそう言う。いわゆる病気ではないのだろう。健康を害しているわけではないから、それは正しい。

だから、翌日から今まで通りの生活を送るのが当然だと思われる。朝起きて、朝食の支度をし、皿を洗い、洗濯や掃除をすることが当たり前に求められる。

そんなことはできない、と経験者として杏子は知っていた。病気ではないかもしれないが、出産という異常といっていい体験をしている母親の体は休息を必要としている。それは医者も認めていることで、数週間は安静にしているようにと勧めるのが常識だ。

だが、現実はそうはいかない。夫は何か食べさせろと言う。赤ん坊は泣く。子供が生まれれば会社は祝ってくれるが、休んでもいいとは言わない。夫は仕事に行く。家に残された母親は、これまでなかった子供の世話という大きな負担を抱え、その上で家のことすべてをやらなければならなくなる。

そのダブルパンチだけではなく、さまざまな雑事をこなすのも母親だ。役所に行って手続きをするのも、病院へ赤ん坊を連れていくのも、先のことを考えて保育園を捜すのも、すべて母親の役目になる。

細かい話になるが、宅配便を受け取ったり、新聞の集金を支払うのもそうだ。そんなこと何でもないだろうと言われるかもしれないが、それが大きな負担になるのは本当だった。

隣近所や姑を含めた家族、ママ友、そういうつきあいまで考えたら、それまでにない膨大な労力が必要になる。すべてをきちんとクリアしているママがいたら、それは神様だ。そんなママはいない。

親にヘルプを求めたり、夫に理解と協力を頼み、友人に相談したり、場合によっては専門の民間会社の、あるいは行政の力を借りるのは当然のことで、文句を言う者はいないだろう。自分もそうしてきた。

だが、由香は、すべてを自分の力だけで解決しているようだ。老人たちが奇妙に思うのも無理はない。

「だけど……そういうママもいますよ。いてもいいでしょう？」杏子は老人たちの顔を順番に見つめた。「一人で全部やれたらとは思うし……理想といえば理想です」

「普通はできないよ」麻美子が首を傾げた。「現実には無理だって」

「……でも由香さんはできてるんじゃないですか？　ママ友や実の親に何も相談しなくたっていいじゃありませんか。必要と感じてないんですよ。皆さんが横から口を出すようなことじゃ……」

「出すよ」有佳利がはっきりした声で言った。「口は出す」

その声音に、思わず杏子は口を閉じた。口は出すよ、と有佳利が煙草に火をつけた。

「年寄りは社会の厄介物だと思われてる」煙を吐きながら言った。「働きもしないで。年金だけもらってる。若い奴らにおんぶして生きている。害があるとまでは言わないが、いらない存在だと思われている。だからせめて余計なことはするな。端っこに寄って生きてろ。黙って座ってろ。邪魔はするな。できればあっさり早く死ね。そう思われてる。何があっても黙ってろと言われる」

「そんなことは……」

杏子を老人たちが見つめる。有佳利が話を続けた。

「だけど、あたしは言いますよ。何かあれば言うし、何かありそうだなと思っただけでも言う。本当にまずいことが起きてから、やっぱりって言うんじゃ遅いんだ。気になることがあれば言う。間違ってたら謝りますよ。だけど、世の中に対して口出しするね」

「……口出し？」

「老人だから見えることや気づくことはあるんだ。波風を立てたくないからって、黙って放っておくのが一番たちが悪い。面倒事になるってわかってたって、首を突っ込みます。余計なことをしますよ。それは年寄りの義務なんだ」

「何か……あったんですか」

佐々木が聞いた。息子が死んだ、と有佳利が無表情で答えた。

「五年前、過労死だった。その一年ぐらい前から、毎日朝早く仕事に行って夜中まで帰ってこなかった。顔が真っ青でね、体重もどんどん落ちていった。頭が痛いって、そればかり言ってたよ。休みなさいって言ったさ。せめて病院ぐらい行けって何度も言った。だけど、怒られた。余計なことは言うな、年寄りは黙ってろってね。だからそれ以上何も言わなかった。ある朝、起きてこないから様子を見に行ったら、布団の中で死んでたよ。やっと楽になれた、そんな顔をしてた」

「有佳利さん……」

「様子が変なのはわかってた。おかしいと思ってた。息子の嫁とも相談はしてた。だけど、黙ってた。年寄りだからだ。静かに座ってろ、余計なことはするな、そう言われてたからだ」

有佳利は泣いていなかった。横を向いて煙草を吸い続けている。

「あたしは間違っていた。言うべきだった。引きずってでも病院へ連れていけばよかった。会社に文句を言ったってよかったんだ。できないわけじゃなかった。やろうと思えばできた。どんなに悔やんだか、それは言ったってわかりゃしない。もうあんな思いはしたくない。あたしは決めたんだ。言うべきことは言う。余計なことをする。面倒事になったっていい。老人だから黙っているっていうのは止めよう。おかしいと思ったら納得がいくまで話そう。そう決めたんだ」

老人たちがうなずいた。同じ思いを抱いている。有佳利の言っていることは他人事ではないのだ。

「それは……わかりますけど……」うつむいたまま杏子が言った。「何をしようっていうんですか？　皆さんは資格も権利もない、ただのお年寄りです。あたしもそうです。ただの主婦で、何もできないじゃないですか」

「……できないかしら」祥子がつぶやいた。「できないのかな……でも、できるかもしれない。あたしたちはただの年寄りで、その通りなんだけど……時間はある」

「時間？」

「あたしたちはもう働かなくていい。今はこんなふうに仕事をしてるけど、やらなくちゃいけないわけじゃない。自分たちのためだけに時間を使ってよくなった。正直に言うと、毎日時間を持て余してる。朝起きてから夜寝るまで、ずーっとテレビ見てるか新聞読んでるか……そんなことばっかり。その時間を使えば、いろんなことができるんじゃないかって」

「意外と金もある」矢島が言った。「家のローンや子供の学費なんかはもう終わった。欲しいものはない。自分のために金を使うこともそんなにない。余った金を自分が必要だと思うことのために使っちゃいけないか？　くれてやると言ってるわけじゃない。使える金があるってことだ」

「幸い、まだボケてませんしね」麻美子が微笑んだ。「どうにかこうにか元気です。頭も少しは動きますよ。若い人にはない経験もあります。そりゃ、パソコンだインターネットだって言われたらついていけませんけど、自分の目や手や足でいろんなことができたりもします。六十を過ぎたからっていきなり能力がゼロになるわけじゃありません」

「おれたちは人間だ。機械じゃない」諸見里がワインを一気に飲んだ。「困ってる人や助けてほしい人の声を聞くことができる。話をすることができる。助けられないかもしれないが、一緒に考えることはできる。悩んだり、手を握ってやれる。その人たちのために泣いたり笑ったりできる。そんな老人は必要ないかね？　社会には不要かい？　いた方が便利じゃないか？」

「社長……どう思う？」玲が顔を上げた。「ここに七人いる。その由香って女はちょっとおかしいと感じてる。助けが必要なんじゃないか。証拠はないよ。結局は勘でそう思っているだけかもしれない。人間だもん、間違ってるかもね。あたしたちは思い込みだけで面倒事に首を突っ込もうとしているのかもしれない。だけど、何かあったとしたら？」

「何か……？」

「何だかわかんないけど、何かだよ」玲が話を続ける。「あたしら一人一人は何の力もない老人だ。社長が言う資格も権利もない。だけど、それぞれの力を合わせれば、何かできるかもしれない。由香ってママに何かあるのなら、手助けできるかも。力が全然ないってわけじゃないんだよ。年寄りらしく静かにしてろと？　黙って見てろと？　あのママを放っておく方が正しいかい？　どう思う？」

　老人たちが黙って見つめている。自分はどうだっただろうか、と杏子は考えた。

　子育てに疲れた時、自分が三十六歳の、社会と何の関わりも持たなくなった女だとわかった時、どうだったか。助けてほしいと思わなかったか。叫びたくはなかったか。

強い人間ではなかったから、周りに助けを求めた。たまたま、両親や友人や、理解してくれる人がいた。だからどうにかなった。

もしいなかったらどうだったか。名前も知らない老人でも、助けてくれると言ってくれるならすがっていたのではないか。

そもそも、誰かに助けてもらいたいと思った経験があったから、こんな会社を立ち上げたのではなかったか。自分と同じ立場のママたち、疲れたママたちの力になりたいと思って、金にならない会社を始めたのではなかったか。少しでも何かの救いになれればと思ったから、こんなことをしているのではないのか。

「……余計なことをしましょう」口が勝手に動いた。「お節介をしましょう。迷惑だと思われてもいい。由香さんのところに行って、話を聞きましょう。たぶん、何もないんでしょう。その時は謝ればいい。怒られるでしょう。謝りましょう。あたしも謝ります」

「社長……」

「誰かのために何かをするのを、避けたり逃げたりためらったりしたくないという皆さんの気持ちはわかりました。あたしだって同じです。社会と、人間と関わりましょう。面倒なことをしましょう」

全員が力強くうなずいた。借金をしてると思うんだ、と有佳利が小さな声で言った。

「あのママが妙なことは間違いない。家のことは完璧にやっているように見える。子育てだってちゃんとやってるんだろう。だけど、一人で全部こなすのは無理なんだ」

「……有佳利さんの言う通りで、どこかおかしい」中島がうなずいた。「一日二日じゃない。一年以上続けてるんだろ？　どっかにひずみが出てくるさ」

「あのママは買い物をしてる。しかも高級品だ。段ボールにブランド名がいくつも書いてあった」有佳利が指を折った。「イライラしたり、疲れたり、そんなことが重なって買い物でうさを晴らしてるんじゃないか？　それは本人の勝手だけど、限度を超えたら問題だ。夫はそこそこの金しか渡してない。親にももらってない。じゃあどこから？　借金してるんじゃないか？」

「筋のいい借金ならいいが、そうじゃないと面倒なことになる」諸見里が言った。「普通の主婦だ。百万、二百万でも結構な額だよ」

「とにかく話を聞いてみましょう」杏子は首を振った。「そうと限ったわけじゃありません。あたしたちは警察じゃないし、事実関係をはっきりさせることが重要です。それ以上のことは詳しい事情がわかってから……」

「社長の言う通りだ。無闇に騒ぎを起こしたいわけじゃない。とにかく話を聞きに行こう」

矢島がテーブルを叩いた。老人たちが一人ずつ立ち上がって、店を出て行く。目をつぶりながら肩をすくめている佐々木の腕を引いて、杏子もその後に続いた。

6

三鷹の由香のマンションに着いた。夕食時だけどいいのかね、と中島がつぶやく。いいんだよ、と有佳利がチャイムを押した。少し間があって、はい、という女の声が聞こえた。

「すいませーん、マッサージの無料サービスで来ましたあ」

有佳利がインターフォンに向かって言った。はあ？　という返事があった。

「タダです。サービス期間中です。特別に一万円の商品券をあげます」

止めてください、と杏子は有佳利の腕を引っ張った。お客様はラッキーです、と有佳利が大きな声を上げた時、ドアが開いた。

「……何なんです？　近所の人が……」

「ごめんなさいね、すいませんね」有佳利がドアを大きく開けて、玄関に一歩足を踏み入れた。「申し訳ありません。どうもどうも」

そのまま中に入っていく。老人たちがぞろぞろと後に続いた。何なんですか、と由香が大声で叫んだが、老人は耳が遠くて、と言いながら最後に入った諸見里が後ろ手にドアを閉めた。

「あなたたちは……いったい？　あなた、マッサージの人ですよね？　社長さんって聞いてますけど」由香が杏子の腕を摑《つか》む。「どういうことです？　人の家に勝手に入るなんて……」

「少しだけ話を聞いてください」杏子は何度も頭を下げた。「ご迷惑なのはわかってます。ホントにすいません」

リビングのソファに有佳利と祥子が並んで座る。他の老人たちは立ったままだ。杏子は由香を押すようにして中に入り、椅子に座らせた。

「何か困っていませんか？」単刀直入に有佳利が聞いた。「いきなりで申し訳ないけど、無駄話してる暇はないんでね」

「……何のことです？」

「トラブってませんかって聞いてるの。はっきりさせましょう」

「あなたたちは……何なんです？」由香の顔に怯《おび》えの色が浮かんだ。「午後、マッサージに来たばかりですよね？　何のためにこんな……」

「そんなことはいいから答えてちょうだい。何か問題はありませんか？」

不愉快そうに顔をしかめた由香が、別に、と横を向く。お客さんでもあった？　と有佳利が聞いた。

「いえ……誰も……」

「家にいる時もそんな服を着てるの？」

指さした。由香は外出着としか思えない白のブラウスと、膝丈のスカートを身につけている。髪もきれいに整えられており、メイクもきちんとしていた。

「その服はケイト・スペードよね？」立っていた玲がブランド名を言った。「いい色だわ。とってもオシャレ。よく似合ってる」

「そうですけど……いけませんか？　好きなブランドなんです」

ふて腐れたように由香が答える。全然いけなくありません、と玲が笑いかけた。

「あたしの娘も好きよ。デザイン性が良くて、機能的でもある。ただ、ちょっと高くない？　今着てるのは新作よね？　安くはないはず」

「好きで着てるんです。いけませんか？　何なの、あなたたち。気に入った服を着てるだけで文句を言われなきゃいけないの？」

「何を買っても何を着てもあなたの自由です。ただし、自分のお金で買えるものに限るけど」

麻美子が微笑む。はっきり言うけどあんたは他にもいろいろ高価な物を買ってる、と有佳利が話を引き取った。

「服もそうだけど、食器なんかも高級品だ。赤ん坊にもいい服を着せてたね。おもちゃだって高そうだった」

「あなたたち……泥棒？　マッサージとか家事をやるって言って、家の中を探ってた？」

由香が怯えた目で左右を見る。そうじゃありません、と杏子は弁解したが、有佳利が話を続けた。

「ご主人はサラリーマンだよね？　まだ若いだろ？　そんなに給料が高い？　そこまでじゃないんじゃないかい？」

「いいかげんにしてください！」由香が立ち上がった。「そんなことあなたたちに何の関係が？　何で夫の給料を言わなくちゃならないの？　放っといてちょうだい！」

「ご主人じゃない」座って、と有佳利が椅子を指した。「両親でもない。じゃあ、どこからそんなお金が？」

腰を降ろした由香が完全にそっぽを向いた。聞きたいのはそれよ、と有佳利が言った。

「借金をしてるんじゃないの？　それも……たちの悪いところからでは？　闇金とは言いませんよ。だけど、それに近いところから借りてない？　返せるんだったらいいさ。だけど、実際のところどうなの？」

「あたしたちはね」祥子が身を乗り出した。「あなたの生活をどうこう言う気はないの。だけどまだ若いママが苦しんでるんなら、放っておけないって思ってる。大きなお世話だというかもしれないけど、黙って見ているわけにはいかない。正直に話してもらえる？　借金はあるの？　どれぐらい？　返す当てはあるの？　脅かされたりしてない？　無茶なことをして返そうとか思ってない？」

「話してみてはどうかね？　場合によっては相談に乗れるかもしれない」矢島が優しい声で話しかけた。「借金の肩代わりをするとは言わないが、力になれることがあるかもしれん。こっちは年寄りだ。市役所にも知り合いは多いし、市会議員だって知ってる。弁護士や警察もだ。何なら、金融屋のところに一緒に行ってもいい。どうなのかな、本当に借金してる？」

「……あなたたち、何を言ってるのかわかってる？　馬鹿じゃないの？」由香が怒鳴った。「服を買っちゃいけない？　好きな物を買ったらどうだと？　そんなのあたしの勝手でしょ？　誰にも迷惑はかけてない。ママが身奇麗にしてちゃいけない？　子供にブランド品の服を着せちゃいけない？　ふざけたこと言わないでよ。心配される覚えはないわ！」

「由香さん……」

何なの、と吐き捨てた由香が立ち上がってリビングを出て行く。すぐに戻ってきた。手には預金通帳が握られている。

「あたしは働いてた！　給料だってよかった！」通帳をテーブルに叩きつける。「貯金だってしてた。借金？　ふざけないで、お金なんか借りてない。全部自分のお金よ！　自分のお金で欲しい物を買ってる。それの何が悪い？」

そっと手を伸ばした杏子が通帳を開いた。残高に二百万円ほどの数字があった。

「借金は……していない？」

「当たり前でしょ！　何なの？　勝手に押しかけてきて騒いで、話をしなさい相談しなさい？　何様のつもり？　年寄りは黙ってて！」

怒鳴りながら隣の部屋へ駆け込んだ由香が、クローゼットから服をごっそり抱えて、そのまま床にぶちまけた。

「これだって、これだって」一枚一枚拾い上げては、杏子に向かって投げ付ける。「あたしのお金で買った。何がいけない？　そんなことガタガタ言われる筋合いはない！　どういうつもり？」

丸めたワンピースを叩きつけながら、あんた社長なんでしょ、と叫んだ。

「どういうこと？　マッサージ？　家事代行？　ふざけないで、人の家勝手に覗いて、高い買い物をしてるからおかしいって？　どういう商売してるのよ！　客のプライバシーを何だと思ってるの？　犯罪よ！　警察を呼ぶ！」

「すいません、そんなつもりじゃなかったんです」杏子は必死で頭を下げた。「本当に、悪気があったわけじゃ……申し訳ありませんでした」

「いや、もうホントに、年寄りは嫌ですよね」諸見里が追従《ついしょう》笑いを浮かべる。「お詫びの言葉もありません。余計なことをしました。この通りです」

すいませんでした、と謝った。他の老人たちも同じようにする。有佳利さんも、と中島が促した。それじゃ済まない、と由香が怒鳴りつける。

「本当にどういうつもり？　頭おかしいの？　人のこと何だと思ってるの！　失礼な話だわ……こんなの許せない！」

大声に驚いたのか、赤ん坊が泣き出す声が響いた。その時、リビングのドアが開いた。

「……どうした、何を騒いで……この人たちは？」

「ああ、あなた！」由香が駆け寄る。「もう訳わかんないの！　助けて！」

夫だ、と中島が囁《ささや》いた。杏子と佐々木、そして老人たちが一斉に深く頭を下げた。

「マッサージと家事代行をしてくれる会社だって聞いて、頼んでみたの。あなたには言ってなかったけど、安かったし……だけど、さっきこの人たちが押しかけてきて……」由香が説明をしている。「訳のわからないことを言って脅すの。あることないこと並べ立てて、あたしのことを責めて……何なの？　宗教？　お金？　お金が目的なの？」

「違います、そんなつもりじゃ……」

「今朝、実家の母から電話があった」由香が叫んだ。「役所だか施設の人にいろいろ聞かれたけど、よく考えるとお前の話ばかり聞かれたって。もしかしたらそれもあなたたちなの？　実家にまで電話するってどういうこと？　マッサージなんて嘘ね？　プライバシーの侵害よ、警察に電話する」

「その方がいいようだ」夫が携帯を取り出した。「よくわからないが、トラブルには関わりたくない。事件にしたいわけじゃないが、とりあえず相談だけでも……」

「ちょっと、ちょっと待って……それは違います旦那さん、いやご主人」矢島が手を伸ばす。

「ご主人、お待ちください。話を聞いていただけませんか。これには訳があるんです」

「警察だけは勘弁してください」祥子が叫ぶ。「本当にすいませんでした。お詫びします。許してください」

「頑固な老人が思い込みで動いてしまっただけなんです」

頭を下げた佐々木の腰を後ろから有佳利が蹴った。暴力は止めなさい、と杏子が止める。

「本当にすいません。余計なことをしました。もう二度とこんなことは……麻美子さん？」

頭を下げ続ける老人の列から麻美子が離れた。ドアに向かって進む。何なの？　と由香が怒鳴りつけた。

「赤ちゃんが……」麻美子がつぶやいた。泣き声が聞こえる。「ちょっと……ひどくありません？」

「放っといて！　あんたたちが……」

叫ぶ由香の手を振り払って、麻美子がリビングを出る。すぐに戻ってきた。真っ赤になって泣いている赤ん坊を抱いている。

「触んないでよ！」

「だって、かわいそうじゃありませんか……どうしたの？　ウンチ？　お腹空いた？　うるさかった？」

「止めてよ！　離して！　子供を返して！」

「そんなに怒鳴らなくたって返しますよ。はい、どうぞ……」

赤ん坊を抱え直した麻美子の手が宙で止まった。

「ここ、どうしたのかしら？」

赤ん坊を自分の腕に戻して、自分の方を向かせる。ベビー服の襟をめくった。

「もう止めてください」杏子は言った。「麻美子さん、いいから早く返してあげて……」

「これは何？」

麻美子が赤ん坊の首筋を見つめた。全員が顔を近づける。赤い斑点があった。

「何でもないわよ！」由香が強引に子供を自分の腕に抱いた。「虫に刺されたの！」

「あたしは子供が三人、孫が四人います。虫刺されの跡は見慣れてますよ。これは違う……火傷《やけど》の跡ね？」

「……油がはねたのよ！」

「そんなわけありません。大きさが違い過ぎる。何か熱を持った物を押し付けた跡だわ……もしかしたら……たぶん煙草ね？　違う？」

由香が横を向いた。脇を擦り抜けた矢島が襖を開けて寝室へ入り込んでいく。

「煙草って、どういうことですか？」

杏子は聞いた。それは本人じゃなきゃわかりません、と麻美子が答える。どういうことなんだ、と夫がいぶかしげな表情になった。

「君は……煙草なんか吸わないよね？」

「吸わない。そんな……煙草なんて……」

「じゃあ、これは？」

戻ってきた矢島がプラスチックの小さな箱を差し出した。何ですか、と佐々木が聞く。あんたも煙草を吸わないようだね、と有佳利が囁いた。

「携帯灰皿だよ」

「どういう……ことだ？」

　夫が妻を見つめる。由香が泣き出した。

「……真面目に生きてきた」涙を拭いながら話し始めた。「いい大学へ行って、成績だって良かった。一流の会社に就職した。仕事も一生懸命やった。信頼されて、重要な仕事を任せられるようになった。結婚しても辞めるなって言われたし、あたしもそのつもりだった。子供ができて休職することになったけど、いつでも戻ってこいって言ってもらった」

「知ってる」夫がうなずいた。「反対はしていない。それもいいだろうと思ってる」

「……だけど無条件じゃなかった」泣きじゃくりながら由香が首を振った。「家のことはちゃんとやれって。子育ても完璧にやれって言った。そうじゃなきゃ仕事に戻ることは認めないってあなたは……」

「そりゃあ……」

「言われなくたってそうするつもりだった。誰にも迷惑をかけたくなかった。全部自分でできると思ってた。あたしはその辺の頭の悪いママとは違う。子供を産んで、家でだらだら過ごして、狭い世界の中で生きていく女とは違うって。子供を産んだって、社会人としてちゃんとできることを示したかった。オシャレだってメイクだってきちんと前と変わらずした。手を抜いたらすぐバレる。きちんとした姿で社会復帰したかった」

「……わかります」杏子はうなずいた。「あたしも……そんなふうに考えたことがあったから……」

「母親ぐらい頼ったって良かったんじゃないかって言うかもしれないけど、あの人とはあまりにも子育てについての考え方が違った。母は古くて、迷信みたいなことばっかり……あたしは最新の知識を持っていた。わからないことがあっても、ネットで調べたりできる」

「例えばどんなこと？」

「母はすぐこの子に日光浴をさせようとしたけど、見ていられなかった。紫外線が肌によくないことを知らないのよ。抱き癖がつくから抱っこばかりしちゃ駄目だとか……そんな考えは古いのに……一緒にいると逆に凄いストレスになって……だから来ないでって言った」

そういうことかね、と中島がつぶやいた。

「ママ友もいらないって思った。あの人たちはあたしと違う。仲良くしたって意味ない。そりゃ挨拶ぐらいはするけど、一緒にしてほしくなかった。あたしには会社がある。仕事が待ってる。あの人たちとは違うのよ」

「そんな肩肘張らなくたって……」麻美子が言った。「もっと適当に考えても良かったんじゃない？」

「……何もかも、自分でやらなければならなかった。できないわけじゃない。頑張ればできるって……だけど、思ってた以上にママでいることは大変で……いくらやっても家は汚れていく。洗濯物は終わらない。ご飯も作らなきゃならない。夫のことだって見なければならなかった」

「そんなの、長くは続かないって」有佳利が舌打ちした。「そんなママはいないいんだよ」

「頑張ったんです……そうしなかったら、会社に戻れないってわかってたし、頑張るの嫌いじゃないし……やればやっただけのことはあった。いつかは掃除も終わるし、洗濯だって片付く。だけど……誰も何も言ってくれなくて……主人は当たり前のこととしか見てくれなかった。ありがとうもお疲れさまもない。普通だろって……」

「どうして男ってのはそうかね」祥子が鼻を鳴らす。「聞いてるの？　あなたたち」

男たちが黙って頭を掻く。由香が口を開いた。

「この子もそうだった。何をしてあげたって、お礼を言うわけじゃない。ただ自分の機嫌だけ……お風呂に入れるのだって、女の力じゃ難しくて……この子は夜泣きの癖があって全然眠れないし……可愛いとは思うけど、この家の中でこの子と二人きりでいると本当に息が詰まって……苦しくなって……」

わかるよ、と老女たちがうなずきあった。男たちがまた頭を掻く。

「フラストレーションが溜まって、買い物をするようになった。服や物を買うと、その時だけ気分が晴れて……自分にも赤ん坊にもいい物を身につけさせたかったし……自分の貯金で買ってたから、気が咎《とが》めたりもしなかった。誰にも迷惑はかけてないし……」

悪かったね、と有佳利が申し訳なさそうに頭を下げた。由香が大きく頭を振った。

「だけど、買い物ぐらいでは自分をごまかすことができなくなって……子育てって何なのかって、何をどうしたらいいのかわからなく……この子とは何をどうやってもうまくコミュニケーションが取れない。話しかけても笑いかけても、思うような反応は返ってこない。主人には話もしたし、どうしたらいいかって相談もしたけど、取り合ってくれなかった。誰かに打ち明けることもできなくて……キッチンでお酒を飲むようになって、そのまま煙草も吸い始めて……」

老人たちがため息をつく。だからあんなにきつい匂いのする芳香剤を使ってたのね、と杏子は言った。

「この子がいなければ良かったって思うようになって……いなければ、こんな苦労をしなくても良かった。仕事を続けることもできた。いなくなればいいって思いながら、煙草の火を押し当てた」由香の両目から涙があふれ出た。「この子は泣いて泣いて……でも、凄まじい声で泣くと、もっと泣けって……大声で泣き叫ぶのを聞いてると、気分がすっとして……主人が見てもわからないように、服で隠れたところにしか火傷は負わせなかった。誰もあたしが虐待しているのに気づかなかった」

「……それから？」

「どんどんエスカレートしていって、自分でも止めることができなくなって……今日、洗濯をしていたら、いきなり泣き出して……何だかものすごく腹が立って、この子を掴みあげて、洗濯機の中にほうり込んでしまおうって思った。ぐるぐる水が回転していて、子供も一緒に回るんだろうなって。見てたら楽しいだろうなって……抱き上げて、ほうり込もうとした時、あなたたちが来た」

「そりゃあ……運が良かったというか……」

矢島がつぶやく。由香が顔を伏せた。

「慌てて子供をベッドに戻して、あなたたちと話をした。借金がどうしたとか、見当違いのことを言い出して、それはそれで腹が立って……追い返そうとしていたら、こんなことに……」

話し終えた由香がうなだれたまま左右を見た。杏子と老人たちが何も言えずに黙っていると、夫が口を開いた。

「どういうことなんだ……いったい何をしてる？　子供だぞ。一歳だ。自分がこの子に何をしたかわかってるのか？」

「……ごめんなさい……だけど……」

「だけども何もない。君はこの子に火傷を負わせた。それどころか殺していたかもしれないんだぞ？　そんな女だったのか？　子育てもできない？　大変だろうけど、どこの母親だってやってることじゃないか。それを君は……」

「ごめんなさい。ごめんなさい……」

老人たちが一斉に一歩前に出たが、杏子の方が早かった。平手で夫の頬を思いきり張る。大きな音がリビングに響いた。

夫が呆気《あっけ》に取られたように左の頬を押さえている。止めてください、と杏子は叫んだ。

「あなたに奥さんを責める資格なんてありません。奥さんがどれだけ追い詰められていたかわかりますか？　あなたは子育てに手を貸しましたか？　どんなに奥さんが疲れていたと？　あなたは、何もわかっていません！」

社長、抑えて、と有佳利が腕を引いたが、構わず続けた。

「ママはみんな必死なの。疲れてるの。それでも夫と子供のために立ち上がる。何でかわかる？　愛してるから」

「それは……ぼくだって……」

「あなたはありがとうと本気で言ったことがある？　手を握ってやったことは？　それだけ

でいいんです。ママはそれだけで頑張れる。あなたが奥さんを少しでも理解していたら、わかってあげようと考えていたら、奥さんはこんなことはしなかった。虐待なんて誰もしたくありません。どうしようもなかったんです。それがわからないあなたに、奥さんを責める資格なんてない」

玲が由香の手を握っていた。肩をさすりながら、大丈夫だからと言っている。杏子が向き直った。

「やってしまったことは仕方がない。責めたりなんかしない。二度としないでください。約束してくれたら、誰にも言いません」

そうですよね？　と周りを見た。老人たちがうなずく。

「あなたの気持ちはわかるつもりです。仕事に戻りたかった？　働くのは楽しかった？　自分の能力に自信があった？　プライドも？　あたしも働いてたから、それはわかります」

「自分は何でもできると思ってたんだね。ママとしても完璧にやり通せると？　そうしなければ会社に戻ってはいけないと言われてたこともあるんだろうけど……」有佳利が静かに首を振る。「誰の助けも当てにせず、自分から助けてほしいなんて口が裂けても言えなかった。一人で戦ってたんだ」

「子供と向かい合って、この家で暮らした」祥子が言った。「考えていた通りにはうまくいかなかった。夫も理解してくれない。気晴らしは買い物だけだった？　そんなことが重なって、虐待をしたのね？」

「いいことじゃありません。間違ってます。でも、あたしはあなたの側に立つ」杏子が宣言するように言った。「どんなママでも、一瞬子供がいなければよかったと考えることはある。憎いと思ったことだってあります。あたしもそうだった。みんなそうなんです」

「……はい」

「たまたまあたしは虐待しなかった。でも、そんなのは運が良かっただけで、ひとつ間違っていたらあたしもしていた。あなたを責めることはできない。もうしないって約束して。そのためにあたしたちに何かできることがあったら言って。あなたを、苦しんでるママを一人にはさせない」

「他人に迷惑をかけちゃいけないと誰もが言う」有佳利が由香の肩に手をかける。「そりゃその方がいいよね。だけど、迷惑かけたっていいじゃない。カッコ悪くたっていいじゃない。親にも、旦那にも、友達にも、もしかしたら全然関係ない人にさえ、助けてほしいって言おうよ。そんなにみんな嫌がりゃしないよ」

「一人で全部やるのは理想だ」諸見里が由香と夫を交互に見た。「そうできればいいが、現実はそうじゃない。何もかも背負おうとしたら、無理が出るよ。間違ったことをしてしまう。

人間ってのはそういうもんだ。そうならないために、堂々と胸張って人様に迷惑をかけよう。辛いって言おう。苦しいって訴えよう。おれたちはあんたの話を聞く。何もできなくても側にいる。こんなおれたちでよければの話だけどさ」

「あたし……あたしは……」

由香が両手で顔を覆う。臭え、と中島が叫んだ。

「この子、ウンチしたよ。あんた、おむつの替えは？　どこにある？　ババアの出番だぞ」

うるさいよジジイ、と有佳利が中島の尻を蹴りあげる。こっちです、と由香が泣き笑いしながら言った。

夫が深く頭を下げ、すいませんでした、とつぶやいた。老人たちがそれぞれに何か言いながら、ぞろぞろとリビングを出て行った。

家に帰ると八時になっていた。

子供たちは自分でご飯を食べ、今は部屋にいるようだ。真人は帰っていない。良かったと思いながら、自分の部屋に行った。

ため息が漏れる。偉そうなことを言ったが、自分自身の抱えている問題は何ひとつ解決されていない。あたしもまた、誰かに救ってほしいと願っている。

パソコンを開き、ホームページに入っていった。予約がいくつかある。確認しながら、手元のメモ帳に、心のケアもします、とペンで書いた。

明日から、この一行をトップページに載せよう。ママたちの心のケアをする。そういう仕事をする。

誰かのためになることをするのだ。何のためにこんな会社を作ったのか、わかったような気がした。

部屋のドアが静かに開いた。振り向くと、良美が立っていた。

「ママ……おしっこ」

目をこすりながら言う。寝てたの？　と聞くと、ぽちぽち、と妙に大人びた答えが返ってきた。

「……漏れるう」

「はいはい、わかりました」杏子は立ち上がった。「おトイレ、一緒に行こうね」

小さな手を握った。ぬくもりが伝わってくる。オシッコオシッコ、と言いながら部屋を出た。

第二話　ヨメとシュウトメ

1

「大変だ大変だ大変だ」

　ドアが大きく開いて、叫ぶ声が聞こえた。どうしたのよ、と杏子が二人の子供を連れて玄関に出ると、十分前に出て行った夫の真人が青い顔をして立っていた。

「ケータイ忘れた」

「そんなの、今までだってあったじゃない」

　寝室に入ってベッドサイドを探るとあっさり出てきた。ケータイを持って玄関に戻ると、今日はまずいんだと真人が奪い取った。

「新規の客で、顔がわからん。待ち合わせをしてるが、ケータイがなかったらどうにもならないんだ」

「誰も聞いてないけど」

そうか、とうなずいた真人が、行ってくるとドアを開けた。この子たちをそこまで連れてってよと杏子が言ったが、時間がないと走り去っていく。

「行くよ」尚也が無愛想な声で言った。「お前、早くしろよ」

「おにい、待って……靴が」良美が半べそをかいた。「うまくはけない」

行くぞ、と尚也が腕を引っ張る。いってらっしゃいと声をかけたが、振り向かずそのまま行ってしまった。朝はいつでもこんなものだ。

ため息をついて台所に戻り、朝食の皿を流しに運んだ。三人はいつも食べたらそのままで、絶対に片付けない。幼稚園児でもできることなのにと思いながら水に浸《つ》けていく。洗おうと腕をまくったところで、今日が不燃ゴミの回収日だと思い出してゴミ箱を開けた。子供が二人いると出るゴミの量は膨大だ。三つの大きな袋を下げて、マンションのゴミ捨て場に向かう。偶然、二軒隣の同じ歳の主婦と一緒になって世間話をした。意味も内容もない会話だが、これが近所づきあいというものだろう。

家に戻り、それからようやく自分の朝食を取った。トーストを一枚焼き、真人たちが食べ残していった目玉焼きやサラダを、もったいないからと言い訳してきれいに平らげる。そりゃ太るわ、とつぶやきが漏れた。

杏子の朝はそれからが本番だ。自分の会社の仕事をしなければならない。パソコンを開き、予約を整理し、客の要望やクレームに目を通す。スタッフに確認の電話を入れる。

連絡を終え、ようやくひと息つける。今日は杏子自身がマッサージ師として稼働しなくていい。久々のことで、溜まっている家事をしなければならなかった。

とりあえずは掃除だ、と机から離れた時スマホが鳴った。一番ボケている中島だろうか。

「もしもし、桜井ですけど」

「神田《かんだ》といいます……チラシを見たんですけど……」

囁くような女の声が聞こえた。ムサシノマッサージ&家事代行サービスです、と反射的に答える。

基本的に予約はメールで受け付けているが、問い合わせなどに対応するため、大丈夫だろうかと思いつつ自分のスマホの番号をホームページに載せていた。悪戯《いたずら》電話などはほとんどかかってこないが、クレームなどはたまにある。それほど多くはないので番号を載せるのはそのままにしていた。

「チラシに二時間って書いてあったんですけど……九十分になりませんか？」

「ご予約ですね？　時間は……決まりなんですけど」

起業したのは疲れたママたちを助けたいという思いがあったからだ。少しでもママの負担を軽くし、休ませてあげたいと考え、二時間と設定した。マッサージは時間の融通が利くが、家事代行は九十分では難しいのではないか。

「何とかなりませんか……」

疲れているのがよくわかる声だった。わかりました、とうなずく。マッサージも家事代行もうまく調整すればいい。三十分短くても何とかなるだろう。

「明日、午後二時に……二時ちょうどに来てください。早く来たりしないでほしいんです……終わったらすぐ帰ってもらえますか?」

二時ですね、とスタッフのシフトを確認すると、空いていたので大丈夫ですと返事をした。住所や連絡先を言って、女が電話を切った。何だかなあと思いながら、杏子はスマホを机に置いて掃除機を引っ張り出した。


吉祥寺のロングタイムにスタッフが集まっているというので顔を出した。いつものように老人たちがテラス席を独占している。

諸見里が四十歳ぐらいの女を連れてきていたが、ハグして帰らせたところだった。何なのあの女、と玲が言ったが、ちょっと知り合った人妻さとウインクした。今日の仕事について、それぞれが報告しあっている。それはいつものことだ。杏子はちょっと気になっていたことを言った。

「今日、中島さんと麻美子さんにお願いしたお客さんのことなんですけど……神田深雪《みゆき》さんでしたっけ？　大丈夫でした？」

「いや、特に何も」中島が欠伸《あくび》をした。「荻窪の一軒家でさ。でかい家だったよ。赤ん坊は六カ月って言ってたっけな。夫は飲料品メーカーで働いてるとか……二人とも三十だって」

「深雪さんってママは疲れてるみたいだったけど、喜んでくれたわ」麻美子がうなずく。

「普通の、いいママよ。問題ありませんでした」

「時間にうるさいこと言ってたから、気になったんですけど……それなら良かったです。さっきメールがあって、とっても良かったたって。三日後、また予約したいって」

「そう言ってくれると嬉しいよね」中島がにこにこ笑う。「良かったじゃない。きっと常連になってくれるよ」

「三日後ってあたし仁科《にしな》さんのとこ行くことになってたよね？」

麻美子が古めかしい手帳を見た。そうです、と答える。

「また二時からって言ってるんですけど……じゃあ、有佳利さん行ってもらえますか？」

はいはい、と煙草をくゆらせながら有佳利が返事した。佐々木くんと二人でいいでしょうかと聞くと、了解と両手を上げた。

「ぜひそうしてちょうだい。あんたは来ないでいい。あたしが教えてあげる……手取り足取り何でも……」

「余計なことはしないでください」

クギを刺して、佐々木にメールを送った。時間と住所、ママの名前を記し、末尾に〝一人で大丈夫？〟と付け足す。三十分後、ＯＫっす、と返信があった。

2

三日後、仁科清美《きよみ》という若いママの家へ麻美子と行き、マッサージをした。清美はリピーターで、何度もサービスを受けている。お互いに慣れているので何も問題なく施術を終わらせた。

帰り、麻美子と何となくお互いに誘い合う形で駅前のファーストフード店に入ってお茶を飲んだ。ひと息ついていると、有佳利から電話が入った。ちょっと怒っていた。

「いきなり帰ってくれって言われた。時間前なのにさ」怒鳴り声がした。「洗濯物が結構あって、干してたら意外と時間かかっちゃって。タダでいいから最後までやるって言ったけど追い出された。どういう女なの、あれ？」

「いや、そう言われても……」とりあえずなだめることにした。「そりゃいろいろ都合もあるでしょうし。そんなこともあるんじゃないかと……」

「まったく、人の気も知らないで。親切で言ってやってるのに……」

はいはいと答えると、有佳利が佐々木くーん、と甘えた声を上げてそのまま電話を切った。何してるんだかと思いながらスマホをテーブルに置いたとたん、また着信音が鳴った。

「神田といいます……」

小さな声が聞こえた。例のママだ。何でしょうかと不安を感じながら聞くと、クレームじゃないんですけど、と暗い声がした。

「家事代行のお婆さんが、掃除を中途半端に終わらせて……」

「今、聞きました。ですがわたくしどものサービスは二時間を基準に考えていて……」

「難しいっておっしゃるのはわかるんですけど……でもうまく終わらせていただきたいんです」

「そのつもりなんですけど、神田さまは……」

「クレームをつけてるわけじゃなくて……来週もお願いします。また二時から九十分で。それで……来ていただく方にお願いがあるんですけど……途中で買い物をしてきてほしいんです」

「何を買ってきてほしいかはホームページのアドレスにメールしておきます。それから、庭の草むしりをお願いしたいんですけど……あと、電球を取り替えてもらえますか？　それから……」

「神田様、ちょっと二人でそこまでは……もしよろしかったら、別に人を出しますので、その者にやらせるということでいかがでしょう？　追加料金をいただくことになりますけど……」

便利屋とかに頼んだ方がいいんじゃないかと思ったが、事情があるのだろう。とりあえずもう一人行ってもらおう。お金のことは後で相談だ。

スケジュールを見ると、有佳利と矢島、そして杏子自身が空いていたので、三人で行くことに決めた。了解しましたと答えると、お願いします、と言って深雪が電話を切った。

「買い物？」

「どうしたの？　大丈夫？」

麻美子が心配そうに言った。よくわかりません、と首を振りながら、オレンジジュースをひと口飲んだ。

駅で麻美子と別れ、吉祥寺へ戻った。佐々木と約束しているのだ。マッサージについて聞きたいことがあるという。杏子の方も話があった。先週から一人で行ってもらっているが、うまくいっているのだろうか。一人でこなせるというのなら、今後もそうしてほしい。マッサージ師として戦力になってほしかった。

北口パルコ七階の喫茶店に着くと、佐々木はもう座っていた。女性客に人気の店で、落ち着かないようだったが、お疲れさまと声をかけると、助かりましたという目ですがるように見つめてきた。

「バタバタしててちゃんと話を聞けてなかったんだけど、どうなの？　一人でマッサージするのは」

座るなり聞くと、ちょっとおっかないっすね、と苦笑した。

「下手に力入れ過ぎると、揉み返しとかありそうだし……やっぱ学校とは違いますね」

「先生が見ててくれれば、これは違うんだとかわかるけどね」杏子にも覚えがあった。「最初はなかなかねえ……疲れたでしょ」

「体もそうですけど、どっちかっていったらメンタルが……意外とプレッシャーですよね」

「どうする？　これから……一人でやれる？」

「そうですねえ……まあ、何とか」

お茶を飲みながら話をした。佐々木が一流企業で働いていたことは知っていたが、辞める直接のきっかけは離婚したからだという。

「マジでいろいろ考えたっていうか……やり直してみようかなって。マッサージ師みたいな、そういうわかりやすい仕事がしたかったんですね、きっと」

「そうね、そういうところある。マッサージって、そういう意味じゃストレートに答えが出る仕事だよね」

結婚し、子供を産み、育てていた間、男性と話すことはほとんどなかった。二十代の男となると、まったくのゼロだ。比較するのは申し訳ないが、夫の真人とは肌の質感から違う。元気だし、言葉のチョイスや話し方なども可愛く思える。同世代の女がジャニーズにはまるのがわかるような気がした。

一時間ほど意味のないお喋りをしたが、なかなか楽しい。たまにはこんなふうに喋ったりするのもいいと思いながら、じゃあね、と言って別れた。

帰りの道を歩きながら、意識を切り替える。ここから、あたしはママなのだ。妻でもある。むしろこっちの方が本業で、ちゃんとやらなければならない。

そういえば、と玄関の鍵を開けながら思った。佐々木は話があると言っていたが、何だったのだろうか。マッサージについて聞きたいことがあると言っていたが、そんな質問はされなかった。ま、いいか、とつぶやきながら家に入った。

夕食の準備をしていると、尚也と良美が帰ってきた。何かないかとまとわりついてくる良美に、すぐご飯だからと言ってオレンジジュースを飲ませる。尚也は部屋に入ったきり出てこなかった。

「どこにいたの？　二人で遊んでた？」

「公園。おにいとブランコ」良美が嬉しそうに笑った。「すごい高くまで飛んだ。高いのお」

椅子に座って足をばたばたさせる。振り向くと、足首の辺りから血が出ているのがわかった。何かでこすったらしい。ガスを止めて、バンドエイドを取りに行く。

「痛くない？　たいした怪我じゃないけど……どうしたの？」

傷を洗ってからバンドエイドを貼る。転んだ、とひと言答えが返ってきた。気をつけてねと言うと、黙ってグラスの縁をなめ始める。パパ、今日早く帰ってくるって、と言った。

「もうすぐよ。一緒に四人でご飯食べようね」

パパぁん、とキャバクラ嬢のような鼻にかかった声で良美が叫んだ。どこで覚えてくるのだろうか。ご飯ができるまで部屋にいなさいと言うと、素直に従った。

真人が早く帰ってくるのは久しぶりだ。休日はもちろん四人で食卓を囲むが、平日にはめったにない。張り切っておかずを二品追加した。その分いつもより時間がかかったが、タイミングよくできあがったところに真人が帰ってきた。四人揃ってテーブルに座り、食事を始める。野菜もちゃんと食べてねと言うと、二人とも何となくうなずく。好きで食べたいわけでないのは、よその子供と同じだった。

「お義母《かあ》さん、来てたのか？」

唐揚げをほお張りながら真人が言った。

「……母さん？　来てないけど」

「帰りにコンビニに寄ったら、隣の武田さんの奥さんとばったり会ってさ。お前がお婆さんと歩いてるのを見たって言ってたけど、お義母さんじゃなかったのか」

麻美子のことだとわかった。武田佳子とはまあまあ仲が良いが、お喋りな女だと思っている。つまらないことをと内心思いながら、勘違いじゃない？　と答えた。

「お婆さんなんて知らないけど……道を聞かれたあの人のことかな？」

言い訳を付け加える。ああそう、と真人もそれ以上聞いてはこなかった。どうでもいいのだろう。良美がサラダの皿をひっくりかえし、ぎゃあと喚《わめ》いた。

「何してるの……わざと？　食べたくないからって、わざとやった？」

「違う、おにいがぶつかってきて……」

「オレ、何もしてない」

「いいから、二人で拾いなさい。それは食べちゃ駄目。新しいのあげるから……どうしたの?」

真人が立ち上がった。携帯を耳に当てている。仕事、とひと言つぶやいてリビングを出て行った。

「自分できれいにするの! 何でもママにやらせないで! 片付けて片付けて」

子供たちが床に屈み込み、生野菜の切れ端を集め始める。ぞうきんをキッチンから取ってきて、フロアを拭いた。真人は戻ってこない。誰からだろうと一瞬思ったが、とにかく食事だ。二人を風呂に入れなければならない。スタッフたちに連絡をする必要もある。時間が足りないのはいつものことだった。

「きれいになった? じゃあご飯食べて。テレビは後! 全部食べてちょうだい」

二人が椅子に座り直し、箸を取った。大変だわ、とため息が漏れた。

3

有佳利と矢島と駅で待ち合わせて、神田深雪の家へ向かった。途中のスーパーで頼まれていた買い物をしていったので、着いたのは二時ちょうどだった。

チャイムを鳴らすと深雪が出てきた。こんにちはと言って買い物袋を渡すと、迷惑かけてすいません、と申し訳なさそうな顔で頭を下げる。常識がないわけではないらしい。

マッサージ、家事、その他と分担して仕事にかかった。いろいろうるさいが、マッサージそのものについてはもっと強くとかそこじゃないとか、そういうことは言わない。おとなしく、されるがままになっている。気が弱い人なのかもしれない、と腰を揉みながら杏子は思った。

気がつくと、深雪は熟睡していた。疲れているようだ。ソフトタッチに切り替え、起こさないようにする。

九十分後、寝室に入ってきた有佳利がどうにか終わったと言ってきた。庭の草をむしっていた矢島が、広くてちょっと全部は無理だったと報告する。

「……よく眠ってますし、あと三十分だけやってあげませんか？」

足をさすりながら杏子が囁くと、まあ仕方ないかと二人がうなずいて庭に出て行った。マッサージを続ける。

三十分後、深雪がふっと目を覚ました。枕元の時計を見て跳び起きる。

「……どうして？　四時？　何で？」

「サービスですから。大丈夫です、お金は……」

「四時？」ベッドから跳び降りた深雪が叫んだ。「……何で……？　帰ってください！」

すいません、と訳もわからず謝った。何を怒っているのだろう。悪いことをしただろうか。よかれと思ってしたことなのに、何でそんなに怒られなければならないのか。

「出てって！　帰って！」深雪が素早くパジャマの上を脱いだ。「すぐ帰ってください！」

「はい、わかりました……申し訳ございません……有佳利さん、矢島さん、終わりにしてください。帰りますよ」

二人が入ってきて、何かあったのかと杏子を見る。帰るんですと言うと、ふうん、とうなずいて支度を始めた。さっさと出てって、と部屋の隅で着替えていた深雪がまた叫ぶ。はいはい、と二人が返事をした。

深雪が一万円札を押し付けてくる。お釣りをと言ったが、いいからと部屋から追い出された。

「ですが、神田さま……」

「早く帰ってください！」

わかりましたからせかさないでください、と靴に足を突っ込んでドアを開けようとした有佳利と矢島の動きが止まる。女が立っていた。

「……こんにちは」

二人が同時に言った。女は何も言わない。不思議そうに見つめている。七十歳ぐらいだろう。白髪が少し目立つ、上品な佇《たたず》まいの老女だった。

「お義母さま……」

出て来た深雪がつぶやいた。たぶん義理の母親なのだろう、と何となく杏子にもわかった。

頭を下げて玄関を出る。最後まで老女は何も言わなかった。

ドアを閉めた矢島が、オフクロさんか？　とつぶやいたが、よくわからないね、と有佳利が首を振る。確かに訳がわからない、と思いながら杏子は廊下を歩きだした。


夜、子供たちに夕食を食べさせてから、部屋に戻った。はあ、と欠伸をする。

疲れた、と思いながら子供の風呂の準備をしようと立ち上がったところにスマホが鳴った。

知らない番号だったが、とりあえず出た。

「神田三恵子《みえこ》と申します」やや低い女の声がした。「嫁がお世話になったようですね」

「……神田深雪さんのお義母様ですか？」

「そうです」

「それは……こちらこそ、いつもありがとうございます」

「今後、来ないでください」

つっけんどんな物言いに、思わずスマホの画面を見た。いきなりそんなこと言われても。

「嫁にもそう言いました。本人も了解しています。よろしいですね？」

サービスは押し付けるものではない。依頼があって初めて成立する。わかりましたと答えると、そのまま電話が切れた。何だったんだろうと思いながら、電話がかかってきたついでにスタッフたちに連絡をすることにした。明日の予定などを伝えていく。

了解了解、というそれぞれの答えを確かめてから、最後に有佳利に電話した。明日のスケジュールを話すと、わかったよーん、という返事があった。

「それはいいけど、今日のあのお婆さんは何だったんだい？　黙って突っ立って、嫌な目をしてたよ。蔑《さげす》んだみたいなさ……いいところの人なんだろうけど、あんな目で見てくるなんて……」

その人から今電話がありました、と言った。聞いていた有佳利が、ふうん、と不満げに唸る。

「何なの？　そんなことわざわざ言ってくるなんて、どういう女？　もう頼まなきゃそれでいいじゃない？」

「そうなんですよね……まあ、いいんですけど」

「電話してみてよ」

「はい？」

「深雪ってママに話を聞くんだよ。電話して」

「余計なことですよ。放っておけばいいじゃないですか」

「聞くだけだって。あんたがかけないって言うんならあたしがかける。番号教えて」

とんでもない、と杏子は言った。面倒事はたくさんだ。有佳利にかけさせるわけにはいかない。

「電話するだけですよ？」

「話を聞いたら、もう一回電話ちょうだい」

いきなり切れた。有佳利はいつもこうだと思いながら、登録してあった神田深雪の携帯番号を押す。ツーコールで相手が出た。

「こちら、ムサシノマッサージ＆家事代行サービスの桜井と申しますが……」

「はい……あの、義母から電話があったと思うんですけど」

「ございました。それでちょっと、どういう事情かと思いまして……」

「もういいんです」声が低くなる。「結構です。ありがとうございました。お世話になりました。すいません、もういいんです」

「あの、神田さま？　そういう話ではなくて……」

「すいません、ごめんなさい」

それだけ言って電話が切れた。何なの、とスマホの画面を見つめる。声は聞き取りづらいほど小さく、怯えているようだった。よくわからないまま有佳利にもう一度電話して、状況を説明した。

「……話が聞きたいね」

黙って聞いていた有佳利がそれだけ言った。そういうのもう止めましょうよ、と杏子は目をつぶった。

「この前のこともう忘れたんですか？　危うく警察行きだったんですよ？　もうあんなことは……」

「社長は気にならない？　おかしいと思わない？」

「それはそうなんですけど……でも、今回は……」

「さっきの予約はキャンセルだ。みんなにも話す。明日二時にあのママの家に行こう。今までも二時だったんだろ？　だったらいるんじゃないの？」

「アポなしで行くんですか？　そんな無茶なこと……有佳利さん？　もしもし？」

電話は切れていた。勘弁してよ、とため息をつく。あの暴走老人たちをどうコントロールすればいいのだろう。わからないまま、ベッドに引っ繰り返った。

4

あの後もう一度有佳利から連絡があり、あんたが行かなくても行くと言うので放っておくわけにもいかず、同行することにした。荻窪駅で有佳利と中島と玲が待っていた。

「止めた方がいいですよ。いろいろ事情があるんですって……」

説得するつもりだったが、言うことを聞かなかった。黙って歩きだす。冷静な人間が一人いるべきだという思いだけでついていった。

神田深雪の家のチャイムを押すと、はい、という小さな声がした。マッサージの者ですと名乗った有佳利が、入れてくださいと頼む。お帰りくださいと言われたが、チャイムを押し続けているとドアが開いた。不安そうな表情を浮かべた深雪が立っていた。

突然押しかけてすいません、と謝る杏子を置いて、老人たちがどんどん中に入っていく。本当にすいません、と頭を下げながら後に続いた。リビングで勝手に座り込んだ老人たちが、話を聞かせてちょうだい、と口を揃えて言った。

有佳利が中心になって質問をしていくと、昨日の老女、神田三恵子がやはり夫の母親であることがわかった。この家は三恵子の死んだ夫のもので、三恵子と夫、深雪と子供の四人で暮らしているという。

だが、それ以上話は進まない。帰ってください、と泣きそうになりながら深雪は言い続けるだけだ。リビングの柱時計が鳴り、三時半になった。そわそわして立ち上がった深雪が、本当に帰ってくださいと強い口調で言った。

表情が青ざめているのを見て、もう止めましょう、と杏子は首を振った。これ以上は無理だろう。まあそうだね、と中島がうなずいた。

「よくわからんが、何かあったら言ってくればいいさ。今日のところは帰ろうかね」

玲も立ち上がる。まだだよ、と目で主張している有佳利の腕を強引に引っ張って、帰るんだよと促す。不承不承椅子から腰を上げた体を引きずるようにしてリビングを出た。

その時、玄関から音が聞こえた。帰りました、という三恵子の声がした。

「お義母さま……お花は？」

リビングから出てきた深雪が慌てたように声をかける。何となく気分が優れなくて帰ってきました、と三恵子が言った。

「あなたたちは……昨日の方ね？　何か？」

スリッパをはいた三恵子がリビングへ入っていく。老人たちが後に続いた。

「昨日、電話したはずです」振り向いた三恵子が口を開く。「もう来ないでいただきたいと申し上げました。わかっていただけたと思っていましたが……何かご用でも？」

「……アフターサービス、みたいな？」杏子はしどろもどろに答えた。「つまりその、これはですね……」

「何で来ないでくれとか言うのさ」有佳利が横から口を出した。「あたしたちの仕事に不満が？　それならそう言ってくださいよ。こっちはサービス業なんだ。お客さんの声を聞ければ参考になる。何かまずいことでもしましたっけ？」

「いいえ。そんなことは申しておりません」三恵子が首を振る。「ただ、必要がないということです。サービスの内容は嫁に聞きました。マッサージも家事代行も不要でしょう。余計なことです。お帰りください」

「お嫁さんは疲れているようだ」中島が眉間に皺《しわ》を寄せた。「この家は広い。一人で全部やるのはちょっと辛いんじゃないか？　子供もまだ小さいし、体力的にきついだろう。少し手伝ったっていいんじゃないかと思うんですが……」

「いえ、不要です」にべもなく三恵子が言った。「わたしは二十五でこの家に嫁ぎました。亡くなった主人と暮らし、家のことはすべてやり、もちろん子供も育てました。あなたたちはおわかりでしょうが、わたしの頃には今みたいな電化製品はなかった。洗濯板を使ってた時代です。全部自分の手でやりました。それでもどうにかなった。今はいろいろ便利になっています。四、五十年前わたしにできたことが、今嫁にできないはずがありません。他人様の手を借りる必要はないんです」

「嫁いじめはどうかと思いますよ」玲が首を傾げた。「そんなの、はやりません」

「そんなつもりはありません。わたしがこの家に来た時、主人の母はもちろん生きていました。あの頃は……言ったら何ですけど、そりゃあひどい扱いでした。おわかりですよね？　そういう時代でした。嫁は耐えるしかなかったんです」

言わんとするところはわかる、と有佳利がつぶやく。でも時代は変わりました、と三恵子が苦笑した。

「もう嫁いじめなんてしてる場合じゃありません。通用しませんよ。ただ、わたしはもう七十で、家のことをするのは難しい。体が動きません。だから嫁にやってもらっている。ああしろこうしろ、こうじゃなきゃいけないなんて言ってません。普通にちゃんとしてくれれば十分です。叱ったり怒ったりしたことはない。そうですよね？」

「はい、お義母さま」

深雪が答えた。わたしたちはうまくやってるんです、と三恵子が目をつぶった。

「家の中のことを他人様にあれこれ言われる筋合いはありません。おわかりですね？　帰っていただけますか？」

「帰りません」

杏子は一歩前に出た。三恵子の鼻が僅《わず》かにひくついた。

「あたしの夫にも母親がいます」まっすぐ三恵子を見つめた。「離れて暮らしていますが、時々孫の顔を見にきたりします。拒むつもりはありません。来てほしいとも思います。だけど、あんまりひどい家は見せられません。掃除だって洗濯だって念入りにやらなきゃいけないし、お義母さんの好きなお茶やお菓子を用意したり、いろんなことがあります」

「どこの家だって同じでしょう」

「月に一度かふた月に一度ぐらい、義母がやってきます。こっちだって身構えます。それははっきりとプレッシャーです。一生懸命やってます。だけど、何か言われたらと思うと胃が痛くなります。その気がなくたって、言葉のひとつひとつに違う意図を感じることがあるんです」

「考え過ぎですよ」

「あなたはとてもきちんとしていて、身奇麗だし、たぶん毎日の生活もちゃんとしているんでしょう。素敵なお義母様です。でも、だからこそお嫁さんにとっては重くなっていませんか？　一緒に暮らし、毎日顔を合わせなければならない。それがきつく感じることはないと？」

「いろいろ便利になったのはその通りだけど、最低限やらなきゃならないことはやっぱりあるでしょう」玲がうなずく。「ルンバならともかく、掃除機をかけるのだって結局は人間です。毎日しなくちゃならないのは大変ですよ」

「わたしにはお嫁さんの気持ちが何となくわかります」杏子は言った。「疲れているんじゃないでしょうか。ちょっとだけ、誰かに手伝って欲しいと思うのは当然ではありませんか？」

「お嫁さんはあんたに気を遣ってるよ」有佳利が腕を組んだ。「あんたが外出してる時間だけ、あたしたちを呼ぶことにした。あんたが知れば何か言われるだろうからね。お花に行ってるみたいだけど、毎日かい？」

「近所の生け花教室で教えてるんです」三恵子が答えた。「平日はほぼ毎日。二時から四時まで」

「その間だけマッサージと家事を代わってやってもらおうと考えた。あんたに気づかれないため普通より早く終わるよう頼んだ。本人も一生懸命なんだ。それぐらいは休ませてあげなさいよ。ずっとそうするつもりじゃないと思うよ。子供が大きくなって余裕ができたら、自分が動ける範囲も広がるだろう。それまでの間だけ、ちょっと休んだっていいじゃないの」

休ませてますよ、と三恵子が心外そうに言った。

「人を鬼みたいに言わないでください。わたしの頃とは比べ物にならないぐらい休んでます。家事をやらせてるのも無理やりにじゃありません。その方がむしろこの家で暮らしやすいだろうと思ってのことです」

「それは……」

「姑は自分のやり方を嫁に押し付ける。だから諍《いさか》いになる。そんなふうにはしてません。台所だって全部明け渡しました。夫や子供のために、作りたい料理を作らせています。掃除だって洗濯だって、嫁のやり方でやってもらってます。口出しなんかしませんよ」

「でも……」

「子育てだってそうです。わたしならそうはしないということはあります。でも、それは古いんでしょう。わかってます。だから黙ってる。疲れたら休みなさいといつも言ってます。休めばいいじゃありませんか。あたしは鬼姑ですか？　そんなことはないと思ってますよ。他人様に何か言われるようなことはしてません」

「あなたはわたしたちと同じ世代です」玲が口を開いた。「だから言ってることはわかります。わたしたちは苦労してきましたよね。ただ、ひとつだけいいですか？　あなたの考え方は正しいと思いますけど、お嫁さんの気持ちはどうか、考えたことはありますか？」

「……嫁の気持ち？」

「どういう言い方をしてるか知りませんけど、言葉にしていなくても、態度やそぶりがプレッシャーになったりしてはいませんか？　目線ひとつでも、重荷に感じる人はいますよ」

「そんなことあるわけないじゃないですか……深雪さん、そうよね？」

「それがどうなのかと言ってるんです」玲が苦笑した。「そんな上からの言い方をしたら、誰だってありませんとしか答えようがないですよ。そうじゃなくて、あなたの言葉や態度をどう受け取っているのか、正直なところを話してもらいましょうよ」

　いいのよ、と杏子は深雪の肩に触れた。小さくすすり泣く声が部屋に広がっていく。

「……お義母様のおっしゃる通りです。自由にやらせていただいてます。怒られたり、嫌みを言われたことはありません」

「そう言ったでしょ？」勝ち誇ったように三恵子が向き直った。「さあ、お帰りください」

「でも、何をしても気に入らないことはわかってます」深雪が右手の甲で顔を拭った。「あたしのご飯をお義母様は食べてくれない。黙って自分で作り直す。主人や子供の分もです。掃除をしたってため息をついてやり直す。洗濯もそうです。舌打ちをして、首を振って……いつも見られている。ちょっと家事を忘れたりすると、あれをしてないわよねって言われる」

「忘れてたら言ってあげるのは親切というものでしょう」

「……怒られたり、いじめられたりしてるわけじゃありません。でも、やっぱりプレッシャーなんです。子育てについては特にそうです。何をしても違うって……もちろんあたしは新米のママで、間違ってることもあるんだろうと思います。だけど、お義母様のやり方にも古いところがあるんじゃないかなって……でも、そんなこと言えないし……すごく疲れるんです」

深雪はもう泣いていなかった。はっきりした声で、ひとつずつ言葉を続ける。

「お義母様は主人の母で、あたしは嫁です、この家に入って、住まわせてもらってる。嫌いだとかそんなことじゃないけど、気は遣います。やっぱり他人ですから……ちょっとだけ休みたいって思ったんです。お義母様が留守の間だけマッサージとか家事とかを頼みました。いけないことでしょうか？」

「はっきり言えばいいのに」有佳利が三恵子に向かって言った。「やり方が違うって思うなら、そう言えばいい。みんな違うさ。当たり前だよ。生まれも育ちも違うんだ。そりゃそうなるって。だったらちゃんと意見を言い合って、それでやっていけばいいじゃないの。言葉にしなかったらイライラも溜まるし、ますます気になってくるさ。お嫁さんだって怯えるよ。そういうもんだろ？」

「言葉にしたら、揉めるじゃありませんか」三恵子が口をすぼめた。「そんなの嫌ですよ」

「いいや、言うのは義務だよ」有佳利の声が大きくなった。「義理でも何でも母親なんだ。経験だってある。言うのは権利でもある。だいたい、何も言わずに見てるだけで楽しいかい？　あたしも婆さんだ。ぶっちゃけるけど、楽しく生きたくないかい？　それとも婆さんが楽しく生きちゃいけないと思ってる？」

「気を遣う必要はある」中島がしかめっ面で言った。「年齢じゃなくて人間同士の話だ。他人だって身内だって、気を遣う必要はあるさ。だけど、遠慮することはないんじゃないか？　言いたいことを言って、やりたいことをやんなよ。家事だって子育てだって、一緒にやりゃあいいじゃないか。どんどん口を出しなよ。その方が楽しい。いけないことかね？」

黙って聞いていた三恵子の唇がゆっくりと動いた。

「深雪さん……わたしはあなたのことが嫌いです。最初から嫌いでした」

「……お義母さま」

「年長者との話し方がなっていません。動きががさつです。どこかでわたしのことを避けてますね？」三恵子が指を一本ずつ折る。「見てないと何でも手を抜く。料理の味付けが濃い。わたしは冷たい飲み物が嫌いだと何度言っても、冷えたお茶を出してくる。息子を独占しようと考えてますね？　そんなことはわかってます。何から何まで気に入りません」

奥さんそれは、と中島が言いかけたが、有佳利が止める。三恵子が話を続けた。

「ですが、嫁です。一生つきあっていかなければなりません。あなたはこの家に嫁いできた。嫁として、もっと働いてもらわなければなりません。そうでしょう？」

玲が深雪の両肩を押して前に出した。あなたも言いなさい、と背中を叩く。深雪が前髪を上げた。

「あたし……あたしもあなたみたいな人は大嫌いです」

ゴーゴー！　と有佳利が右手を振り上げた。

「赤ちゃんの前で平気で煙草を吸う。甘いものを与えようとする。自分のやり方や習慣にこだわる。不満があると黙り込んで、何を言っても返事してくれない。意見を変えることもない。結局は何もかも自分の思う通りにしようとする。ケチで、そのくせ好みがうるさい。プライドが高い。つきあうのも大変です」

そりゃ大変だ、と中島が言った。だけど、と深雪が一歩前に出る。

「だけど、お義母さんです。血はつながってないけど、家族だと思ってます。仲良くしたい。本当です。何でも言ってください。はっきり言葉にしてくれれば、あたしはこう思ってるって言うことができる。子育てだって家事だって手伝ってほしい。教えてほしいんです。あたしはいい嫁じゃないかもしれないけど、頑張ろうと思ってます」

深雪が荒い息を吐いた。黙っていた三恵子が無表情のまま杏子に視線を向けた。

「あなたの会社ではマッサージをしてくれるそうですね。料金はおいくらなんですか？」

「二時間で五千円です。家事もやりますし、赤ちゃんの世話もします」

杏子が答える。ふうん、と三恵子が口元を歪めた。

「お高いこと……まあいいでしょう。明日の予約をお願いしたいのですが。二人です。わたしと嫁のマッサージを頼みます。わたしだって疲れてるんです。マッサージぐらいしてもらってもいいでしょう」

「……ご予約、ありがとうございます」

お金はいつ払えばよろしいですか、と三恵子が財布を取り出した。

家を出たところで、老人たちが大きく息を吐いた。あの二人はうまくいくんでしょうか、と杏子が聞く。知らないよ、と有佳利が舌を出した。

「嫁と姑はうまくいかないようにできてるんだ。橋田壽賀子のドラマじゃいつだってそうだ。にこにこ楽しく嫁姑が暮らす家なんてないよ」

「だけど……」

「これからもお互い腹に一物持ちながら暮らしていくさ。ケンカだって何だってすりゃあいい。はっきり物を言い合うようになったらもっと揉めるさ。いいんだよ、揉めたって。人間なんだもん、当たり前だよ。黙って耐えているより百倍ましさ」

「それじゃあ……」

「トラブルになって、呼ばれたらまた考えようじゃないの」有佳利がうなずく。「嫁姑っていうのはそういうもんだよ」

「有佳利さんは……やっぱり姑さんといろいろあったんですか？」

「……うちはもっとひどかったさ」

それだけ言って有佳利が口を閉じた。矢島の奴が元気がない、と中島が話題を変えた。

「顔色も良くないし、あんまり喋らなくなった。どうしたのかな」

「奥さんの体調がよくないって聞いてるけど」玲が言った。「あの人、奥さんにべったりだから……心配なんじゃない？」

「いい歳して女房に甘えるなんてどういうつもりかねえ……まあいいや、どうかね、その……ちょっと飲みに行ったりしないかい？」

中島が不自然な声で言った。有佳利が目的なのは見え見えだったが、どうぞごゆっくり、と杏子は先に立って歩きだした。

マンションに帰った。玄関のドアを開けると、駆け出す足音が聞こえた。

「尚也？」

呼びかけたが返事はない。辺りを見回すと、子供部屋から声が聞こえてきた。何だろうと思いながら部屋に入ると、良美がベッドに腰掛けてしゃくりあげていた。

「どうしたの？　何泣いてるの？」

抱き寄せると、しがみついてきた。泣かないでと頭を撫でていたら、右腕が赤く腫《は》れているのがわかった。

「どうしたの、これ？」

「……エレベーター」良美が痛そうな顔をした。「ガーッて、挟まれて……」

「マンションの？」

そう、とうなずく。不安になった。安全性に問題はないのだろうか。管理人に連絡した方がいいのだろうかと思っていたところに電話が鳴った。矢島、という発信人表示を見て、もしもし、と言った。

「おれだけど。社長、ちょっと頼みがあってさ」

「何ですか？」良美を抱いたまま立ち上がる。「何かありました？」

「いや、ちょっとね……再来週、女房と旅行に行こうと思ってさ」

「あら、羨ましいです」

「二泊するつもりでさ。火水木と休んでいいかね？」

「どうぞどうぞ。ゆっくりしてきてください」

「箱根で温泉でも入ろうかって……」声が弾んでいた。「女房の体の調子がちょっと良くなってね。ずっと行きたかったんだけど、いいタイミングかなって」

「良かったじゃないですか。奥さん孝行してきてください」

「悪いね。みんな働いてるのに……申し訳ない」

いいんです、と電話を切った。矢島が妻を大事にしているのはみんなもよく知っている。

老夫婦が仲がいいというのは、聞いていて楽しくなる話だった。

「今、ご飯の用意するからね」良美に呼びかけた。「お兄ちゃんはどこ？」

知らない、という答えが返ってきた。その辺にいるのだろう。台所へ向かう。何を作ればいいのか、冷蔵庫を開いているとまた電話が鳴った。矢島、という表示がある。

「どうしました？　何なら再来週全部休みます？」

「……矢島の家内ですが……美紀《みき》と申します」

押し殺した女の声が聞こえた。すいません、と杏子は電話を持ち替えた。

「あの、初めまして……あたし、桜井といって、一応会社をやってると言いますか……」

「主人から聞いています。こちらこそお世話になって……ちょっとお話ししたいことが……」

「何でしょう？」

「今はちょっと……明日、少しお時間いただけないでしょうか。お昼とか夕方とか……」

「構いませんけど……」明日の予定を思い浮かべながら答える。「お昼は空いてます。十二時ぐらいなら全然……」

「すいません、お願いします。場所はまた後ほど……失礼いたします」

電話が切れた。最後まで低い声だった。矢島に聞かれたくないということなのか。

話には聞いているが、会ったことはない。相談事ということなのか。よくわからない。まあいいや、と思いながら炊飯器を開けた。

「ウソ！　ご飯ないじゃないの！」

中は空っぽだった。朝食の時に全部食べてしまったらしい。大変だ、とつぶやきながら米を出して研ぎ始めた。

第三話　孫殺し

1

机に座り、パソコンを開いた。きびきびした指さばきで画面を操作していく。ちょっとキャリアウーマンっぽくない？　と自分の動きに満足しながら、スマホにタッチした。

スタッフ全員に予約の確認をする。みんなすぐに出てくれた。今日はいい日だ、と鼻歌が漏れる。最後に電話がつながったのは矢島だった。はいはーい、と元気のいい返事があった。

「おはようございます。今週は仕事を入れていいんですよね？　旅行は再来週から？」

「そうだよ。どんどん入れてよ。金がいるんだ」

「どうしてです？」

「箱根の旅館、グレードアップしたんだ」矢島が笑った。「部屋もだけど、料理が良くなる。

四皿増やしてやった。マグロの刺し身が美味《うま》いんだって。ホンマグロだぜ。もちろん天然だ」

「いいですねえ……あたしなんかそれどころじゃなくて」

「だから小遣いがいる。いいだろ？　贅沢したって。罰は当たらんさ。年寄りの特権だ」

「羨ましいです」

「カミさんと二人で楽しくやるんだ。季節もいいしな。もしかしたら延泊するかもしれん」

「どうぞどうぞ。じゃ、とにかく今日の予約の確認だけしていいですか？」

「はいはーい」

「十一時から、小金井の堤さんってママの家へ行ってください。住所は……」

説明を続けた。了解了解と矢島が答える。問題のない朝だった。


昼過ぎ、吉祥寺駅近くの喫茶店に行った。矢島の妻、美紀と会うためだ。

顔は知らなかったが、座っていると入り口のところに品のいい老女が現れた。矢島からさんざん話は聞かされている。ひと目でわかった。美紀も迷わず杏子の席に近づいてきた。

「こんにちは、初めまして……桜井と申します。矢島さんの奥様……ですよね？」

「社長さんですね？　まあ、お若いんですねえ……いつも主人がお世話になって……」

頭を下げた美紀が席に着く。紅茶を頼んで小さく微笑んだ。

「迷惑をかけてないかって心配で……矢島は調子のいいところがありますから……」

「そんなことないです。矢島さんはすごく一生懸命働いてくれて、助かってます」

「あの人は仕事以外何にも趣味がなくて」運ばれてきた紅茶にミルクを注いだ美紀がひと口飲んだ。「会社を辞めたらどうするんだろうって不安だったんですけど、そちらに入れていただいて……いつも、社長さんや他の皆さんはいい方ばかりだって楽しそうに話してます」

「本当によくやってくださって、心強いです」

美紀がティーカップの縁を指でなぞる。それ以上どう話をつなげていいかわからず、奥様はお元気そうですねと杏子は言った。

「あまり……体調が優れないと矢島さんから聞いてましたけど、そんなふうには……」

「ええ、そうです。元気です」

健康です、と美紀がうつむく。胃が悪いみたいなことを聞いてますけど、と杏子は言った。

「はっきりは伺ってませんが、胃潰瘍とか……？」

「それは嘘です」美紀が顔を上げた。「本当に体調が良くないのは矢島なんです」

「はい？」

「あの人は白血病です」美紀が淡々と言った。「半年前、市の老人検診でわかりました。本人は知りません。検査結果の通知書類はわたしが先に見て、本人には知らせなかったんです」

「そんな……信じられません……元気そうなのに」

「矢島はとても明るい人ですが、気の弱いところがあります」美紀がまっすぐ前を見て話を続けた。「特に病院を嫌がります。怖いんですね。何があったのか知りませんが、本当に駄目なんです」

「……そういう人はたまにいますけど」

「わたしが胃潰瘍だということにして、付き添いで来て欲しいと頼みました。お医者さまには理由を話して了解してもらい、わたしの診察をする間の時間潰しという名目で治療を受けさせたんです。付き添いというのは暇ですからね……不思議なもので、そういうふうに理由をつけると怖がらないんです」

「……はい」

「最新の検査だといって放射線治療を受けさせ、血圧の薬だと偽って投薬治療もしました。病院に毎月何度も通うことになりましたけど、わたしの病気が良くないと言うとつきあうよって……きれいに騙されてくれました。わたしのことが心配なんでしょう。本当は自分が治療を受けていることに気づいていません」

「矢島さんは……奥様のことを大切にしていますから……」

「先日、矢島の状態が良くないと宣告されました。しばらくしたら入院ということになるんでしょう」美紀が早口になった。「今までは、突然倒れたりとか、急変したらと思うと旅行になど行けませんでしたけど、お医者さんにも勧められて……わたしから誘って、再来週箱根に行くことにしました」

「あの……待ってください……そんな」

「今日、お呼び立てしたのはお願いがあるからです。しばらくの間、今まで通り働かせてもらえないでしょうか。病気だと気づかせたくありません」

「それは……おっしゃっていることはわかりますけど……」

「特別に何かしてほしいわけではないんです。むしろ、今まで通り普通に接していただければと……ただ、仕事中に倒れたりすることがあるかもしれません。事情を知っておいていただかないと、対処できないだろうと……最悪、騒ぎになって本人が病気のことに気づいてしまうかもしれません。それでお話ししました。ご迷惑かと思いますが、わかっていただければと……」

落ち着いた口調で話を終えた美紀が指で唇を拭った。はあ、とうなずいたが、信じられなかった。矢島さんが？　白血病？　まさか。

矢島は前勤めていた会社を去年定年退職して、すぐ杏子の会社に入ってきた。今年六十一歳だ。他のスタッフより若く、むしろ元気そうだ。何かというとすぐ妻の話になるのには少し閉口しているが、明るくてよく働くしフットワークも軽い、病気とは思えなかった。

「……あの、とにかくお話はわかりました。今まで通り働いていただきますし、何か突然のことがあったらまず奥様に連絡します。矢島さんには絶対言いません……でも、あれですよね？　最近は白血病と言っても……」

「昔のように不治の病ということではなくなっています」美紀が微笑みながら答えた。「どうなるかは五分五分だと……これからの検査ではっきりすると思います。社長さん、そんな顔なさらずに……何とかなりますよ」

「矢島さん、お若いですものね」大丈夫ですよ、と自分に言い聞かせるように言った。「きっと……治ります」

ありがとうございます、と美紀が深く頭を下げる。それ以上何を言っていいのかわからず、杏子はぬるくなった紅茶をひと息に飲んだ。

2

喫茶店を出て、歩いて数分のところにあるカジュアルなピザハウスに向かった。佐々木と約束をしていた。ママたちへの対応について聞きたいことがあるという。

「ごめんねー」二十分、待ち合わせに遅れていた。「ごめんごめん。ちょっと前が押しちゃって……」

「いえ、全然。まあどうぞ……すいません、一人で先にやってます」

佐々木がテーブルのワイングラスを指で弾いた。白ワインが少しだけ残っている。昼から？　と聞くと、昼の一杯は夜のフルボトルに勝ります、と堂々と答えた。

ウエイターが近づいてきた。じゃあ、あたしも一杯だけ、とグラスワインを注文する。ぼくもお代わりを、と佐々木がグラスを振った。

「社長もけっこう……いけるくちですか？」

「……まあ、そこそこ？」

「かなりでしょ？」

顔を見合わせて笑った。まあいいじゃないと手を振って、どうなの、と聞いた。

「今日も午前中マッサージしてきたんだよね？　うまくいった？」

「何とか」ピザ食べましょうよ、と佐々木がメニューを開いて見せる。「学校もそれなりに大変だし、覚えることもいっぱいありますけど、実地の経験って重要ですよね。今日のママ、結構いろいろうるさくて……でも、勉強になりました」

マルゲリータでいいかな？　と聞きながら、届いたワインをひと口飲む。口当たりが良くて飲みやすい。チリ産だそうです、と佐々木が言った。

「すいませーん、じゃあマルゲリータをひとつ……あと、ポテトとソーセージの盛り合わせをください。ホントにごめんね、遅れちゃって。お腹空いたでしょ」

「子供じゃないですから。二、三十分ぐらい待てますよ……何かあったんですか？」

少し迷ったが、矢島の妻と会った話をした。佐々木が口が堅いことはわかっていたし、一人で抱えているには重すぎる話だった。そんなふうには見えませんけど、と佐々木が眉間に皺を寄せた。

「矢島さん、全然そんな……むしろ元気そうに見えます。あれですよね、他の皆さんよりお若い……んですよね？　本当に病気なんですか？」

「……そうみたい」

「そりゃあ……ちょっと厳しい話ですね……」佐々木の表情が曇る。「おれの親父は六十三で亡くなってるんですけど……今だと若すぎるっていうか……それはねえ……」

杏子は無言でワインを飲んだ。人間の命の儚《はかな》さを感じている。自分も三十九になった。若いつもりでいるが、どうなるかは誰にもわからない。

「……あなたは二十代だから、あんまりぴんとこないでしょうけど……体は衰えるよね。もう本当に、リアルに……子供を抱えて駅の階段昇ったりすると大変よ。はあはあ言っちゃって、心臓がバクバク」

「そんなふうには見えないですけど……社長はお若いですよ」

「またまた……よくそういうセリフがするする出てくるよね。どういうところで覚えるの？　ホストクラブに勤めてた？」

冗談めかして腕を叩いたが、いやマジです、と佐々木がつぶやいた。声のトーンが低く、真剣っぽく聞こえて、またまたまた、と小さく笑った。

「それで？　今日はどのママだっけ？」

「吉祥寺で、いつもの桑山さんです。あの人、何でスケスケのキャミソール着てるんですか？　ちょっと困るっていうか」

「桑山さん、三十八でしょ？　あなたより十歳ぐらい上だから、ちょっと頑張りたいのよ。女をアピールしたいんだって。わからなくもない」

先に届いたポテトとソーセージをフォークでつつきながら話をした。佐々木はサラリーマン時代、多くの仕事をこなしていたようで、半年ほどニューヨークに赴任していた時期もあるという。別れた妻との間に子供が一人いて、半月に一度の面会を楽しみにしている。子供に対する愛情は深いことが言葉の端々から窺え、それも親近感につながっていた。

白ワインが空いたので店のお勧めだというカリフォルニアの赤を佐々木が頼んだ。同じものをください、と杏子も言った。

妊娠、授乳中は禁酒していたし、子育ての間は昔のような飲み方はしないと決めていた。下の子供が七歳である以上、しばらくは仕方がないと諦めている。若い時のようにひと晩でワインのボトルを何本も空けるようなことをしていたら、子供の世話も何もできないだろう。

だが、昼に飲む酒が美味いことはよく知っている。一、二杯ぐらいいいじゃない、と自分に言い訳をして、注がれたワインを飲んだ。

「美味しいわあ」

佐々木がうなずく。余計な講釈を垂れないのはいいところだった。

「やっぱりお酒強いんですね」

「……がぶがぶ飲むようには見えないと思うけど……佐々木くんもそんな感じ」

「嫌いだったら昼から飲まないですよ……今度、飲みに行きませんか？」

「いいよ。行く行く」

そう答えたものの、実際には難しいだろうとわかっていた。子供ができてから、特別な理由がない限り夜に家を空けることはない。真人も許さないだろう。まあいいや、と残りのワインを一気に飲み干した。

上げる。

「マルゲリータお待たせしました」

ウエイターがピザを運んできた。美味しいらしいですよ、と佐々木がピザカッターを取り上げる。

「テレビで見たんです。吉祥寺の特集やってて、ここのピザが取り上げられてました」

「そりゃ期待できるわね。食べよう。お皿貸して」取ってあげる、と言った。「今日はおごるから。一応、社長だし」

「……いいんですか？」

気にしないで、とピザを取り分ける。ゴチになります、と佐々木がかぶりついた。

佐々木との食事を終えると、もう三時を回っていた。急いで家に帰った。しなければならないことは山のようにある。子供が二人いれば、どうしたってそうなるのだ。

夕食の準備をしようと思っていたが、三十分ほどして帰ってきた良美が算数を教えて欲しいと言い出した。明日小テストがあるのだという。勉強する気になっただけでもたいしたものだ。いいわよと答えて子供部屋に行った。尚也が隅でゲーム機をいじっている。

机に向かいながら、尚也とのコミュニケーションが減っているように思った。甘えてこなくなったのは間違いない。そういう年齢になったということなのか。もっと話したい。一緒に遊んだりしたい。なおざりにしているつもりはないが、時間がないのも確かだ。仕事をしているのは正しいことなのだろうか、と良美に算数を教えながら考えた。

他人であるママに同情したり、力になってあげたいとか言っている場合ではないのではないか。そんな時間があったら子供たちに向けるべきではないのか。夫のことはどうか。何となく丸く収まっているような気がしているが、本当にそうなのか。何もかも中途半端になっているのではないだろうか。

「ママ……おっかない顔してる」

隣に座っていた良美が怯えたような目で見上げた。そんなことないよ、と慌てて抱きしめる。

「ママ、どうしたの？　何を考えてたの？」

「夜ご飯、何にしようかなって……お豆腐があるんだけど、何作ろうかなって考えてた」

「冷や奴」

良美が即答した。子供なのに居酒屋のつまみのようなものを好む。あなたは変な子ですね、と笑いかけると、安心したのかノートに鉛筆を走らせ始めた。

視線を感じて振り向くと、ゲーム機を小脇に抱えた尚也が見つめていた。どうかした？と声をかける。別に、と横を向いて立ち上がり、そのまま部屋を出て行く。

「お兄ちゃん、何か怒ってる？」

知らない、と良美が首を振った。そう、と肩をすくめる。男の子って難しいわあ。

3

祥子と西荻窪の駅で待ち合わせて、鯨井幸《くじらいさち》という二十六歳のママが住むマンションへ向かった。一歳の息子がいて、会社員の夫は三十歳だと聞いていた。

「こんにちは、ムサシノマッサージ&家事代行サービスの桜井です」

インターフォンに向かって言うと、すぐドアが開いた。こんにちは、と明るく笑いながら幸が出迎える。若くて、元気がある。明るい性格なのはひと目でわかった。

寝室のベッドでマッサージを始めた。腰が重いんですよと言うが、それ以上面倒な注文はしない。金を払っているのだから何を言ってもいいと考えているママもいるのだが、幸はそんなことはないようだった。助かるわあ、と心の中で思った。腰を中心に、全身をマッサージしていく。気持ちいいです、と幸がうつ伏せのまま言った。

「もっと早くお願いすればよかった。そちらのサービスを受けている友達がいるんですよ。彼女から聞いて頼もうって思ったんだけど、いいのかなあっていうのもあって……マッサージやってもらって、家事までなんて贅沢じゃないですかあ」

「うちは安いと思いますよ」

「安いですよね、本当に。だから主人に話して、いいかな？　って。むしろ彼の方が勧めてくれました。大変なんだから、そうやって体を休めるのはいいことだよって」

「優しい旦那さんですね」

「へへ……まあ、そうかも」

幸が顔を上げて笑った。かすかにアルコールの匂いを感じて、一瞬手が止まる。

「……わかります？」

幸が顔を曲げた。ばつの悪そうな笑みが浮かんでいる。もしかしてちょっと飲んでますかと聞くと、ちょっとだけですよ、と答えた。

「午前中、洗濯しながらビールを一缶。主婦のささやかな気晴らしっていうか」

「気持ちはわかります。今日は天気もいいし、飲みたくなりますよね」

「桜井さんも飲むんですか？」

「今は……そんなじゃないですけど、幸さんの歳の頃は、まあ……かなり」

「やんちゃしてたんだ。あたしも人のこと言えないけど」

「そういうわけじゃ……飲むのはいいですけど、ほどほどにした方がいいと思いますよ。お子さんが何かの間違いで口に入れたりしたら大変だし」

「わかってます。全然、そんな……一缶だけですもん」

左の肩の辺りが、と言った。肩甲骨の周辺を押す。ああ、いいわあ、と幸がつぶやいた。

「面白いママでしたね」

帰り道、祥子に話をした。ちょっとお気楽に見えるが、疲れ切って口も利けなくなるママがいることを思えば、明るいのはいいことだろう。夫とも仲が良さそうだ。元気なママを見てると、こっちもエネルギーをもらえる。

「午前中からビール？」

「祥子さんは飲まないからわからないでしょうけど、そういう気分の時はあるんですよ。アルコール依存とかそんなんじゃなくて、気分を味わいたいっていうか……一缶ぐらいだったらいいんじゃないですか？」

老人たちは皆よく食べ、よく飲む。祥子はその中で唯一酒を飲まない。みんなで集まる時も一人ウーロン茶などを飲んでいることは杏子も知っていた。

「いいんでしょうね……でも、本当に一缶かしら？」

「そう言ってましたよ」

「来た時、ゴミ集積所に張り紙があった。瓶缶を捨てる日は火曜日だって。つまり一昨日」

「はあ」

「掃除してる時に見たんだけど……一ダース以上の空き缶があった。ついでに言うと、リビングには灰皿もあって、吸い殻が溜まってた。あまり立派な母親とは言えないんじゃないかなって」

「ご主人なんじゃないですか？」

「そうね、そうなんでしょう……別にお酒を飲んだり煙草を吸ってたりしても、それはそれでいいと思うし。もう授乳期は終わってるんだし、無理に禁酒禁煙してストレスを溜めるより適当に発散させた方がいいもの」

「ああ、お医者さんも言ってました。ストレスの方が体に悪いって」

「そうね。うん、いいのよ。どうこういうことじゃありません。本人の自覚の問題よね」

「あのママなら大丈夫ですよ。若いけど、常識もありそうでしたし」

そうね、とうなずいた祥子が速足になった。無言で歩き続ける。足、速いですね、と杏子は言ったが、返事はなかった。

夜、子供たちと夕食を食べた。遅くなると真人からメールが来ていたが、いつものことなので気にはならない。子供たちも気に留めてないようで、どうやらパパ離れが始まりかけているようだ。かわいそうに、とつぶやいた。

食後、子供たちがテレビを見ている隙に、マッサージの予約の確認をしながらスタッフ全員に連絡を入れた。九時半、最後の電話を終えたところで、帰りにスーパーでシュークリームを買ってきていたのを思い出した。明日にしようかとも思ったが、特売品だったので夜のうちに食べてしまおうと、風呂に入ろうとしていた子供たちを呼び止めてシュークリームを出した。食べ始めたところに、真人が帰ってきた。

「飲んでるの?」

「ちょっとね……帰りに小田島たちとラーメン食って、ビールを一本ばかり」ジャケットを脱ぎながら真人がビニール袋をテーブルに置いた。コンビニのロゴが印刷された袋の中を覗くと、六本入りの缶ビールのパックが入っていた。

「何食べてるのかな?」

真人がおどけた声を上げた。シュークリーム、と良美がフォークを振り回す。ステキだ、と自分で冷蔵庫を開けて入っていた缶ビールを出した。グラスを使わずそのまま飲む。

尚也は無言のままシュークリームを食べていたが、結局半分残して部屋へ戻ってしまった。口に合わなかったのかもしれない。

「いいねえ、キミたちは。夜甘い物を食べるのは幸せなことだよ」

真人が訳のわからないことを言いながら缶を傾ける。どうなんだろうなあ、と杏子は小さく首を捻《ひね》った。

真人とはよく飲みに行った。というか、デートで酒を飲まなかったことはおそらく一度もないだろう。時々、酒の相手として自分とつきあっているのではないかと思うほどで、休日のデートの時などは昼から飲むこともあった。

杏子も酒は好きだったから、それはそれで構わなかった。一人で飲むのは若干抵抗もあったし、そこまで好きということではないのかもしれないが、誰かと飲むのは大好きだし、飲みながら喋るのはストレス発散のために一番いい方法だった。アルコールが好きなのは真人もよくわかっているはずだ。

尚也を妊娠した時、当然だが酒を止めた。医者や母親に言われたこともあるが、そうでなくても止めただろう。それぐらいの知識はあった。

半年ほど、真人も杏子につきあう形で家で飲まなくなり、その後飲むことはあっても、悪いなとか、一本だけ許してね、とか言ってくれたりしたが、一年経つと当たり前のように家飲みを本格的に再開していた。飲むなと言ったことはない。真人が酒好きなのはよくわかっている。飲んだっていい。

ただ、もうちょっと気を遣ってくれてもいいのではないか。尚也の授乳期を含め、その後しばらくは酒を飲めなかった。何かあったらと思うとブレーキがかかった。そうこうしているうちに良美を身ごもり、再び完全に禁酒せざるを得なくなった。

二年ほど前から、週に一、二度ビールを一本飲むようになったが、昔のような飲み方はまだしばらくできないだろうとわかっている。飲みたくないわけではない。気分としては前より飲みたいぐらいだ。だけど、我慢している。

真人が飲むのは仕方がないが、こんなに堂々と、見せつけるように飲まなくてもいいのではないか。こっそり飲めとまでは言わないが、気遣いがあってもいいだろう。

「いいねえ、シュークリーム」そんな杏子の思いをよそに、機嫌よく真人がビールを一缶空けた。「食べて食べて。どんどん食べなさい」

「一個残ってるけど、食べる？」

いらない、と言った真人が冷蔵庫を開けてもう一本取り出す。杏子はため息をついた。

4

次の日の夕方、仕事を終えてサンロード商店街を歩いていると、あら、という声がして肩を叩かれた。振り向くと見覚えのある女が笑顔を向けていた。

「ええと……あの、あれですよね、昨日の……」

「幸です。鯨井幸」ママチャリのハンドルを握った幸が、マッサージ気持ち良かったです、と言った。「桜井さんですよね？　ありがとうございました」

「いえ、そんな……そう言っていただけるとこっちも嬉しいです……あら、こんにちは」

自転車の後ろに子供が座っていた。眠いのか、ちらりと見て、ふうとため息をつく。翔平くんです、と幸がまだちゃんと生え揃っていない髪の毛を撫でた。

「一歳なんです。おとなしくて、いい子なんですよ」

「ああ、聞いてます。昨日もうちのスタッフが抱っこしてる時、全然泣かなかったって……」

いい子いい子、と指を振る。今日もお仕事だったんですか、と幸が聞いた。

「ええ、やっぱりあなたぐらいのママが、マッサージをしてほしいって……みんな疲れてるんですよね。あなたは？　お買い物？」

「はい。やっぱり買い物は吉祥寺だなあって。店もたくさんあるし品揃えもいいし」

「そうですよね……これは？　ワイン？」

前のカゴに瓶が四本入っていた。あらま、と杏子が笑いかけると、主人が飲むんでと幸が微笑んだ。

「幸さんだって飲むんでしょ?」

からかい気味に言うと、そりゃ少しは、とまた笑った。

「ところどころで休まないと、ママは続かないですよお……桜井さんだって、そうだったでしょ?」

「言いたいことはわかりますよ。うまくやらないと、疲れるばかりだものね」

「時間あります? ちょっとお茶でも飲みませんか?」

幸が言った。若いだけあって、物おじしないようだ。何となくうなずいた。

「うち、知ってる店あるんです。すぐそこだし、ケーキとかもあるから、そこでいいですか?」

返事を待たずママチャリを適当に停めて子供を抱き上げた幸が歩きだした。言葉通り、一分も歩くことなく地下の喫茶店へと入っていく。

いらっしゃいませ、という声に手を振って、奥の席へと進んだ。どうぞどうぞと壁側の席を指すので、言われた通り腰を下ろした。子供を隣の椅子に座らせた幸がポーチから煙草を取り出してくわえる。

「何にします? うち、ティーオーレ。毎回決まってるんで……でもホントはここ、コーヒーが美味しいって、ネットの口コミに書いてありました。その方がオススメかも」

「そうなの？　じゃあ、カフェオレを」

すいませーん、と店員を大声で呼んだ幸がオーダーを告げて、煙草に火をつけた。

「あのお、ホントはちょっと話したかったんです。昨日、あのお婆ちゃんが社長って呼んでましたよね。桜井さんって、社長なんですか？　マッサージの会社を経営してるってこと？」

「経営なんて……そんな大袈裟な話じゃないの。主婦しながら、ちょっと思いついて起業しただけ……社長なんて、みんな面白がってそう呼んでるだけで全然そんなんじゃないし。株式でも有限でもないのよ。会社って言えるかどうか……」

「でも、あのお婆ちゃんを雇ってる？　他にもスタッフっていうか、いるんですよね？」

「それはそうだけど」杏子は水を飲んだ。「一応給料払ってるし、スタッフ集めたのもあたしだし……まあ社長って呼ばれれば、そういうことかなあって」

「そういう話、聞きたかったんです」幸が顔の前で両手を合わせた。「子供がいると、普通の会社勤めってやっぱ難しいじゃないですか」

「そうね」

「ネットで見たんですけど、出産後会社に戻れる女の人って四割ぐらいなんですってね。しかも仕事の内容とか制限されるし、昇進とかもなかなか……うち、結婚する前はＯＬだったんですよ。全然ちっちゃくて、たいしたことないんですけど……でも昔っからある会社で、ちょっと古くさいっていうか……妊娠したんだったら辞めれば？　ぐらいのこと言われて、そんなんだったらいてもしょうがないかなって、辞めたんです」

「うん」

「うちもまだ全然若いし、ダンナもそんな稼ぎがいいわけじゃないから働きたいんですけど、捜すとそんな条件のいい会社はなかなかなくて……たまたまなんですけど、半年前におじいちゃんが死んだんですね」

「おじいちゃん？」

「うち、おじいちゃん子で、超可愛がられてたんです。おじいちゃん、三百万か四百万か、遺産も遺してくれて。ありがたすぎてちょっと手がつけらんなかったんですけど、それを元手に何かできないかって考えてたんですよ」

「ふうん……いいなあ、あたしもそんなおじいさん欲しい」

「たまたまですよ……桜井さんって、主婦なんですよね？　ママなわけでしょ？　会社やろうってどうして思いついたんですか？　どうやって始めたの？　お金はかかりますか？　忙しい？　ズバリ、儲かります？　ぶっちゃけ、何したらいいと思いますか？」

目を輝かせながら幸が質問を矢継ぎ早にした。今時の若いママではあるが、頭が悪いわけではないようだ。意外と核心をついた質問をしてくる。

ただ、煙草を吸うスピードがかなり速い気がした。十分ほどの間に、三本の煙草が灰になっている。

「……幸さん……ちょっと吸い過ぎじゃない？　お子さんが煙を吸ったりしたら……」

「大丈夫です。うち、エアコンの風下にいるし。その辺、ちゃんと考えてますって」

そう、と運ばれてきたカフェオレをひと口飲んだ。本人がそう言っているのだから、強く止めることはできない。煙草は赤ちゃんによくないって聞くけど、とつぶやいてみた。客ではなく、ママ同士の話のつもりだ。はいはい、と苦笑した幸が煙草を消した。

「質問に答えると……起業して三年ぐらい経つけど、正直お金にはならない。損はしてないけど、儲けは出ない。どうにか回してるって感じ」

「そういうもんですか……」

「よそのことはわからないけど、うちの会社はそう。隙間産業っていうか、大きな会社が手をつけないような狭いところでやってるし、料金設定も高くできないし……宣伝力もないから、安くしないとお客さんつかないし」

それからしばらく話した。杏子もやってみてわかったことだが、起業すること自体はそれほど大変ではない。問題は続けられるかどうかで、そのためには強いモチベーションが必要になってくる。

アイデア勝負だから可能性はゼロではないが、金が目的だったら難しいのではないかと言った。そっかあ、と幸が頭を掻いた。

「残念……やっぱ無理か」

「無理ってことはないけど……よく考えた方がいいと思う」

「うん、そうします。ありがとうございます……ヤバ、五時だ」幸が財布を取り出した。

「ごめんなさい、いろいろ聞いちゃって。でも、こんな話、友達とかだとなかなか……」

「そうだよね。こっちこそつまんないことしか言えなくて、ごめんね」

「全然。すごい参考になりました……それで、お礼ってわけじゃないんですけど、またマッサージお願いできますか?」

「ええ、もちろんです」

「この前のお婆ちゃん、仕事が丁寧で良かったです。また来てもらいたいな。自分じゃそれなりにやってるつもりなんですけど、やっぱプロがやると違いますよね。ダンナ帰ってきて、家がきれいじゃんって喜んでて」

「指名とか、大丈夫ですよ。じゃあ、メールいただけます? 日とか時間とか、調節しますから」

「了解。さあ、帰ろうね。いい子にしててあんたは偉いよ。はい、抱っこ」

幸が子供を抱え上げる。たくましいなあ、と思いながら杏子も席を立った。

5

「あ、いらっしゃい。こんにちは」

幸が明るい声と共にドアを開いた。杏子と祥子も、こんにちはと頭を下げる。

数日が経っていた。祥子の予定が入っていたり幸本人の都合もあって、この日になったのだ。よろしくです、と幸が抱っこしていた子供を差し出す。無言で受け取った祥子が、ほんの少しだけ顔をしかめた。

「重かったですか？」

「いえ」

言葉少なく祥子が答える。杏子はその声の調子に思わず顔を上げた。何か怒っている？

「どうかしました？　祥子さん」

ううん、と子供を抱え直した祥子がそのまま家の中に入る。じゃあお願いします、と明るく幸が言った。わかりましたと杏子も後に続き、準備を始めた。

子供を背負った祥子が部屋の掃除に取り掛かり、杏子は幸の着替えを待ってマッサージの支度を整えた。じゃ、お願いしまーす、と幸がベッドに横になる。肩の辺りに手をかけた時、携帯の着信音が響いた。

「あれ、ちょっとすいません」上半身を起こした幸が電話に出る。「はいはい、もっしー。お疲れー」

寝そべってそのまま話す。マッサージをしていいのかどうかわからないまま、杏子は足をさすった。

「何、どうしたあ？　今日？　いきなりだね……いいけど。うん、別に空いてるし。七時？　はいはい。場所は？　あ、そう。じゃ、決まったらメールして。今、ちょっと人が来ててさ。悪い悪い……後でかけ直す。じゃね」

ごめんごめんと幸が携帯を枕元に放った。

「すいません、友達からで……あ、ふくらはぎは優しくお願いします」

「わかりました……これぐらい？」

「いい感じです……飲みの誘いなんですけど、たまにはね。あんまり行かないと、誘ってもらえなくなるし。ダンナに言っとかなきゃ。早く帰ってもらおうっと」

気持ちいいです、と幸が言った。はいはい、とうなずきながら杏子は腰の周りを揉み続けた。

帰り道、祥子は無口だった。疲れているようだ。祥子は六十八歳で、仕事の手を抜かない性格なのはわかっていた。

「じゃあ、ここで」駅のホームで頭を下げた。「お疲れさまでした。明日もよろしくお願いします。今日は休んで……」

「子供部屋に……電池が落ちててね」祥子がかすれた声で言った。「丸いやつ。ボタンみたいな……」

「ああ、はいはい」

「落ちててね」

それだけ言って口を閉じる。そうですか、とうなずいた。言いたいことはわかる。

電池に限ったことではないが、小さな物は子供にとって危険だ。誤飲の可能性がある。今はそこまで神経質になっていないが、杏子も二人の子供が小さい時には気を遣ったものだ。

「そうですか……幸さんはちょっとそういうところ無神経なのかも……危ないですよね。大丈夫なのかな……」

祥子は何も言わない。電車が入ってきた。

「次にそういうことがあったら、ちょっと言ってあげた方がいいかもしれないですね」

ホームに電車が停まり、ドアが開く。じゃあ、あたしはこれに乗って帰りますからと一歩踏み出した時、祥子が低い声で言った。

「あたし……」

「はい？」

「あたしは孫殺しだから……」

「祥子さん？　今何て？」

電車に乗ったところで振り向く。祥子がじっと見つめていた。祥子さん？　と呼びかけたが、ドアが閉まった。背を向けた祥子が歩きだす。

何と言ったのか。孫殺し？　どういう意味なのか。

杏子は周囲の乗客に遠慮しながら、スマホを取り出した。祥子の番号を押す。出ない。呼び出し音が鳴るだけだった。

吉祥寺駅で降りたが、そのまま帰る気になれず、いつものオープンカフェに寄った。老人たちがテラス席から手を振っている。こんにちは、と言って隣に座った。

「どうかね、社長」ビールを飲んでいた中島が右手を上げた。「今日は大変だったかい？」

「そうでもないです。皆さんは？」

老人たちが口々に今日の仕事について報告した。別に問題はないようだった。

「……祥子さんのことなんですけど」ひとしきり話を聞いてから、杏子は遠回しに話し出した。「お孫さんって……いらっしゃるんですか？」

「いたのは知ってる」

玲が言った。老人たちがうなずく。

「いたって言うのは……どういう意味ですか？」

「よくは知らないけど、お孫さんは小さい時に事故で亡くなったって聞いてるよ」麻美子が言った。「詳しいことは本人も話さないし、こっちも聞けないし。かなり昔の話だって言ってたような気がするけど……それ以上はわからない」

「孫がどうかしたのかい？」

矢島が顔を向ける。どうもしないんですけどと答えながら、言いようのない不安を感じていた。

孫殺し、とあの時祥子は言ったような気がする。聞き間違えたのだろうか。ホームには人がたくさんいた。うるさかったのは本当だ。何か勘違いしているのだろう。そうに決まっている。孫殺しなんて。

「社長も何か飲みなよ。ワインとかにするかい？」

中島がメニューをどこからか持ってきた。いえコーヒーをと答えたが、それ以上何も言えず、スマホを取り出して祥子に電話をした。出なかった。

6

四日後、また幸から予約が入り、指名されたので祥子と二人で行った。マンションに着いてインターフォンを鳴らしたが、返事はない。留守のようだった。

「どうしたんですかね……もう二時になりますけど」

うん、とうなずいた祥子と共に下まで降りて、辺りを見回した。十分ほどそうしていると、子供を自転車に乗せた幸が走り込んできた。

「ごめんなさーい！　すいませんすいません」謝りながら自転車を駐輪スペースに停める。

「ちょっと病院行ったら、意外と混んでて……遅れちゃいました。本当にすいません」

「そんなに待ったわけじゃ……ねえ、祥子さん。焦らなくてもいいですから」

マンションのエレベーターに乗った。二、三日前にこの子が熱を出しちゃって、と幸が話し出した。

「しばらく様子を見てたんですけど、下がらないんで……それで病院へ。だけど、病院で熱計ったら平熱で。笑っちゃいますよね、タイミング悪いっていうか……風邪だったみたい。お医者さん、そう言ってました。子供だもんね、風邪ぐらい引くよねえ」

子供に笑いかける。治って良かったですねと杏子がうなずいた。エレベーターを降りた幸が部屋の鍵を開ける。

「本当にすいません。客が遅れるって、わけわかんないですよね……さっそくですけど、お願いできます？　この子のことがあって、ちょっと家が散らかってますけど……はい、あなたおばあちゃんに抱っこしてもらいなさい」子供を祥子に渡した。「よろしくです。着替えますから、ちょっと待っててくださいね」

スニーカーを玄関に脱ぎ捨てた幸が寝室に入り、パジャマを左手に摑んで出てくる。そのままキッチンへと進み、冷蔵庫から缶ビールを取り出した。

「すいません、チャリ必死こいて漕いだら、喉渇いちゃって……ひと口だけ、ちょっと待って……ああ、おいしい」

流し込むようにして飲む。染みるなあ、とつぶやいた幸の前に祥子が進み出た。

「……あなたに話があります」

思い詰めた表情だった。どうしたんですか、と杏子は声をかけたが、唇を嚙み締めたまま動かない。缶ビールを持ったまま、何ですかあ、と幸が明るい声で言った。

「もしかして怒ってます？　ごめんなさい、待たせといてビールじゃないだろうって？　そうですよね、あたしが悪いです、すいませ……」

「親が思ってるより、子供は強いものです」祥子がゆっくりと話し出した。「子育てに異常に神経質になる親がいますけど、そんなに心配しなくても大概の場合大丈夫です」

「はい……」

「あまり過敏になり過ぎたら、子育てなんてできません。それはその通りです。だから、口出しするつもりはなかった。でも……ちょっと目に余るものがある」

「はあ……すいません」

「子供が熱を出すたびに病院に行ってたら、母親が倒れます。すぐ行く必要はありません。ひと晩様子を見ることがあったっていい。でも、それでも熱が下がらなかったら、それは医者に診てもらうべきです。高熱が続けば後で障害が残ることだってあります。そもそも風邪ではないのかもしれない。九十九パーセントは大丈夫ですよ。だけど、万が一ということはあるんです」

「はーい。すいません」幸が笑いながらビールをひと口飲んだ。「気をつけまーす……っていうか、してるし」

「それだけじゃありません」祥子がビールを指した。「酒や煙草が全部駄目だとは言いません。でも、限度というものがありますよ。止めていらいらして子供に当たるぐらいなら、酒だって煙草だっていいでしょう。だけど、どこかで線を引くべきです。あなたはたぶんそんなに強い人間じゃないと思います。あたしもそうだからわかります。大丈夫だと思っていても、何が起こるかはわからないんです」

「……そりゃあ……そうだけど」

「子供の抱え方や、他人に渡す時も乱暴過ぎませんか？　落っことしたらどうなると思っているんですか？　骨折や、頭を打つことだってあるんですよ」

「気をつけてますって、それぐらい」幸がうつむいた。「一、二度落としちゃったことはあるけど……でも平気だったし。みんなそうでしょ？　そんなこと、ありますよね？」

「そりゃあるけど……でも気をつけるに越したことはないって思う」杏子は言った。「大人とは違うもの。何かにぶつかったりしたら……」

「あなたは少しずつ限界の線が緩いように見えます」祥子がまた一歩前に出た。「この前、部屋にボタン電池が落ちているのを見ました。子供は何だって口に入れますよ。間違って飲み込んだらどうするの？　タンスの角とか、尖ったところが剝き出しになってるけど、なるべくならカバーとかかけた方がいい。転んでぶつかったら怪我するでしょう。目に当たったら失明することだってある。全部が悪いなんて言ってません。もう少しだけ考えなさいと言ってるんです」

「わかるけど……なかなかそんなふうには……あたしだっていろいろあるし」

幸がふて腐れたように答える。祥子さんの言ってることを少し考えてみてもいいと思うの、と杏子は言った。

「この前あなたは友達に誘われて、夜出掛けるとか言ってたけど、子供はどうするのかなって思った。連れていったとも思えないし、じゃあ家に置いていった？　ご主人が帰ってきて、任せたのかなとも思ったけど、本当はどうなの？　そのままにして出掛けちゃったんじゃないの？」

「それは……まあ……」

「煙草もそうよ。喫煙は健康に悪いわ。禁煙は無理だとしても、せめてお子さんの前で吸ったりするのは止めた方が良くない？　我慢するところは我慢しないと……」

「そうだけど」開き直ったように幸が大声を出した。「あの時はダンナが早く帰ってきてくれるって言ったから、ちょっとの間だけ一人にさせたけど、大丈夫だって思ったし。実際、全然大丈夫だったもん。そんなふうに責められたくない。子供は可愛いし、大事だと思ってる。でも、あたしがストレス溜めこんだらヤバくない？　そんな、しょっちゅうこの子の前で煙草吸ったりしないって。とにかく一年間この子を育てた。うまくいってる。いいんじゃないのかなあ」

「これ以上は言いません」祥子が低い声で言った。「子育てのやり方はそれぞれで、正解があるようでないのはあなたの言う通りです。だから、ひとつだけあたしのお願いを聞いてください。子供を自転車に乗せる時はヘルメットをつけてください。約束してもらえませんか」

いきなりひざまずいた祥子が、頭を床に押し付けた。え？　え？　と幸が杏子を見る。

「すいません、おばあちゃん、そんなことされても……あたしも悪いところあったと思うから」

「祥子さん、とにかく顔を上げて……立ってください」

杏子が肩に手をやって立ち上がらせる。祥子の目に涙が溢《あふ》れていた。

「……何があったんです？」

顔を両手で覆った祥子が、つぶやくように話し始めた。

「あたしは若い時結婚して、すぐに子供を産みました。二十二歳でした……娘です」祥子が目を拭った。「娘も早くに結婚して、男の子を産みました。あたしは四十三でおばあちゃんになったんです。男の子が欲しくてね……どんなに嬉しかったか。出産後、娘が体調を崩したこともあって、あたしが育てました。喜んでそうさせてもらった。いつも一緒にいました」

「そうですか……」

「……あの頃、あたしはお酒が嫌いじゃなくて……本当のことを言うと、かなり飲む方でした。娘を産んだ時も止められなかったぐらいです。孫が一歳の時、連れて買い物に行きました。近所のスーパーまで、数百メートルの道を自転車に乗せて行った。その時が初めてじゃありません。しょっちゅうしてたことで、何も問題はなかった。その日、少し……飲んでいたのは本当です。あの頃は子供用のヘルメットなんてなかった。みんな母親や保護者は子供を自転車の後ろに乗せて、どこでも走ってたんです。当たり前のことでした」

「……それで？」

「孫と二人で買い物をして……さあ帰ろうと子供を自転車に乗せたところで、買い忘れた物があったのを思い出して……店にもう一回入りました。孫はそのままにしておいた。誰でもやることです。いちいち背中におぶって連れていこうなんて思わなかった。数分のことだとわかっていましたしね。二、三分で戻りました。そうしたら、孫が後ろのカゴから立ち上がろうとしていて……」

杏子は幸を見た。何も言わない。表情を強ばらせたまま、黙って聞いている。

「バランスが悪かったんでしょう……自転車ごと倒れた。まずいって思ったけど、大丈夫だろうとも思った。怪我してなければいいけどと、近づいて抱き上げました。あの子は泣いていなかった」

「大丈夫だったんですか？」

祥子が静かに首を振った。

「あたしの腕の中にいたあの子は、顔色が真っ青で……息もかすかになっていて……すぐ病院へ駆け込んだ。泣きながら、誰か助けてくださいって叫びました。医者はすぐ診てくれました。脳挫傷だって……ひと晩、必死で名前を呼び続けましたけど……あの子はそのまま亡くなりました。あたしが殺したんです。ほんのちょっと、本当にちょっとだけ、悪い偶然が重なってそんなことに……」

「祥子さん……」

「何が悪いってわけじゃない。いつもしていたことだし、いつも何も起きなかった。だけど、防げた。運が悪かったのもその通りです。自転車どころか、マンションの五階から落ちたって死なない子は死なない。ぶつけたところが悪かった。でも、防げたんです」

幸が子供を抱きしめる。祥子が微笑んだ。

「二十年以上昔の話です。でも、忘れたことはありません。一度もです。毎朝、起きるたびに思い出す。真っ先に思い出す。毎日です。そんなつもりはなかった。あたしはあの子を実の娘より愛していたかもしれない。髪の毛ひと筋の傷だってつけるつもりはなかった。それでもそういうことは起きる。万にひとつ、億にひとつだけど、事故は起きるんです。ほんのちょっと、一瞬、注意すれば防げることです。でも、起きてからでは遅い。取り返しはつかない。一生残る。それを言っておきたかった」

「……その後、娘さんとは？」

「娘夫婦は許してくれると言いました。お母さんのせいじゃないって……だけど、あたしは自分が許せなかった。だんだん連絡を取らなくなり、十年ほど前からは連絡先もわからなくなった。あたしは夫とも離婚しました。そういうふうになるものなんです……自分を罰するとか、そういうことじゃない。どれだけ泣いて、悔やんで、謝ったか……誰もが許すと言ってくれましたけど、そうなってしまうんです」

杏子が祥子の手を握る。静かに首を振った。

「あれから二十年が経ちました。ずっと一人で生きています。罰と言えばそれが罰なんでしょう。お酒は一滴も飲んでいません。何十回、何百回死のうと思いました。でも、生きることが罰なんでしょう。ただ、生き続けています。そんな母親になって欲しくない。言いたかったのはそれだけです」

子供を抱いている幸の頰に涙が流れていた。ごめんなさい、とすすり泣く声が響く。今日はこれで失礼します、と祥子の手を握ったまま杏子は玄関を出た。

7

どうしていいのかわからないまま、祥子を吉祥寺へ連れていった。放っておけなかった。一人にさせたくない。手を握ったまま、いつものオープンカフェへ向かった。

「よお、どうした」テラス席から中島が声をかけた。「仕事だったんじゃないのか？　早くないか？」

いろいろあって、と目だけで挨拶しながら席に着いた。老人たちが黙って見ている。どうかしましたか、と佐々木が言った。

「震えてません？　風邪でも引いたとか？」

矢島が佐々木の腕を引き、黙れ、と唇だけで言った。他のみんなは静かに座っている。いつもはお喋りな有佳利も口を閉じていた。

話を聞いて欲しいと杏子は思ったが、自分から言うことはできなかった。どう話していいのかわからない。祥子が今まで誰にも言わずにきたのは、一生秘密にしておくつもりだったのだろう。何も言えないままみんなの顔を見回した。

何かあったのだと彼らは察しているようだった。祥子が自分の口から話すまでは何も言わないと決めているのがわかった。

「あの……何か？　どうかしました？」佐々木が半笑いで言った。「いや、皆さんらしくないなあって……すいません」

口を閉じてうつむく。迂闊なことを言ってはならないとわかったようだ。杏子は祥子に目をやった。何も言わない。大きく息を吐いた。

「佐々木くん、祥子さんはね……事故でお孫さんを亡くされているの。祥子さんの責任じゃないとあたしは思うんだけど……でも、本人は今も自分を許してないと……」

「どういう……ことですか？」

佐々木が顔を上げた。それ以上は話せないと首を振る。

「……一生、悔やんで生きるか」諸見里がつぶやいた。「そういうこともあるだろう。何があったのかは聞かない。だいたい察しはつくよ……思い出したくないことなんて、この歳になったらいくらでもあるさ。あんたがそうしたいと言うのなら、それも生き方だ。止めようとは思わん。ただ、一人で背負い込むことはないんじゃないか？　おれたちはガキじゃない。べたべたしたつきあいをするつもりはないが、友達だと思ってる。話してみろよ。聞くさ。

いつまでだって聞くよ」

「……あんたが、あたしたちと線を引いてつきあっているのはわかってた」有佳利が煙草に火をつけた。「理由があってのことなんだろう。だから何も言わずにきた。深い事情を聞くつもりはないよ。でも、これだけは言っておく。あんたはあたしの大切な友達だ。忘れられない、辛く苦しい過去があるっていうのなら、それもいいさ。そのまま受け止める。それを含めて今のあんたがあるんだから」

「何か飲む？」玲が聞いた。「言いたくないことは言わなくていいよ。あたしたちはいつだってあなたのそばにいる。そんなおっかない顔をしないで」

顔を上げた祥子が、アイスティーをもらおうかな、と落ち着いた声で言った。祥ちゃんよ、と中島が顔を近づけた。

「あんたは酒を飲まない。おれたちは馬鹿みたいに飲むが、祥ちゃんは一滴も口にしようとしない。それは前からわかっていた。だけど、飲まないわけじゃないんだろ？　昔はずいぶん飲んでいたようなことを言っていたな。おれは覚えてる。もしかしたら止めてる？　何か理由があって、酒を断った？」

「祥子さんは……お酒を飲んでいたためにお孫さんを事故で亡くしたと……そう言っていました」

杏子がとぎれとぎれに言った。そうかね、と中島がうなずく。

「わからんが、いろいろあったんだろう。止めたかね……なるほど……祥ちゃん、今日は飲んでみたらどうだい？」

祥子がいやいやをするように頭を振った。飲んで忘れろと言ってるわけじゃない、と中島が低い声で言った。

「自分で自分が許せないんだろう？　酒が元で起こした間違いで孫が死んだんなら、そりゃ当然だ。だが、それでも言うよ。飲んでもいいじゃないか。自分を許せないと言うのなら、おれが代わりに言ってやろう。許すよ。もう十分な時間が経っているはずだ」

麻美子が自分の飲んでいたワイングラスを押しやった。数分、じっと考え込んでいた祥子が、ゆっくりと手を伸ばしてワイングラスを摑み、そのままひと口飲んだ。

「……美味しい」震える声でつぶやいた。「二十年ぶりに飲んだけど、美味しいのがわかる」

「……あんたさ、今日行ったママの家で、あたしの靴を踏んだだろ」有佳利がいきなり中島の肩を突いた。「あんたの汚い靴が、あたしの新品のパンプスを……何てことをしてくれたんだい？」

「いや、その、そりゃわざとじゃないし」中島が卑屈な顔で詫びる。「あの家の玄関は狭かった。家を設計した奴が悪いんじゃないかと……」

「いや、お前さんにはそういうところがある」諸見里が指さした。「無神経だ。みんなもそう思わないか？」

思う思うと全員が口々に言い出した。いや、おれは、と中島が頭を抱える。

これは彼らの思いやりなのだ、と杏子にはわかった。深い話を聞かず、いつものように陽気に騒ぎだしたのは、祥子を思ってのことなのだ。彼らにできる友情の表し方なのだろう。歳を取ると、人間は優しくなるのかもしれない。

「……どうしました？　矢島さん？」佐々木が立ち上がった。「大丈夫ですか？」

隣に座っていた矢島の肩を揺する。目をつぶった矢島の体がゆっくりテーブルに倒れ込んでいった。どうした、と諸見里が怒鳴った。わかりません、と佐々木が首を振る。

「急に……胸を押さえたと思ったら、顔色が……」

そばに行った諸見里が手首を握って脈を探る。弱い、と吐き捨てて、救急車をと叫んだ。もう電話してる、と有佳利がスマホに向かって早口で話し始めた。

8

病院の廊下に杏子と佐々木、そして老人たちが立っていた。皆無言だった。

矢島に適切な処置を施したのは諸見里だった。動かすなと命じると同時に気道の確保をして救急車の到着を待った。諸見里が看護師だったのは杏子も知っていたが、慣れていることがわかる手際の良さだった。

数分で救急車は来た。店員などの協力もあり、搬送はスムーズだった。一緒に乗り込んだ杏子は妻の美紀に電話し、掛かり付けの病院名を聞いた。確認した救急隊員が武蔵野東中央大学病院に矢島を運び込んだのは倒れてから十五分後だった。

救命措置を受けた矢島は、そのまま診療室に運ばれた。担当の医者がいてくれたのも幸運だった。

その後、どうなっているのかは杏子にもわかっていない。待っているように言われ、廊下に立っているしかなかった。老人たちがタクシーで駆けつけてから一時間近くが経っている。病院側のスタッフは何も教えてくれなかった。

駆け込んできた老女が左右を見ている。奥様、と杏子が声をかけた。しっかりした足取りで近づいてきた美紀が、矢島はどうなんでしょう、と言った。よくわからなくて、と杏子は答えた。

「緊急治療室で何か手当をしてもらったのは確かなんですが、その後は……」

「申し訳ありません、ご迷惑をおかけして」

「いえ、そんな……気になさらないでください」

美紀が有佳利たち一人一人に頭を下げる。矢島からいつも話は聞いていたが、顔を合わせるのは初めてだったようだ。誰もが曖昧な笑みを浮かべながら、まあ落ち着いて、などと言葉をかけている。

十分ほどそうしているうちに、先生、と美紀が声を上げた。白衣を着た中年の男が廊下を歩いてくる。ネームプレートに久保田という名前があった。

「矢島をいつも診ていただいてる先生なんです……先生、どうなんでしょう、矢島は……」

「奥さん、大丈夫ですよ」久保田が廊下にあった椅子を指した。「まあ、お座りください。そんな心配なさらないで……矢島さんは貧血でした」

「貧血？」

「ええ。ひどく緊張したか、興奮したか……強いストレスがかかって、そうなったと思われます。老人にはよくあることです。たいしたことじゃありません。今は眠っていますが、数時間休めば回復するでしょう」

「では……？」

「問題ありません。運よくというか、病室が空いてましたんでね。今はそこで横になっています。行きますか？　眠ってますから話はできませんが、顔を見ることはできます」

「何だよ」諸見里がつぶやいた。「もっとこう、ドラマチックなことなんじゃないかと思ってたんだけどな。貧血かあ」

「朝礼の時の女の子じゃないんだ。いい歳して貧血って」

中島が鼻をこする。良かったじゃないの、と玲がたしなめた。

「もういい歳なんだから、いろいろありますよ。貧血ぐらいで済んで良かったじゃありませんか。もっと大変なことなんじゃないかって心配したけど、それぐらいのことなら……」

「そうです。お年寄りにはありがちな症状です」久保田が明るい声で言った。「皆さんはご友人？　血圧はチェックしていますか？　何なら今から計りましょうか？」

「嫌だよ」有佳利が手を振った。「あたしは健康なんだ。病院の世話になんかなりたくない」

わいわい話しながら老人たちがその場から離れていった。騒いでいい場所ではないという常識はあるらしい。残ったのは杏子と美紀だけだった。

「先生……本当に、ただの貧血なんでしょうか」

美紀が恐る恐る言った。倒れたこと自体の原因はそうです、と久保田がうなずく。

「矢島さんの体のことはぼくが一番良くわかっています。白血病とは無関係です。貧血そのものはありがちなことで、それはいいんですが……ちょっとよろしいですか？　あまり人前で話すことではないと思いましたのでさっきは申し上げませんでしたが、貧血の処置をした時にいくつか検査をしました。その結果が……あまり良くありません」

「……良くない？」

「詳しいことはまた説明しますが、予想より数値が悪い。良かったらこのまま入院ということにして、各種検査を行いたいのですが……いかがでしょうか」

「……どうしましょう……先生、どうしたらいいのでしょうか？」

それは何とも、と久保田がかすかに顔をしかめた。美紀も不安げになる。

「……とりあえず今日だけ入院させていただけますか？」

「その方がよろしいかと……それでは手続きを。こちらへどうぞ」

久保田の後を追った美紀が振り向いて何度も頭を下げた。あたしは大丈夫ですから、と杏子が手を振る。

ありがとうございます、と深くお辞儀をした美紀が遠ざかっていくのを見送りながら、時間を確かめた。五時半。ヤバい、とつぶやいてその場を離れた。

9

翌日、朝のうちに予約客には事情ができたと話して、仕事はすべて午後に回していた。幸い、面会時間は午前十時からだった。

　杏子が病室に入ると、既に全員が顔を揃えていた。六人部屋で、他のベッドはすべて埋まっている。朝から見舞い客が来ているのは矢島だけで、嬉しそうだった。落ち着いたようで、元気を取り戻している。

「カアちゃんが心配性だからさあ」矢島がベッドの脇にいた美紀の肩を軽く叩いた。「帰るって言ったんだけど、一日ぐらいいいじゃないのって。逆らうのも面倒だし、病院に泊まるのは初めてだったからな。まあそれもいいかって。言われた通りにしますよ。カアちゃんの言うことを聞くのが夫婦円満の秘訣だもんな」

「あんた、大丈夫なのかい？」有佳利が言った。「まあ、顔色もいいし、元気そうだけど」

「元気元気」矢島がいきなりベッドの上で立ち上がった。「ジャンプでもするか？　ラジオ体操第一始め、なんつって」

「あんまり騒がないでください」苦笑した美紀がたしなめる。「他の患者さんに迷惑ですよ」

　そうだよ、と老人たちが口々に言ったが、矢島はベッドから飛び降りてその辺を歩き回り始めた。

「祥子さんが果物持ってきてくれたよな。すいませんね、気を遣わせちゃって……カアちゃん、リンゴとか剝いてきなよ。みんなにも食べてもらおう。もしあれだったら他の患者さんたちにもお配りして。こういうのも何かの縁だからさ。病院の向かいに和菓子屋があったよな？　買ってきてくれよ。甘いものが食いたくなった」

「お願いですから座っててください。そういうの結構ですから……おかまいなく、奥様……矢島さん、ベッドに戻って」

杏子が言うと、そうかい、と矢島がベッドに飛び込んだ。子供のような動きだった。

「聞いたらさ、午後に検査だか何だかがあって、それが済んだら帰っていいって。まあね、長居するところじゃないからね、病院ってのは」

「そりゃそうだ」

「来週は箱根に行くんだ。温泉はいいだろうなあ……久しぶりなんだよ、おれ。飯もうまいらしい。三泊だぜ。いいだろ？　もういい歳なんだから、それぐらい許されるよな？」

「よく喋るね、この人は」有佳利の言葉にみんなが笑った。「わかったよ、さっさと退院しな。本物の病人に失礼だよ」

「この病院さ、食堂があるんだよ」矢島が天井を指さした。「七階だっけな？　どうよ、一緒に昼飯食わないか？　そりゃうまかないだろうけど……」

「そんなにはいられれんよ」諸見里があかんべえをした。「おれたちは仕事がある。あんたのために午前中の仕事を午後に回したんだ。行かないわけにはいかんよ」

「そりゃそうだ、仕事は仕事だもんな……社長、悪かったね。今週は働くつもりだったけど、こんな調子だ。また面倒かけるのもあれだから、今週一杯休ませてもらうよ」

「そうした方がいいです。無理してもらうような仕事じゃないですし」

「無理しなきゃならんほど客がいっぱい来りゃいいな。な？　だよな？」

「……お前、うるさいよ」中島が呆《あき》れたように言った。「寝ろよ。来なきゃよかった」

まったくだ、と全員が笑いながらうなずく。矢島も美紀も笑っていた。

一時間後、病室を出た。仕事があるからと言うと、わかってると寂しそうな顔で矢島がベッドから見送ってくれた。

エレベーターを待っている間、全員が無言だった。誰も口を開こうとしない。不安そうな表情になっていた。

「そんなに心配しなくても……矢島さん、元気そうだったじゃないですか」

杏子が言ったが返事はない。エレベーターのドアが開いた。

「……矢島の奥さんは……元気そうだな」

狭い箱の中で諸見里がぽつりと言った。それが何か、と杏子は言ったが、別に、と壁を見つめる。エレベーターはゆっくり動き続けていた。

うっすらとではあるが、みんな本当のことに気づいていると杏子にもわかった。老人だからわかるのだろう。矢島の状態が本当はあまり良くないのではないかと感じている。

顔色、声の調子、パジャマ越しにわかる痩せた体、あるいは全体の雰囲気から察しているのかもしれない。何も言えないまま、杏子も口をつぐんだ。言ったところで仕方がない。黙っていてほしいと美紀からも頼まれている。

一階に着いた。受付の前を通り、表に出る。よく晴れていた。

「この病院は遠いね」有佳利が振り返った。「バスじゃないと来れない……しょうがないけど」

「仕事に行くか」中島が手を叩いた。「おれは……誰と行くんだ？　どこだっけ？」

「ボケ老人。あたしですよ」玲が中島の腕を取った。「いいからついてきなさい」

行きますか、と歩きだす。後ろについた杏子は小さくため息をついた。


帰宅したところに美紀から電話があった。ごはんまだあ？　と良美がリビングを駆け回っていたが、ちょっと待ってなさいと言ってスマホを耳に当てた。

「今日はありがとうございました」美紀の声がした。「本当に申し訳ありません」

「いえ、そんなこと……いかがですか？　矢島さんの具合は」

「退院しました。今帰ったところです」

「良かったですね。お元気そうに見えましたけど……」

「そうですね……お医者さまも、心配いらないと……予定通り、来週から箱根へ行ってきます」

「そうですか」

「はい」

静かな声だった。足を後ろからつつかれる。良美だった。

「ママおなかすいたごはんごはんごはん」

「待ってって言ったでしょ。ママ、今お話ししてるの。すぐだから、あっち行って……」

「すいませんでした、社長さん」美紀の声がした。「とにかくお伝えしておこうと思って……それだけです。あまり心配なさらないでください。矢島のことはわたしが……それじゃ、失礼します」

「奥様？」

呼びかけたが、電話は切れていた。スマホを見つめて、そのまま机に置く。ママごはん、と良美が上を向いた。はいはい、と手を握ってリビングへ行く。

とりあえず夕食だ。子供たちにご飯を食べさせなければならない。何作りましょうかねえ、と良美の頬に触れながら言った。

10

週が明けた火曜日の朝、杏子は老人たちと共に新宿の小田急線のホームにいた。ロマンスカーで箱根に向かう矢島と美紀を見送るためだった。

矢島は見たことのないスーツを着ていた。サラリーマンの通勤着としては高級そうで、ふだんはあまり着ていない服のようだ。美紀は上品な淡いブラウンのワンピースにカーディガンをはおっている。

「雰囲気あるよ。お似合いだ」中島が冷やかす。「愛があるねえ。結構結構」

「うるさいよ。何だい、みんなして来るなんて……暇そうでいいな。年寄りはそんなもんだけど」矢島が肩の骨を鳴らす。「大丈夫なのか？　仕事は？」

「午後からにしました」杏子が言った。「いいじゃないですか、見送りに来たって。しょっちゅうあることじゃないんですし」

「そうでもないぞ。これからはしょっちゅうだ」矢島が胸を張った。「病院で医者から聞いた。カアちゃんの体は治ったたって。旅行だって何だってできる。来年はヨーロッパに行こうかって。昔、フランスとドイツは行ったが、おれはイタリアに行きたかったんだ。それなのにカアちゃんが……」

「あんた、カアちゃんカアちゃんって、それしか言うことないのかい？」有佳利が矢島の肩をついた。「そりゃ女房は大事だよ。でも友達だって大事だろ？　せっかく来てやったんだ、何とか言いなさいよ」

「いや、おっしゃる通りだ。さすが有佳利さん、伊達《だて》に歳食ってないね」矢島が老人たちの方を向いた。「みんな、わざわざ来てくれて済まない。見送りに来てくれるなんて思ってなかった。嬉しいよ、本当に」

「二度と来ないけどな」諸見里がつぶやいた。「おれだって忙しいんだ」

「そう言うなよ……とはいえ、たかが箱根だ。ロマンスカーに乗っちまえばすぐだ。温泉と山海の珍味が待ってる。楽しんでくるよ。ありがとうな」

手を振ったところに、アナウンスの声が流れた。発車時刻だ。ありがとうございますと頭を何度も下げる美紀の背に手を置いた矢島が車両に乗り込んだ。これ持ってって、と玲がビニール袋を差し出す。

「お弁当。幕の内だけど。お茶とみかんが入ってるから」

「ありがたくいただくよ」矢島が嬉しそうに笑ってビニール袋を受け取った。「旅のお供は弁当とみかんだよな……悪いな、済まない。みんな、みやげは何がいい？」

ドアが閉まった。行ってくるよ、と矢島が叫ぶ。ベルが鳴り、電車が動き出した。

「新婚旅行みたい」祥子がつぶやいた。「昔を思い出すわ。いい夫婦ね」

走りだしたロマンスカーを見送っていた中島がいきなり老人たちの列を離れた。三歩ほど前に出たところで、両手を突き上げる。

「矢島くん、バンザーイ！」

叫んだ。バンザーイ！　と繰り返す。声が空に吸い込まれていった。


そのまま中央線で老人たちと一緒に三鷹まで戻り、仕事に行った。終わったのは夕方五時だった。電車に乗ろうとしたところに電話がかかってきた。中島からだった。

「すいません、今駅なんですよ」通話口を手で押さえながら言った。「うるさいですよね？　かけ直しましょうか？」

「いや、いいんだ。仕事は終わったんだろ？　おれもだ。それを伝えようと思って」

「はあ……お疲れさまです」

首を捻った。仕事が終わればそれぞれ帰るだけだ。報告の義務はない。

「……矢島はどうなんだ？」

中島が言った。別に、ととっさに答えた。

「よくはわかりませんけど……元気に箱根へ行ったじゃありませんか。見送ったのは朝ですよ？」

「……元気過ぎないか？」中島の声が虚ろに響く。「明る過ぎやしなかったか？　女房と旅行に行けて嬉しいって？　そうかもしれんがいい歳だぜ。高校生じゃないんだ。ちょっとはしゃぎ過ぎじゃないか？」

「いいじゃないですか。矢島さん、奥さんのこと愛してるんですよ」

「そうだな……そうなんだろう……ところで……さんのことなんだが」

「ごめんなさい、よく聞こえません……何のことですって？」

「有佳利さんのことだよ」中島が大声になった。「あの人がもてるのは知ってる。それはいいが……決まった男はいるのか？」

「知りませんよ、そんなこと……それがどうしたって言うんです？」

「ちょっとな……」今度は極端に声が低くなった。「男と飯を食いに行ったりしてるらしい……それはいい……いいことだ……いいことだと思う……そんなのはあの人の勝手だ……おれに何か言う権利はない」

「もしもし？　何をぶつぶつ……はっきり言ってください。何が言いたいんです？」

「……何でもない……つまらん話だ。忘れてくれ」

「もしもし？　中島さん？」

いきなり電話が切れた。中島が有佳利に好意を持っていることは、杏子だけではなくスタッフ全員が知っている。老人とはいえ男と女だ。好意を持つことだってあるだろう。

恋愛に発展したっていい。社内恋愛を禁じてはいない。それは銀春とでもいうべきもので、むしろいいことだと思っている。お好きにどうぞ、としか言いようがない。

ただ、トラブルは困る。中島が有佳利を好きになっても全然問題はないが、それを伝えてふられたりするとややこしくなる。中島も働きにくくなるだろう。最悪、辞めるとか言い出しかねない。年寄りでもそういうところは少年のような考え方をするものだ。

今の様子では何かしそうな気がする。直接有佳利に何か言うかもしれない。それはいかがなものか。

有佳利が心根の優しい女であることはわかっているが、他人の気持ちに鈍感なところがあるのも本当だ。中島に告白でもされたら、ゼッタイ無理とか、ひどい言い方で断りかねない。傷つけてしまう恐れがある。

気持ちを受け止められないのは仕方がないが、無神経な言葉で傷つけてほしくなかった。余計なことだが、ひと言言っておこうとスマホにタッチした。断るのはいいが、柔らかい言い方をしていただきたい。

「何、社長？　どうした？」

「すいません、あの、仕事終わったかなあって思って……」

「終わりましたよ。いけないかい？　スピーディに終わらせるのも腕だよ。あんたどこにいるの？　ずいぶんやかましいね、外かい？　あたしら吉祥寺にいるけど来るかい？」

「またにします。あの、有佳利さん……最近はどうですか？　ボーイフレンドとかは……」

「耳が早いね。えへへ……」有佳利が不気味な笑い声を上げた。「ひと月前に知り合った男がいてさ。あたしが行ってる俳句の会で会ったんだけど、六十八歳。元社長。金持ちでさ、これが」

「そうですか」

「ジジイ臭くないところがいいんだよね。背も高いし、ハンサムだしさ。育ちもいいみたいだよ。京大出だってさ」

　OLですか、と小声で突っ込んだ。聞こえなかったのか、有佳利が更に大声になる。

「何となく誘われて、食事をするようになって。女房は死んだってさ。元社長だからね。いいとこ連れてってくれるし、話題が豊富でさ。結構積極的で、毎日電話してくるんだよ。久しぶりに大物捕まえたなあって……会うのが楽しくってさ。あたしも女だよね」

「よかったですね、応援します……ただ、幸せなのはいいんですけど、あんまりその……盛り上がり過ぎるのもどうかなあって……いえ、いいんですよ、幸せなのはそれで……だけど、仮に有佳利さんに好意を持ってる人が身近にいて、そんな姿を見ていたらちょっと辛いんじゃないかなあって。あんまりその……態度に出すのは……」

「中島のことかい？」

有佳利の声が冷たく響く。いや、その、としか言えず、杏子は黙り込んだ。

「あれは悪い人間じゃないけど、男だと思ったことはないよ。ていうかさ、男らしくなくい？　うじうじしてさ、ちらちら遠くから見てくるだけで、はっきりしなくてさ。ずばり言うけど、ああいう男は駄目。嫌いとかそういうんじゃないけど、生理的に無理？　みたいな？」

「どうして女子高生っぽく喋るんですか？」

「若いときはストーカーだったんじゃない？　嫌だよねえ、粘っこい男は……社長の方からうまく言ってもらえない？　中島はまだ若いじゃないか。あたしより五つも下だろ？　他の女を捜しなって。悪いことは言わないから」

「それはまあ……その……あのですね、もし万が一、仮にですけど、中島さんが何かその……言ってくるようなことがあったら、あんまり……そういうこと言わないでいただきたいんですよ。もっとやんわりっていうか、嬉しいけどあたしにはもったいないとか……」

「そんなことは言いたくない。嘘は嫌いだ」

「そこを何とか……」

「そんなことはいいから、あんたもおいでよ。少しは休みなさいって」

「今度にします。今日は早く帰らないと……失礼します」

　電話を切ってため息をつく。老人の恋は難しい、とつぶやきながら駅の階段を上った。


　帰りがけ、スーパーに寄って夕食の買い物をしていたら、良美のママ友とばったり会って近況報告をし合った。気がつくと七時近くになっていたので慌てて帰ると玄関に革靴があった。マジで？　と思いながらリビングに入ると、スーツ姿の真人が座ってビールを飲んでいた。

「帰ってたんだ……珍しいね、早くない？」

「どこか行ってたのか？」

「うん、ちょっと……」スーパーの袋をテーブルに置く。「いろいろ買ってきちゃった。とにかくご飯作るね。遅くなっちゃった」

　うん、と真人がグラスを口に当てる。ちょっと着替えてくる、と寝室へ行こうとしたが、話があるんだ、と低いトーンで言われて椅子に座った。表情が固い。

「……尚也の様子に変わったところはないか」

「尚也？　そうね、最近大人びてきたかな……あんまり手がかからなくなったかも。どうして？」

「杏子ほどじゃないが、おれも尚也の同級生のパパとつきあいがある。まあ、パパ友だな。たまに会って、ちょっと飲んで……そんな感じだ」

幼稚園の時のパパの会で知り合った父親たちと連絡先を交換しているのは知っていた。同じ小学校に通うようになったパパたちとつきあいが続いているのも聞いている。

「矢萩さんの……トモくんのパパから今日電話があってな。尚也が時々学校を休んでいるようだと教えてくれた。知ってたか？」

何のこと？　と真人を見つめた。尚也は毎朝学校へ行っている。この半年ほど、休んだりしたことはない。担任からもそんな話は聞いていなかった。

「そんなこと……ないと思うけど。毎朝良美と学校に行ってるわ」

「だが矢萩さんはそう言った。トモくんに聞いたそうだ。嘘をつくような人じゃない。何かの勘違いかもしれん。それはわからんが、はっきりさせなければいけないだろう。次の休みの日にでもちゃんと時間を取って一緒に話を聞くんだ。いいな」

「……わかりました」

頭がふらついた。本当なのだろうか。何かの間違いではないのか。尚也が学校に行っていない？　そんな馬鹿なことが？

「……買い物はいいけど、もうちょっと早く帰ってきた方がよくないか？　あいつらはまだ子供なんだ。放ったらかしにして、何かあったら……そうだろ？」

「そうね……ごめんなさい。もっと早く帰るつもりだったから……」

「怒ってるわけじゃないんだ。ただ……気をつけてくれって……そういうことだ」

真人が缶を逆さにして、なくなったとつぶやいた。もう一本出す？　と聞いたが、いい、と答えて立ち上がる。そのままリビングを出て行った。杏子は手を伸ばして、ビールの空き缶を握りしめた。

11

翌朝、いつものように大騒ぎしながら朝食を済ませ、真人と子供たちを送り出した。尚也の様子を注意して見たが、普段と何も変わらない。この数カ月そうであるように、機嫌がいいというわけではないが、おかしなそぶりを見せたりはしていない。

行ってきまーす、と面倒臭そうに言って良美と一緒に家を出ていく。学校に行っていないなんて何かの間違いなのだろう。

後片付けをし、溜まっていたクリーニングに出そうと思っていた子供たちの服を整理する。今日も仕事が待っている。うまく時間を使わなければならなかった。

尚也のことが気になる。本当に学校に行ってないのだろうか。さぼっているということなのか。

何か手掛かりになるものはないかと子供部屋に行き、尚也の机を探った。何も出てこない。引き出しに入っていたノートなどをめくっていったが、別に何も書かれていなかった。日記をつけさせておけばよかったとつぶやいた時、どこかで音が鳴った。

寝室に行くと、真人が昨日着ていたジャケットがハンガーに吊るされているのが目に入った。曲がっているのを直そうと一度外すと、固い感触がある。ポケットを探ると携帯が出てきた。忘れたのだ。

そのままにしておいてもよかったのだが、なぜか気になった。そんなことは今までしたことがなかったが、衝動的に画面を見た。メールの着信、一件。

何か緊急の用件かもしれないし、と自分に言い訳をしてメールを開く。後ろめたい思いがあったが、見ないではいられなかった。

『今夜、どうする？　奈津美』

奈津美？　今夜？　どういうこと？　何、これ？

携帯をポケットに戻した。心臓が激しく鳴り、目の前が暗くなる。奈津美？　誰？

寝室を出た。落ち着いて、と自分に言い聞かせる。うまく呼吸ができない。大きく息を吸って、吐いて。壁に手をついて体を支えた。

メールは一件だけで、それだけでは判断がつかない。どうしたものか。

自分のスマホが鳴っている。矢島という表示を確認した。まだ箱根にいるのではないかと思いながら電話に出ると、美紀です、という声が聞こえた。

「ああ……奥様。どうされました？　温泉にはもう入ったんですか？」

平静を装って言った。

「矢島が……倒れました」

囁くような声が聞こえた。

「もしもし？　何とおっしゃいました？」

「今、東京に向かっています。救急車の中からかけています。後一時間ほどで病院に着くそうです」

「行きます」

それだけ言って電話を切った。どうすればいいのか。美紀は一時間後と言っていた。そんなに時間はない。
外出用の服をクローゼットから出した。手が震えていた。

第四話　サヨナラ

1

ベッドの上で矢島があぐらをかいて座っていた。いや参ったよ、と明るい表情で言う。

「湯あたりしちゃってさ。あれだな、温泉ってのは結構危ないね。年寄りが迂闊に入るもんじゃないな」

そうですね、と杏子は首を傾げながらうなずいた。美紀は医者と話があると言って、席を外している。矢島が流暢《りゅうちょう》に話し続けた。

「久々だったからさ、調子に乗って長湯してたらのぼせて倒れた。あれは面白いもんだね、意識はあるんだよ。だけど体が動かなくってさ。目の前が真っ暗になったと思ったら、何もわかんなくなって……」

「心配かけないでください」杏子は言った。「いつまでも若いわけじゃないんですから……」

「面目ない……そうだな、六十過ぎたらジジイだよねえ……いやホント、情けない。歳は取りたくないよ。こんなつもりじゃなかったんだけど」

「奥様も驚かれたでしょう？」

「別にたいしたことじゃないって。少し横になってたら調子も戻ったし、いいって言ったんだけどカミさんはああいう女で、心配性だからね……いらないって言ってんのに、救急車呼んで東京まで行ってくれって。いつもの病院じゃなきゃ駄目だって……女ってのはどうしてああ騒ぐかね？」

「矢島さんのことが心配なんです」杏子はたしなめるように言った。「そんな責めるようなこと言って……感謝しないといけませんよ」

「そうなんだけどさ……旅館だって二泊分はキャンセルで、金は返さないだとよ。馬鹿にしてないか？」

矢島が不満を言い始めた。元気そうな様子だが、どこか衰えが感じられる。一日のことだったが、明らかにやつれていた。

「本当に申し訳ない。おれはもう大丈夫だ。心配してくれてありがたいとは思うが、あんまり責めないでくれ。心配してくれるって言うんなら、女房の方にしてくれないか」

「奥様？」

「あいつは体調が悪い」矢島がぼそぼそと言った。「最近少し良くなったとは言うが、まだ本調子じゃない。おれがしっかりしてなきゃいけないんだけど、このざまだ。情けないよ……まあいいさ、明日になりゃあ治る。社長、仕事はあるかい？　今週は休むって言ったけど、それはなしだ。週末からでも働かせてもらうよ。金も貯めないとな。今度は湯布院に行こうかって、女房とも話してるんだよ」

「それは……素敵ですね」

杏子は小さな声で答えた。矢島が大きく口をあけて笑った。

一時間ほど話していたが、疲れたのか矢島が毛布をかぶって寝息を立て始めた。戻ってきていた美紀が、すいませんけど一緒にいらしていただけますか、と囁く。無言で後に従った。

「ごめんなさい、お忙しいのに……ご迷惑おかけして」廊下を歩きながら美紀が言った。

「本当にすいません」

「いえ、そんな……でも、何のお話が？」

「あたしは……さっき説明は受けたんですけど、社長さんにも聞いておいていただきたくて……」

久保田ルーム、とプレートのかかったドアをノックした。どうぞ、という返事を聞いて押し開く。白衣を着た男が振り向いた。

「ああ、こんにちは」久保田が杏子に目を向ける。「この前、お会いしましたよね?」

「はい、あの時はどうも……」

お座りください、と小さな椅子を二つ前に出した。すいません、と二人で腰を下ろす。

「先ほど奥さんには説明させていただいたんですが、あなたは矢島さんが働いている会社の責任者だとうかがっています。立場上、あなたにも聞いていただいた方がいいと思いまして……」

レントゲン写真を二枚取り出して、デスクの正面に貼り付けた。矢島さんは、と杏子は言った。

「あの……良くないんでしょうか? どうして倒れたり……」

「箱根でのことは、単純に血圧が原因です」久保田が淡々と話した。「急に温度の高い温泉に長く浸かったことで倒れられた。それ自体に問題はありません。ただ、前回の検査でちょっと……」

「ちょっと?」

「白血病も良くはないんですが、もっと大きな病気が見つかりました。胃にスキルス性のガンがあります」

「……スキルス？　何ですか、それは？」

「簡単に言えば、異常に進行の速いガンです」久保田がライトをつける。「奥さんにもお伝えしましたが、スキルスは通常のガンとは違って見つかった時にはもう遅いというのが通例です。矢島さんもそうでした。はっきり申し上げますが、手の施しようがありません」

杏子は隣を見た。美紀が歯を食いしばるようにして話を聞いている。

「時間はないと思っていただければと。おそらく半月もたないでしょう。手術をしてもいいのですが、負担をかけるだけで意味はない。もちろん奥さんが強く望まれるのであれば考えますが」

どうなんでしょう、と美紀が顔を向ける。わかりません、と杏子は首を振った。

「半月というのはあまりにも突然過ぎるでしょう。お察しします」久保田が言った。「ですが、奥さんはそれに備えられた方がいい。社長さんもです。遺産のこと、相続のこと、保険、銀行、その他いろいろあるでしょう。ご相談ください。お子さんがいらっしゃるとか？」

「娘が……一人います」

美紀がうなずく。半月です、と久保田が繰り返した。

「娘さんにも伝えた方がよろしいかと……こんなことを申し上げるのはあれなんですが、苦しむことはないでしょう。そういう病気です。お辛いでしょうが、気を強く持ってください」

「手術は……しない方がいいと思います……わたしは……望みません」美紀が切れ切れに言った。「何もわからない方が幸せなんじゃないかと……先生、言わないでいただけますか？社長さんも、何も言わないで……」

「もちろん、その通りにします」

「……言いません」

久保田と杏子が交互にうなずく。美紀が途方に暮れたような目で左右を見た。

病室に戻った美紀が矢島の背中を揺すった。どうした？　とはっきりした声がした。眠っていなかったらしい。

「いい話じゃありません。聞いてください」

矢島がくるりと体を回転させて起き上がった。

「何だよ、暗い声して……聞くよ、聞きますって」

「今日、先生に診ていただいたんですけど……あたしの胃潰瘍が悪いそうです。少し良くなったのかと思ってたんですけど、そうじゃなかった……検査も兼ねてしばらく入院しようと思います」

よどみなく言った。そんなに悪いのか、と矢島が頭をがりがりと掻く。

「生き死にの話じゃありませんけど……放っておくことはできないそうです。その方がいいと勧められて……そうですよね？　社長さん？」

「……ええ、はい」いきなり問われて焦りながら杏子はうなずいた。「そうですね、その方が……」

「入院します」美紀が言い切った。「あたしのことはそれでいいんですが、あなたが心配です。明日退院すると聞いてますけど、あたしは病院に残ります。一人で家にいても仕方ないでしょう。あなたはご飯も炊けないし、掃除だって……」

「メシぐらい炊けるけどな」

「とんでもない。電化製品に触らないでください。もういい歳だし、火事でも起こされたりしたらと思うと……だから、あたしと一緒に病院にいてくれませんか？」

「病院に？」

「二人部屋を取りました。一緒にいてください。久保田先生もその方がいいっておっしゃっています。全然構わないと。そういう患者さんはたくさんいるそうですよ」

「病院はなあ……どうかな、それって……好きじゃないんだよ。陰気だし、病人ばっかりだろ？　つまんなくてさ……」

「いいじゃありませんか、ひと月もふた月もいてくれっていう話じゃないんです。一週間か十日か、それぐらいですよ。あたしは病人なんです。重病かもしれません。放っておくと？　そんなに冷たい人だったんですか？」

「一緒にいてあげてください」杏子が言った。「病気の奥さんを放っておいて仕事を頑張るなんて、そんなの流行《はや》りません。こっちは大丈夫ですから……」

「しょうがねえなあ……嫌だけど、お前がそんなに良くないって言うんなら、おれが側にいないっていうのもまずいだろう」矢島が苦笑した。「わかりました、おっしゃる通りにしますよ」

「いいですね？　決めましたよ。先生に話してきます」美紀がてきぱきと言った。「ついでにあたしは一度家に帰って、いろいろ準備をしてきますから。あなたは何もしないで黙ってここに寝ていてください。できますね？」

「寝てろって言うんなら、寝てますよ。赤ん坊だってできることだ……社長、うちのカアちゃんは怖いだろ？　本当に病人かよ？」

矢島が楽しそうに笑った。待っててください、と美紀が杏子の腕を取って病室を出る。最後に振り向くと、ベッドの上に正座した矢島が見送っていた。

翌日から、仕事の合間を縫って矢島を見舞った。どう説明したのかわからないが、医者たちは矢島の治療をしていた。気休めに近いんですと久保田が耳打ちしたが、できる限りのことをしてくださいと杏子は頭を下げるしかなかった。

有佳利をはじめ、スタッフも入れかわり立ちかわり病室に顔を出した。杏子は矢島の本当の病名について何も言っていなかったが、老人たちはその直感で何かを感づいているようだった。

いや、そういうことではないのかもしれない。見舞いに来た佐々木が、矢島さんは凄く痩せましたねと杏子だけに言ったが、一日経つごとに衰えていくのがわかった。体重が落ち、肌に艶がなくなり、顔色も悪くなっている。

五日目、トイレに一人で行けなくなり、看護師の手を借りるようになった。だが意識ははっきりしており、精神的な意味では元気だった。誰か来れば長い時間つかまえて話をする。

「歳を取るといろいろ面倒だ」点滴のチューブを三本腕につけたまま矢島が笑った。「若い時、会社の健康診断なんか二時間もかからなかった。今じゃこんなことまでされて、しかも三日がかりだとか言いやがる。やってられないよ」

「あんたまだ六十一だろ？　若手の老人だ」有佳利が言った。「老いるってのはそういうことさ。あたしなんかもっと大変なんだ。検査には十日ぐらいかかる。しょうがないよ、そういう歳になっちまったんだから」

「医学の進歩は日進月歩だ」おれの現役時代より進んでる、と諸見里が医療機器に触れた。

「そりゃいろいろされるさ。検査項目だって増えてるんだろう。いいじゃないか、これだけきちんとやってもらえれば、体のことはしばらく心配しなくていい」

「心配なのは女房だ」矢島が眉をひそめる。「診察だ検査だって、何度もここと診察室を往復して……あいつはそんなに体が強いわけじゃないし。疲れちまうんじゃないかって……」

「そうだな、奥さんはなあ……」中島が顔中に皺を寄せた。「でも、女は強いからね。大丈夫だよ、気にすんな……女の方が長生きなのは統計上も間違いないからな」

「女が強くて悪かったね」有佳利が不満げに口元を歪める。「あんた、女を何だと思ってるんだい？　女ってのはね、もろいものなんだ。それを殺しても死なないみたいな言い方をして……」

「ごめんなさい、すいません……そんなつもりは……」

中島が病室から飛び出そうとする。その様子を見てみんながゲラゲラ笑った。わかっていて、事情を察していて、この人たちはこんなことをしているのだ、と杏子は思った。

「あたし、前に肝臓がどうしたこうしたで入院したけど、二週間検査された」玲が慰めるように言った。「点滴とか、両腕に何本も打たれて……」

こんなのいい方ですよ、と矢島の腕を叩く。不意に胸が詰まって、杏子は病室を出た。

2

週末の土曜日、杏子は真人と二人の子供と少し遅めの朝食を取っていた。妙に静かだった。子供たちは真人の表情で、何かを察しているようだった。母親である自分のいつもと違う様子に気づいているのだろう。

数日前に真人に言われていたことは、学校に問い合わせていた。担任の小野田先生の話によると、三カ月前から尚也は時々休んでいるという。

「お父さんからメールで連絡がありましたよ」電話越しに小野田が言った。「風邪を引いたので休ませると……月に一、二度でしょうか。本人にも確認しましたが、熱があったとかそんなことを言っていました。それはそれで仕方ないかと……」

何かあったんでしょうかと小野田に聞かれたが、何でもありませんと言って電話を切った。

真人が聞いてきた通り、尚也が学校を休んでいたことがはっきりした。学校へ行くふりをして、どこかでさぼっていたのだ。なぜそんなことを。

「……ごちそうさま」尚也が皿を重ねて流しに運んだ。「ちょっと……出掛けてくる。約束してて……」

「尚也、少し話そう」牛乳を飲んでいた真人がグラスを置いた。「聞きたいことがある」

「……何？」

良美は部屋に行ってなさい、と杏子は娘の尻を押した。まだ食べてるのに、とぐずるのを無理やり追い出し、座る。何なの、と尚也が目を伏せた。

「お前も座れ……はっきり聞く。お前、学校をずる休みしてるな？」

答えはない。学校に行くふりをして家を出て、その後どこかへ行った、と真人が指でテーブルを叩いた。

「何でそんなことを？　どこでさぼってた？　何をしてた？」

「パパ、そんな……頭ごなしに言わないで。尚也、ママを見て。正直に話しなさい。何があったの？」

「そんなこと……してない」

「先生に聞いたのよ。ママ、小野田先生と話したの」尚也の両腕を摑む。「しょっちゅうじゃないのはわかってる。時々ね？　何で？　行きたくなかった？」

「……別に」

「別にじゃわからないだろ？　ちゃんと話せ！」真人が大声を上げた。「さぼるなんてそんな……何でだ？」

三十分ほど、二人で代わる代わる聞き続けた。怒ってはいないと何度も繰り返し、理由をはっきりさせたいだけなのだと言うと、涙目になった尚也が重い口を開いた。

「ちょっと……たまに……行かなかった……です」

「学校にはどうやって届けた？　パパの名前でメールを送った？」

うん、と尚也がしゃくり上げた。

「ケータイから……パパの名前で先生にメールして……別に変だとは思われなかった」

「やっぱり携帯は早かったんじゃ……」杏子はつぶやいた。「あたしは反対したのに……」

「だけど、クラスのみんなが持ってるって言われたら……」真人が目をこすった。「メールねえ……小学生でもそんなことを？」

一年前、持っていないと仲間外れにされると言われて、携帯電話を買い与えた。持っていた方がどこにいるかとか連絡をしなければならない時に便利だという真人の判断もあってそうしたのだ。電話はともかくメール機能を使いこなしているというのは、真人にとって意外だったらしい。

「そりゃメールぐらい使うわよ。あたしたちの頃とは違うもの……そんなことはいいけど、尚也、何で学校を休んだの？　学校に行くふりをしてさぼるなんて……」

「そうだ、尚也。どうしてなんだ？　答えなさい」

「それは……何となく……行くの面倒だなあとか……」

「そりゃ面倒かもしれんが……」

「行く気がしなくなることがあって……ただそれだけで……」

うつむいた尚也の口からつぶやきが漏れる。何か別に理由があるのではないかと何度も聞いたが、自分でもよくわからないと首を振った。

「ホントに時々……朝起きて……今日は行きたくないなあって……さぼったって言うか、行かなかっただけで……図書館に行ってたんだ。本を読んだり……勉強だってしてたし……もうしません。二度としないよ。約束する。ごめんなさい」

杏子は真人と顔を見合わせた。怒るべきだろう。同じ気持ちだ。だが、どう怒っていいのかわからない。

自分たちが子供の頃なら、殴られてしまうかもしれないようなことだ。とはいえ、今の子供にそんなやり方は通用しない。殴ることで片付くほど簡単な問題ではないとわかっている。

二人とも子育ては初めてだ。小学校五年生の子供に向き合った経験はない。どうしたらいいのかわからなかった。

「だいたい、お前が悪い」わからないまま、真人が怒りの矛先を杏子に向けた。「お前に任せてたんだぞ。母親だろ？　もっとしっかりこの子を見てろよ。義務だろ？　何でわからなかった？　注意が足りないんじゃないか？」

「見てるわよ！　見てますって！　パパだってそうでしょ？　学校に行く時、一緒に出ていくことだってあったじゃない？　見ててわからなかったの？」

「おれはずっと一緒にいられるわけじゃない。仕事があるんだ。会社へ行くなと？　行かなくてもいいか？　だったら辞めるさ。いいんだな？　家賃は誰が払う？　何を食う？　どうする？」

「それは……そういうことを言ったら……」

唇を嚙んで杏子はうつむいた。男はどうしてこんなことしか言えないのか。情けなくないのか。遊びで子育てをしていると？

言ってることにはわかる部分もある。だが、すべてを見ることはできない。良美もいる。家のことだってある。全部というのは無理なのだ。

そんなことを言うぐらいならもっと協力して欲しい。助けて欲しい。仕事があるのはわかっているし、それはもちろん大事だ。だけど、二十四時間働いてるわけではないだろう。仕事が終わったら早く帰ってきてくれないか。勝手なことばかり言って、母親だって人間なのだ。

「今度のことの責任はお前にある」真人がテーブルを強く叩いた。「子育てを何だと思ってるんだ？　小学生だぞ？　遊びじゃないんだ。もっとちゃんと考えて……」

「遊んでなんかいない。馬鹿なこと言わないで！」自分でも声が大きいとわかっていたが、叫ばずにはいられなかった。「わかってるわよ、そんなこと。あたしが毎日昼寝してると？　そんな時間あるわけないでしょ！」

この前見た真人のメールのことが頭にあった。あれはどういう意味なのか。勢いでこのまま聞いてしまおうか。

駄目だ、そんな勇気はない。本当のことを知るのが怖い。

「そうは言ってないけど……もっとちゃんとこの子たちのことを見て欲しいって……」

真人が目をつぶる。言い過ぎたことはわかっているらしい。ドアが開いて良美が駆け込んできた。

「どうしたの？　ママ……パパ、すっごい大きな声出して……」

何でもない、と答えた真人の横を、椅子から飛び降りた尚也が走っていく。待ちなさいと杏子は叫んだが、振り返らずにリビングを出ていった。

「なあに？　ケンカ？　良くないよ。パパとママは仲良くしなきゃ」

間に立った良美が腕を組んで頬を膨らませる。仲良いさ、と真人がぎこちなく笑った。

「ちょっと、その……ふざけてたんだ。ケンカごっこ？　そんな感じで……」

「そうそう。あなたがそんな顔することないわ。パパとママはラブラブだもの」

マジで？　と見上げた良美を真人が抱き上げた。これから気をつけてくれ、と囁く。杏子がうなずいた時、ん？　と声を上げた。

「……良美？　どうしたんだ、これ」

真人の膝の上で良美が首を傾げる。これだよ、と少しめくれたスカートの辺りを指さした。左太ももの上部に青いアザがあった。

「どうしたの、良美。ぶつけた？」

杏子は聞いた。大きくはないが、かなり青黒い。強くぶつけたのではないか。

「……転んだ。学校の階段で……走ってたら……」

不安そうな顔で良美がぼそぼそと答える。気をつけなさいよ、と太ももを撫でた。どうする？　と真人が言ったが、病院へ行くようなことではないだろう。

「お兄ちゃんどこへ行ったかな。一緒に捜しに行こうね」

良美を肩車した真人が言った。おにい、どこ？　と良美が叫んで、そのままリビングを出ていった。

3

日曜の昼、矢島の病院に行った。本来なら外出の言い訳をしなければならなかったが、この数カ月、真人の会社は新プロジェクトのための研修を日曜に行っており、真人は出勤している。代休を取るわけでもなく、しばらくの間だから辛抱してくれと言われていた。

そういう会社もあるのだろうぐらいに思っていたが、もしかしたら別の用事があるのかもしれない、と考えた。もしかしてもしかすると、奈津美という女と会っているのではないか。

はっきり聞くべきだろうか。本当に研修なのか。なぜ日曜に会社に行くのか。

聞いたところで、ごまかされるかもしれない。真人の会社に知り合いはいないし、確かめる相手もいない。

あるいは、本当のことを言われたらどうか。浮気相手と会っている。いや、浮気ではなく本気だと言われたら。

結論を出せないまま病院に着いた。老人たちがベッドの周りを取り囲んでいる。杏子に気づいた諸見里が、美紀さんは医者のところだ、とだけ言ってベッドの矢島を見た。

「こんにちは」杏子は笑みを浮かべて矢島に挨拶した。「どうです？　お元気そうじゃないですか」

　言いながら、矢島の衰えに声を失った。一日空けただけだが、その間にげっそりとやつれている。

「調子はいいよ。別に病人じゃないんだから」

だよな、と中島が声をかけた。他のみんなは見守っているだけだ。全員わかっている。わかっていて黙っている。死の匂いを嗅《か》いでいる。

「ああ、社長」矢島が体を起こそうとした。「悪いね、本当に。でも来てくれてよかった。社長が来たら話そうと思ってたことがあるんだ」

「そのままでいいですから……横になっていてください」

　杏子が手を伸ばしたが、ちゃんと話したいんだ、と無理やりベッドに座る。みんなも聞いてくれ、とチューブだらけの体で話し始めた。

「美紀はしばらく戻ってこないだろう……聞いてくれ。おれとあいつの間には娘が一人いる。結婚して、今は群馬にいるんだ」

「聞いてます。いいご主人だそうですね」

「そうみたいだ。優しい子でね。心配らしくてしょっちゅう電話をしてくるが、今来てくれと言ってすぐに来れる場所じゃない。美紀の親はとっくに死んでる。近くに親戚や親しい人はいないんだ」

「あたしたちがいるじゃないの」

有佳利が言った。そうだな、と矢島が薄く笑った。

「おれがいい顔をしなかったから、美紀はあんまりつきあいとかをしない。世間が狭いんだ、おれたち夫婦は……悪いことをしたと思ってる。まあ、あいつは今年六十だからね。まだ若いし、これから何でもすりゃあいい。いろんな人とつきあえばいい」

「心配しなくても、うまくやるよ。女はそういうことは得意なんだ」

「そうなんだろう。とはいえ、これからどんどん歳を取っていく。寂しい時もあるだろう。申し訳ないんだが、時々でいいからあいつの様子を見てやってほしい。社長もみんなも、知らない婆さんのことなんか関係ないと言うかもしれないが、頼まれてくれないか」

矢島が頭を下げる。そんな、と杏子は手を振った。

「全然構いませんけど……でも、矢島さんがいれば奥さんはそれでいいんじゃないですか？お二人とも仲がいいんだし……」

「うん……そうもいかんだろう」矢島が笑みを濃くして、首をひとつ振った。「……あいつはおれの体に悪いところなんてないのは知ってた。胃潰瘍じゃないのもわかってる。あいつはおれのことを心配してくれていたし、支えてくれていた。情けない話だが、おれは弱虫でね……

怖がりなんだ」

「……矢島さん……」

「おれを気遣って、自分が病気のふりをして……おれを病院に通わせた。最初はわからなかったのも本当だ。だけど、医者っていうのは芝居が下手だよな。あんな顔をされたら一発でわかるって。おれもそこまで馬鹿じゃない」

「……横になってください。話はまた今度……」

「よかれと思ってついた嘘だ。おれも乗っかった。体が悪いのは本当はおれだと気づいていたんだ。だけど、どうやら思ってたより良くないみたいだな。そんなに時間もなさそうだ。こんなに早いとは思ってなかったけど、そういうことらしい……申し訳ないけど、美紀のことを頼めないいか」

「しっかりしろよ、矢島」中島が肩を叩いた。「お前なんか、おれに言わせりゃあ若造だよ。おれが中学ん時、お前は小学生だ。そんな若い奴がつまらんことを言うんじゃないよ」

「中島さんにも、みんなにも感謝してる」矢島がベッドの周りを見た。「おれは人付き合いが下手でさ。会社でも研究職だったから、そんなに他の連中と親しくなることはなかった。美紀と娘がいればいいやぐらいに思っていたが、みんなと出会ってそうでもないようだと知った。友達は必要だよな、いくつになっても」

言葉を切った矢島が何度か咳をした。玲が水差しを取り上げたが、いらないと手を振る。

「そんなに長いつきあいじゃなかったが、一緒に働けた。仲間として受け入れてくれた。ありがたいと思ってる。迷惑だろうが、もう少しだけつきあってやってくれ」

くだらんことを、と諸見里がつぶやいた。他の者たちは黙って矢島を見つめている。

「もうひとつ……おれは何も知らなかったことにしてくれないか。美紀には言わないでほしい。あいつはいい女だ。おれのことを思ってくれた。社長はまだ若いから教えておくが、夫婦っていうのは騙し合いだよ。だけど、夫が騙された方が万事うまくいく。それが夫婦円満の秘訣だ。覚えておくと便利だよ」

「本当に……そんなくだらないことばっかし……怒りますよ」

杏子がそう言ってぶつ真似をする。矢島が顔を引いた。

「みんなは元気で、健康だ。一緒にいたらわかるさ。楽しくやってくれ。何のために歳を取ったのか。やりたいことをやるためだ。生きたいように生きるためだ。好きにやれるのはこれからだ。今のおれにはそれがよくわかる。とにかく、いろいろありがとう……明日もまた来てくれるだろ？」

「……暇だからな」中島がつぶやく。「年寄りと病院は相性がいい。来ると落ち着くんだ。お前もしばらくここにいりゃあいい。病院に来る理由があるっていうのはありがたいことだ。

いいさ、いつまででも入ってろ。毎日だって来てやる」

ああ社長さん、と声がした。振り向くと美紀が立っていた。

「いらしてたんですか？　すいません、ちょっと診察の結果を聞きに先生のところに行ってて……」

「いえ、いいんです。お構いなく……どうぞ、お座りください」

杏子が椅子を前に出す。いいんですいいんです、と美紀が言った。

「あのね、あなた……あんまり良くないって……先生がそう言うんですよ。あたしもね、胃の辺りがもたれる感じで、ご飯食べるとしくしく痛むし……」

「そりゃ大変だ。大丈夫か？　寝てた方がいいんじゃないのか？」

「ええ、そうさせてもらいます。皆さんがお帰りになられたらね。とりあえず今はお薬いただいたし……」

飲んだのか、と矢島が聞く。まだですと答えた美紀に、早く飲め早く飲めと繰り返した。

お互いに演技しているのが杏子にもわかった。

「だけど、そんなに悪いのか？　そりゃ仕方ないけど、おれは飽きたよ。もう家に帰りたい。帰っていいか？」

矢島が駄々をこねる。つきあってくださいよ、と美紀がなだめる。そりゃいてくれって言うんならいるけどさ、と矢島が顎の周りを掻いた。

「まあ、人間なんてわからんからね。おれみたいにぴんぴんしてたって、これで帰る途中にトラックかなんか突っ込んできたらそれで終わりだもんな。そんなことはないけど、万が一の時には……つまり、おれの方が早く死ぬようなことがあったら、お前はいつまでもめそめそしてちゃいけないよ。何だったら、次の男を捜したっていい。どうにかなるんじゃないか？　おれはそういうの気にしないタイプだからさ。パーッと遊んだりして、じゃんじゃん幸せになってほしいんだよ」

矢島が見つめる。笑っていたが、視線はまっすぐだった。そうですね、と美紀がうなずいた。

「あなたがそうおっしゃるなら、考えてみましょう。でもね、あたしが先に死んだとしたら……その時は再婚とかしないでください。あたしは凄い焼き餅焼きですからね」

切り口上で言った。わかった、と矢島が両手を上げた。

「わかりました、次の女なんか捜しません。だいたい、お前よりいい女なんているわけないもんな。あっはっはーだ」

両手を伸ばして、美紀を抱き寄せる。そのまま動かない。あんたたちは、と有佳利が投げ付けるように言った。

「よろしゅうございますね、仲がよろしくて……帰ろうよ、もう。あたしら馬鹿みたいじゃないの」

「帰る？　そう？　残念だなあ、どうして帰るのよ？　いや、止めないけどさ。今から美紀と食事だしね。飯はさあ、夫婦差し向かいで食べたいじゃないの……帰るかい？　そりゃそうだね、うん……」

失礼しましょう、と祥子が立ち上がった。他の老人たちも順番にベッドから離れる。じゃあ、明日な、と矢島が片手を上げた。

病室を出たところで、麻美子が顔を両手で覆った。泣くな、聞こえる、と有佳利が短く言う。離れよう、と諸見里が歩きだした。

「まだ、あんなに若いのに……」祥子が目を真っ赤にしながら囁いた。「……それなのに、何で……」

中島が右手を祥子の背中に当ててゆっくりとさする。エレベーターの前で、あとどれぐらいなのと有佳利が押し殺した声で聞いた。

「そんなに……長くは……」杏子は答えた。「たぶん、皆さんが思っているより……早いでしょう」

エレベーターに乗り込む。降りていく間、誰も何も言わなかった。麻美子のすすり泣く声だけが響いている。ドアが開いた。

「しっかりしなさい」有佳利が麻美子の背中を平手で打った。「人間、いつそうなるかはわからないんだ……泣くんじゃない」

「……わかってるけど」

麻美子が先に立って歩きだす。その後を追いながら、歳を取ると死ぬのが怖くなる、と祥子がつぶやいた。

「若い時にはわからなかったけど……この歳になると、自分に残された時間があとどれぐらいなのかはっきりわかるようになる。これぐらいだっていうのが体で感じられる。毎晩寝る時、あとどれぐらいなのかを考えてしまう。それはすごく怖くて……」

「もういいでしょうって若い奴らは言う」諸見里が苦笑いした。「もう十分でしょうって。もちろん冗談で言ってるのはわかってる。こっちもつきあって笑ってやるさ。だけど、そんなことはないんだ。死は身近にある。すぐそこだ。その分怖い。みんなそうだ」

「矢島さんはまだ若いわ」振り向いた麻美子が顔を強ばらせた。「そんなの……早すぎるって」

「まあ、明日も来ようじゃないの」中島が左右に向かって言った。「つきあってやろうぜ。あいつは友達だからな」

来るだろ、と見回す。来ちゃいけないかい、と有佳利が怖い声を上げた。

「来ますよ。お見舞いは年寄りの仕事じゃないの……毎日だって構わないさ」

行こう、と諸見里が言った。老人たちが歩きだした。

4

一週間経った。いつものように杏子はママの家でマッサージをしていた。

「はい、すいません、起き上がって……背中伸ばしてください。深呼吸を……腕を上げて、息を吐いて……はい、終わりました」

今日はここまでです、と背中を叩く。楽になりましたと女が振り向いた。まだ二十代前半の若いママだった。

「助かりました。ホント、疲れちゃってて……」

「うーん、確かに相当凝ってますね。ちょっと一回二回じゃ……あんまり時間おかないで、またやった方がいいかもしれません」

「そうですか？　そうですよね。背中張っちゃって、夜もよく眠れないし……主人に言って、お金出してもらおうっと。それぐらい、いいですよねえ」

「いいですよお。男だったらそれぐらいしなさいって」

顔を見合わせて笑った。こっち終わったよ、と諸見里が大きな声を上げたのを聞いて、じゃあ、予約入れておいてくださいと立ち上がる。

「今、お嬢ちゃん連れてきますから。着替えますよね？　じゃ、ちょっとあちらに……」

廊下に出た。赤ん坊を抱いた諸見里が一生懸命顔を歪めてあやしている。無理すると顔が攣《つ》りますよ、と笑った時スマホが鳴った。

「……もしもし？」

予感があった。静かな声が聞こえた。

「矢島です」

「奥様……」

沈黙。諸見里が表情を消す。

「……たった今、亡くなりました」

「それは……お悔やみを……」

「ありがとうございました」美紀の声は落ち着いていた。「あの人は最期まで、何もわからないまま逝きました。不安になることも怯えたりすることもありませんでした。静かに、眠るように……社長さんが黙っていてくれたからです。辛いことをお願いしました。本当にありがとうございました」

「……奥様、気を落とさずに……わたしで力になれることがあるならおっしゃってください。矢島さんは……歳は離れていましたが、友達だと思っています」

「ありがとうございます。他にも伝えなければなりませんので、これで……また連絡させていただきます」

「皆さんにはわたしの方からお伝えします。お辛いでしょうけど、とにかく気を落とさずに……」

ありがとうございます、と言って美紀が電話を切った。矢島か、と諸見里が低い声で言う。たった今だそうです、とうなずいてスマホのボタンに触れた。はいはーい、と有佳利の明るい声がした。

「どうした、社長？　終わったかい？　何か食べに行く？」

「矢島さんが亡くなられました。ついさっきです。今、奥様から連絡が……」

「……そう」有佳利が囁いた。「そうかい……」

諸見里が肩に手をかける。うなずきながら、杏子は目をつぶった。

第五話　ママたちの恋バナ

1

　葬式の朝は雨だった。焼香の時、遺影を見上げると矢島が笑っていた。

「いい笑顔だ」隣にいた中島がつぶやいた。「あいつは楽しかったんだな」

　そうですねとうなずいて、焼香を済ます。先に終わっていた有佳利たちが待っていた。

「友達はいないとか言ってたが、そうでもないようだ」諸見里が言った。「見ろよ、大勢来てる」

　妻の美紀、娘夫婦、親戚たちがいたが、それ以外にもいくつか人の輪があった。年格好から見て学生時代の友達と思われるグループもいたし、会社関係らしい人たちもいた。

「そういうもんですよ。矢島さんはちゃんとしていたもの。おつきあいだってきちんとねえ……」

玲がうなずく。目を向けると、美紀が立ち上がって弔問客に挨拶をしているところだった。

「何か声かけた方がいいかしらね」有佳利が一歩前に出た。「かわいそうで、見てらんないよ」

「だけど、何て言うの？　このたびはって？　そんなこと言っても……」

麻美子が左右を見る。慰めたいと杏子も思うが、何と言えばいいのか。うまく言葉が出てこない。

「しばらくしたら、あたしから電話入れます。矢島さんと約束しました。寂しい思いはさせないって……でも、今は……それどころじゃないでしょうし……」

そうだな、と諸見里が歩きだした。

「行こう、ここで溜まってると邪魔になる」

「若いよねえ、若すぎる」有佳利が歩きながら言った。「六十一だろ？　そりゃちょっとねえ……嫌だよ、そんな歳の人が死ぬのは……見送るこっちも辛いよね」

「あたしたちも長生きしないとね。それも元気で、健康で」玲が首を振る。「寝たきりになって長生きするのもどうかと思うけど、もういいよねって自分で納得するまで生きていたい……難しいとこだけど」

「年寄りはつまらなくて寂しいものだと思われてるけど、そうでもないしね。気の持ちようで変わるもの。矢島さんの分もあたしらは楽しく生きていこうよ。そうじゃない？」

麻美子が微笑した。そうだよねえ、と全員がうなずく。

「お茶でもって言いたいところだけど、仕事があるからね」葬儀場の外に出たところで有佳利が傘をさした。「この格好じゃ行けないし、一度家に帰んなきゃ。駅はどっち？」

こっちです、と佐々木が指さした。行きましょうか、と杏子が先頭に立って歩きだす。午前中の仕事は客に理由を話してキャンセルしていたが、午後の仕事はそのままにしている。矢島が死んだこととママたちとは関係なかった。矢島の分も働かなければならない。頑張りましょうと言うと、老人たちが小さくうなずいた。

2

「セックス？」

マッサージをしながら杏子は大声を上げた。静かに、とうつ伏せのまま女が首を振る。すいません、と謝った。

女は関根順子《せきねじゅんこ》といい、三十三歳になる二児のママだ。五歳の男の子と半年前に生まれた娘がいる。何度も頼まれていて、常連と言っていい。

話を聞くと、夫との間でそういうシチュエーションが極端に減っているという。ホルモンバランスの関係や、娘が生まれたこともあるようだ。夫というより順子の側が触れられるのも嫌になっているらしい。

たまにしか会わないマッサージ師にそんな話をしてくる気持ちはわからないでもない。親や友達には話しにくいだろう。年齢が近いこともあって、話をする気になったらしい。

「どうなんでしょうねえ……」

杏子としてもはっきりした答えがあるわけではなかった。正直言うと、順子と似たような環境にある。

良美が生まれてから、セックスレス気味なのは本当だ。まったくないかというとそうでもないが、明らかに頻度は減っている。

産後しばらく、体調的に受け入れられない時期があった。それは真人も理解してくれ、気にすることはないからと言ってくれた。だがしばらく時間を置くうちに、何となくそういうことから遠ざかっている自分たちがいた。数年経った今となっては、もうどうしていいかわからない。前はどんなふうだったのだろう。よく覚えていない。

最近、真人が浮気しているという疑いが生まれてからはますますそれどころではなくなっている。話をするだけでもいろいろ考えてしまう。こんなことでいいのだろうか。よくわからない。

「奥さん、ちょっといいですか？」眠っている女の子を抱えた麻美子が入ってきた。「掃除とかはだいたい終わったんですけど……この子のオムツはどこかしら？」

「あ、そっちの箪笥《たんす》に」頭を横に向けながら順子が指さした。「下から二段目に入ってます。開けちゃっていいですから……それでね、桜井さん……最近、ちょっと誘ってくる男の人がいるんですよ。もう三十三歳だし、子供も二人いるし、無理ですって断ったんだけど、食事だけでもぜひって……」

顔の前で手を振りながら、やや得意気な声で言う。あらステキと答えると、ちょっと迷ってて顔を枕に埋《うず》めた。

「迷ってるっていうか……返事はしてないんですけど、どうしたもんかなあって……」

「そりゃあ、けしかけるわけにはいきませんけど……羨ましいかも。順子さんは美人だし、スタイルもいいし……」

「そんなこと……ちょっとは努力してるけど、そんな……」

順子が嬉しそうに笑った。お世辞ではあるが、それればかりではない。杏子の目から見ても十分に魅力的な女性だった。

「だけど……お子さんもいるわけだし、あんまり……無茶なことはお勧めできないですけど」

「そりゃあ……そうですよね。あたしもそんな積極的になってるわけじゃ……」

「オムツ、使いますよ。いいですね？」

麻美子が言った。どうぞどうぞ、と順子がうなずいた。

夕方、麻美子と仕事終わりに吉祥寺のオープンカフェへ行った。順子の都合でスタートの時間が遅れたので、着いた時には六時近かった。

「よう、お疲れ」諸見里が片手を上げた。「遅かったじゃないの」

諸見里の隣に三十代の女が座っている。ナンパしてきたらしい。こんな老人もいる。順子のようなママもいる。男と女はよくわからない。

「皆さんがカラオケに行こうって」佐々木が言った。「矢島さんを偲《しの》ぶ会だとか……まあ、それもらしいかなって思うんですが」

「あんたも行こうよ。たまにはつきあいなさいって」

有佳利が言ったが、やんわり断った。ここまで来てはみたが、子供の夕食を作らなければならない。一杯お茶を飲んだら帰るつもりだった。

「社長は夜は駄目なんだって……何回言ったらわかんのよ。まだお子さんが小さいんだから」玲がたしなめる。「あたしらとは違うのよ」

「ママは不自由だねえ……もっと自由に生きなさいよ」

「そんなわけにはいかないって。あんたもわかるだろ？」

祥子がワイングラスに口をつける。この間からみんなと集まる時、一杯だけアルコールを飲むようになっていた。

「まあね、昔を思うと今は楽だよ。歳を取って良かったなと思うことはそれだね」

「とにかく、何か飲みなさいよ、麻美ちゃんも……」有佳利が言った。「今日さ、あたしと佐々木くんで行ったママなんだけど、指示がうるさくてねえ……あんなひどいママは見たことない」

「そうですねえ……ヤンママなんですかね」コーヒーを注文した杏子と麻美子に佐々木が言った。「今も話してたんですけど、ゴミ屋敷っていうか……足の踏み場もなくて」

「ヤンママに限ったことじゃない」諸見里が隣の女に笑いかけた。「歳を取ってたってひどいのはいるさ。ああいうのは性格だよ。夫がかわいそうだな」

今までに見た汚い家の話で三十分ほど盛り上がった。三年この仕事をしている。老人たちが訪れた家は数知れない。中には異常を感じる家もあった。

物を片付けられないというのはともかく、食べた物をそのままにしているママも決して少なくない。臭いのは最悪だよね、というところに結論が落ち着いたあたりで、あたしはそろそろ、と杏子は言った。

「もう六時過ぎましたし……帰ります」

「帰るのかい？　マジで？　たまにはつきあいなさいよ。夜遊びぐらいしなきゃ、一人前のママとは言えないからね」有佳利が立ち上がった。「さあ、じゃあカラオケ行こうか。佐々木くん、あんたもおいで」

「ぼくもですか？」

「彼女を連れていってもいいだろ？」諸見里が女の肩を抱く。「愛する女とはいつも一緒にいたいんだ。どう、おれの西郷輝彦、聞きたくない？」

「しょうがない爺さんだね……でも、中華料理とカラオケは人数が多い方が楽しいからねえ。あんたも行こう。さあさあ、立って立って」

老人たちが財布を取り出しながら席を立とうとする。その時、突然中島が口を開いた。

「ちょっと……話がある」

「中島さん……いたの？　静かだからわかんなかった」祥子が言った。「何なの、真面目な顔して」

「……有佳利さんに話がある」

全員の視線が有佳利に集まる。何かしたかい？　と言ったが、そうじゃないと首を振った。

「話があるんだ」

「あ、そう。どうぞ。何？」

「その……つまり……」

中島が頭を掻き毟《むし》った。それ以上何も言わない。口を半開きにしたまま、困ったように左右を見ている。何なのよ、と有佳利が怒鳴った。

「早く言ってよ。あたしもうパセラ予約してるんだから。時間がもったいないじゃないの」

「……有佳利さんにはボーイフレンドが……いると聞いた」

「いますよ。いちゃ悪い？　迷惑かけた？」

「いや、悪くない……全然……悪くない。いいことだ……それはとてもいいことで……応援したい……応援する」

五段活用か？　と諸見里が囁いた。応援します、と蚊の鳴くような声で言った中島が、そのまま店を飛び出していった。

「何なの、あいつ」走っていく中島の背中を見つめながら有佳利が言った。「どういうこと？」

「中島さんは言いたいことがあんのよ」玲が言った。「わかってるでしょ……あたしたちの口から言うことじゃありません。本人が言うべきで、そうするしかないのよ」

「おっしゃりたいことはわかりますがね」有佳利が鼻をひくひくさせた。「だけど、そういうのがあたしは一番嫌いなの。言いたいことがあるんならはっきり言いなさいって。遠慮してる時間なんかないでしょ？　腹が立つわあ……ぐじぐじうじうじ……中学生か、お前は」

「恥ずかしいのよ」まあまあ、と祥子がなだめる。「駄目なのはわかってる。同じ仕事をしている仲間だから、余計に言いにくいっていうことはありますよ。今後、どんな顔でつきあっていけばいいと？　中島さん、シャイだもの」

「わかりませんねえ」有佳利が吐き捨てた。「先は短いんだ。後のことを考えるって言ったって、その後っていうのがないかもしれないんだよ。どうすんの、矢島さんみたいに死んじゃったら。そんな人生でいいのかい？」

「騒ぐなよ。他に客もいる。とりあえず歌だ。歌いに行こう」

諸見里が言った。それもそうだ、と全員がうなずいて、ぞろぞろと店の外に出て行った。

3

　翌日、佐々木とランチを食べた。佐々木はビールを飲んでいて、一杯どうですかと言ったが、今日は止めておくと断った。どうも佐々木のペースに巻き込まれているが、さすがにそれはまずいだろう。最近どうなのと聞くと、ぼちぼち慣れてきました、とフォークでパスタを器用にからめとりながら答えた。

「最初は体がきつくて……力、入れ過ぎなんですね。最近は抜くコツっていうか、そういうのがわかってきたんで、まあ何とか」

「お婆ちゃんたちにセクハラされてない？」

「有佳利さんがねえ……別にいいんですけど、やたら触ってくるのはどうなのかなあって思います。でも、仕方ないかなって」

「冗談だから許してあげて」

「わかってます。これも役割ですよね……昨日のお客さん、セックスレスの相談してきたんですって？　麻美子さんからカラオケ屋で聞きました」

　そうなんだけど、とうなずきながらどうしたものかと思った。佐々木のような若い男を相手にそんな生々しい話をするのは恥ずかしい。そういう年齢ではないはずだが、照れてしまう。うっすらとだが、何かを意識している自分がいた。ええと、と佐々木が小さく咳をした。

「……ランチタイムの話題じゃないですね。止めましょう。中島さんのことなんですけど……どう思いますか?」

「どうって?」

「やっぱり、有佳利さんのこと……好きなんですか?」

「あなたはまだ一緒に働くようになってから、そんなに時間が経ってないからわからないでしょうけど……中島さん、有佳利さんのこと、かなり前から好きだったのよ。二年? もっと前からかも」

「純愛ですね」

「いけないなんて言ってないわよ。中島さん、ずいぶん前に奥さんを亡くされてるし、有佳利さんだってご主人はいないし。うまく行くならむしろいいことだと思う。歳取ったからって、恋愛しちゃいけないなんて思わない。ただ、お互いの気持ちがひとつにならないんだったら、それは駄目よね。何歳だって同じよ。残念だけど有佳利さんは……中島さんのことを何とも思っていない」

「いくつになっても恋は難しいですね……片思いは辛いでしょうけど、ぼくは中島さんに頑張ってほしいな。有佳利さんの方が少し歳は上なんですよね? いいじゃないですか、年上のひと」

「最近流行りなの? 何かそういう話よく聞くなあ……佐々木くんも年上OK? だったら

有佳利さんは？」

「四十歳ぐらい上ですよね……いいんじゃないですか？　愛があれば……なんて、そりゃさすがにちょっと……でも十歳上ぐらいだったら全然いけますね」

佐々木が視線を一瞬向けて、すぐ逸《そ》らした。つきあうように笑みを作ったが、どこかぎこちない感じがしたのはなぜだろう。

わからないまま、コーヒーでも飲む？　と言った。つきあいます、と佐々木がうなずいた。


夜、子供たちに食事を取らせてから自分の仕事をした。シフトの割り振りに没頭しているうちに、二時間が経っていた。気がつくと十一時前だった。子供たちを放っておいてしまっている。

いけない、と立ち上がった。あの子たちはお風呂に入ってくれただろうか。もう寝てしまったのか。歯は磨いたのか。

いきなりドアが開いた。真人が立っていた。

「……お帰り……気がつかなかった」

「うん……誰も出てこないから、どうしたのかなって……何をしてるんだ？」

入ってきた真人が開きっ放しのパソコンに目をやる。会社のホームページのトップ画面があった。さりげなく蓋を閉める。

「ちょっと……学校のことでメールを……遅かったのね、もう十一時よ」

「忙しいんだ」不機嫌に真人が言った。「佳境でね……新しいシステムの導入とか、いろいろ決めなきゃならない」

「ずいぶん長い佳境ね」

皮肉を言ったつもりではなかったが、真人が顔をしかめた。

「お前にはわからんさ。業界全体が落ち込んでる。そんなに簡単には……あいつらは？　もう寝たか？」

「……たぶん」

「たぶん？　ちゃんとベッドに入るところまで見てろよ。母親の役目だろ？」

「……そうだけど」

「おれ、風呂入る。もう寝るから」

クローゼットから下着を取り出した真人が、その場でジャケットとズボンを脱ぐ。自分でハンガーにかけて、風呂風呂と言いながら部屋を出て行った。

「何か食べる？　一応あなたの分も……」

いらなーい、という声が聞こえた。何なんだと思う。言いたいことだけ言って、自分の都合で勝手に動いて。どういうつもりなんだろう。

「ワイシャツ、クリーニングに出すから別にしといてね」

返事はなかった。はあ、とため息をついてパソコンの電源を落とす。危ないところだった。風呂場まで行って聞き耳を立てた。シャワーの音がする。お風呂出たらビール飲む？　と聞くと、いらなーい、という返事があった。しばらく出てこないだろう。

部屋にとって返し、ジャケットのポケットを探った。携帯電話。こんなことをしていいのだろうかと思いながら、ちょっとだけとつぶやいて画面を呼び出す。真人はガラケーを使っているので、操作は難しくない。着信表示。

五十件の名前がずらずらと並んでいる。今日。今日は誰から？　今日かかってきた電話は五件あった。朝九時半と夜十時、ナツという名前がある。ナツ。奈津美？

前日の着信を見る。またナツ。更にさかのぼっていくと、毎日一度か二度ナツからの電話があることがわかった。手が震えてきた。

背中に冷たい汗を感じながら、メールを見る。数百件近い数があった。もちろん、杏子からのメールもある。だが、それ以上にナツという名前は多かった。

Ｒｅ、という記号が果てしなく続く件名もある。返信を繰り返しているうちに、こうなってしまったのだ。直近のメールを見た。本文に、考えられない、という一行だけがあった。

考えられない。どういうことか。

次のメールを開けようとした時、おーい、と大声で呼ばれた。とっさに携帯をジャケットのポケットに突っ込んで部屋を飛び出す。

「タオル忘れた。取ってきてくれ」

「……はい。もう出る？」

「出る。やっぱビール飲むよ。出しておいて」

わかった、と答えて部屋に戻った。もう一度携帯を見る勇気はなかった。

4

それでもまた次の一日が始まる。諸見里とペアで仕事に行った。たまたま予定の入っていなかった佐々木も来ていた。まだ勉強したいことがありますから、と言う。熱心なのはいいがそろそろ独り立ちしてほしいと思いながら、じゃあ一緒に行きましょうと連れていった。

客は何度目になるのかわからないぐらいの常連で、もう子供は三歳になっている。何の問題もなく施術し、諸見里も家事代行の仕事をこなした。いつも通り二時間で仕事を終え、家を出た。

お茶でも飲もうかと諸見里が誘ってきたので、近くのファーストフード店でコーヒーを飲むことになった。少し話しているうちに、何かあったか、と諸見里が言った。

「矢島のことを考えてるのかと思ったが、そういうことでもないようだ。ちょっと元気がないな。何かあったか？　おれで良かったら話してみないか？」

「諸見里さん、そんなにあたしのことを見てたんですか？」嫌ですよ、と杏子は微笑を浮かべた。「そんなじっくり見られたら歳がばれちゃいます。恥ずかしいじゃないですか」

「女性を観察するのはライフワークだ」諸見里がうなずく。「男のことは知らん。見る気も起きない。だが女性は違う。若い女ならなおさらだ」

「若くありませんけど」

「いや、社長は若いです」佐々木が前のめりになった。「そんな……全然若いし……その……」

「諸見里さんって、ホントに女性好きなんですねえ」

いっそ感心します、と杏子は言った。悪いかね？　と諸見里が微笑む。

「女性と話すのは楽しい。生きる活力になる。おれが若い時……いや、そんなことはどうでもいい。話してみなよ」

足を組んで、背中を椅子にもたせかけた。聞くポーズということなのだろう。迷ったが、誰かに聞いてほしいという思いがあった。諸見里はいいかげんに見えるが、意外と口が固い。それはわかっていた。

「……この会社を立ち上げて三年になります」

「知ってる」

「でも……会社をやっていることを、夫に話していません。ずっと黙ってました」

「前に聞いた。わかるよ。男は女房のすることに理解がないからな。それで？」

「最近……夫がちょっと……何かしているようだぐらいのことは薄々感づいてるみたいで……昨日もあたしが家で仕事をしていたらいつの間にか帰ってきて、何をしているのかってごまかしたんですけど、近いうちに話さなければならなくなるでしょう。止めろと言われます。子供のこともあります。反対されたら、もう続けることは……皆さんには悪いんですけど、止め時なのかもしれません」

「そりゃあ……多少困るが、おれたちのことは気にしなくてもいいんじゃないかな。有佳利さんでも誰でも、仕事を引き継いでくれるだろう。今日の客もそうだが、常連も増えてる。どうにか回していけるんじゃないか？　社長がそんな顔をしてるのは、他に理由があるんだろ？」

諸見里が紙コップのコーヒーをすすった。佐々木が左右を交互に見る。勢いもあって、杏子は口を開いた。

「恥ずかしい話なんですけど……夫が浮気しているようなんです」

そうかね、と落ち着いた表情で諸見里が言った。

「確証はないんですけど……間違いないと思っています。決まった相手なのか、そうじゃないのか……でも、最近の様子から見ると……」

メールを見たことを話した。諸見里は何も言わない。佐々木ががりがりと頭を掻く。

「短い期間ではないようです」杏子は話を続けた。「一年以上、もっと長いかも……夫が別の女性を好きになったというのは悲しいし、情けないですけど、世間にはよくある話で……最悪、離婚ってことになっても仕方ないかなって……」

「うん」

「ただ、子供のことが……あの子たちを片親にしたくありません……そういうタイミングなんでしょうか……会社のこともそうですけど、そろそろいろんなことをはっきりさせた方がいいような気が……今までは何となくごまかしてきたんですけど、もう決着をつけるべきなんじゃないかって……だけど、それが正しいのかどうか……本当のことを言うと、どうしていいのかわからないんです」

「佐々木くん」諸見里が財布から千円札を引っ張り出した。「コーヒーをもう一杯飲みたい。

社長の分も……お前さんも飲むかい？　だったら三人分買ってきてくれ」

何か言いたそうにしていた佐々木が、そうですかとだけ言って席を立った。聞かれても構わないんだが、男に言うのはちょっと恥ずかしいんだ、と諸見里が微笑んだ。

「何でなんだろうな。自分でもよくわからん……まあいいや、ちょっとだけ話をしよう。おれの親は離婚している。もう六十年も前の話だがね」

「……そうなんですか」

「姉がいてね。姉は親父が、おれはオフクロが引き取った。親が離婚してから、おれは親父に会ってない。死んだという連絡は受けたが葬式には行かなかった。オフクロが嫌がるんでね」

「はい……」

「片親っていうのは不自由だ。面倒なこともいっぱいある。父親がいないっていうのは寂しかったさ。いろいろ考えることはあったが、子供っていうのは勝手に育つもんでね。おれも姉貴も大学まで進んだし、無事に就職もできた。二人とも結婚した。姉貴とは連絡をまめに取り合ってる。仲もいいんだ」

「そうですか」

「何が言いたいかっていうとね」諸見里が額に手を当てて苦笑した。「子供のことはそんなに考えなくてもいいってことだ。何とかなる。いろいろあるだろうが、ちゃんとした大人になる」

　コーヒー買ってきました、と戻ってきた佐々木が紙コップをテーブルに置いた。すまんな、とつぶやいた諸見里がひと口飲む。

「子供のことはいいんだ。問題は社長の気持ちだよ。旦那のことが好きかい？　一緒にいたいと思うかい？　大事なのはそれだ。好きなら他の女に渡すな。仕方ないなんて言うな。社長は女房で、つきあっていた時を含めたらそんな女より全然長い時間を共に過ごしている。有利な立場なんだ。勝てるケンカなんだぞ」

　諸見里がにやりと笑って肩を叩いた。勝負事じゃないんです、と言おうとした杏子の前で首を振る。

「諦めることはない。思いを伝えればわかってくれる。その代わりってわけじゃないが、社長も許してやれ。夫婦なんだ。長いこと一緒にいたら、そんなこともあるさ」

「はい……」

「でもな、もし気持ちがないなら、夫婦でいる必要はない。社長はまだ若い。どうにでもなる。世間体とかそんなこともいい。要は社長次第なんだ」

　コーヒー飲みなよ、と言った。それ以上何も言うつもりはないようで、店の外を向く。

佐々木は無表情だった。何か怒っているようだが、何に対しての怒りなのかよくわからない。どうもすいません、と杏子はコーヒーに口をつけた。

二人と別れて家に帰った。疲れている。考えなければならないことが多すぎた。

子供たちはまだ帰っていなかった。今のうちに、と家の掃除をすることにした。夕食の準備もしなければならない。ママというのは大変なものだ、と改めて思った。

掃除機を出していたら、スマホが鳴った。佐々木からだ。さっき別れたばかりなのに何だろうか。

「ぼくです……今、大丈夫ですか？」

「大丈夫？　何が？」

コードをコンセントにつなぐ。口ではそう言ったものの、大丈夫ではない。へこんでいる。だが、そう答えるわけにはいかなかった。

「ぼくは……ご主人を許せないです」

佐々木の声が震えていた。もしもし？　と呼びかける。

「どうしたの、佐々木くん……何を……」

「浮気なんて最低です……ひどいですよ。……ご主人、どうかしてるんじゃないですか？

社長のことを裏切るなんて、どうかと思います」

「だけど……絶対にそうだって決まったわけじゃないし……」

「同じ男として許せないです。そんなこと……恥ずかしくないのかな。殴ってやりたいですよ」

「佐々木くん？」

「とにかく、そんなの認めません……ぼくは社長の味方です。何でも言ってください。何でもします。約束します。ぼくはあなたを裏切ったりしませんから」

いきなり電話が切れた。杏子は小さく息を吐き、スマホをテーブルに置いてから掃除機のスイッチを入れた。

5

三日後、予約が入っていた関根順子の家へ行った。今日もパートナーは麻美子だった。上の子は幼稚園に行っていて、しばらく帰らないという。

「じゃあ、この子をお願いします」順子が麻美子に下の娘を預ける。「すいません、いつも」

「いいえ。おとなしくて手がかからないから、むしろ楽です」

「じゃあ、さっそくですけどマッサージをお願いしても……あ、ちょっと待ってください」

寝室から電話の着信音が鳴っていた。「すいません、すぐ終わりますから」

順子が部屋に戻る。玄関に立っているのもおかしいので廊下に上がった。聞きたいわけではなかったが、楽しそうな笑い声が耳に入ってきた。

数分そうしていると、電話を耳に当てたまま順子が出てきた。まだ何か話している。いいんですか、と囁くと、いいのいいの、と寝室に招き入れた。

「……またそんなことばっかり……先生、ホントにお上手ですね……はい、承りました。別に……そりゃ食事ぐらいは……すいません、今ちょっとお客さんが来ていて……ごめんなさい、終わったらあたしから電話します」

電話を切った順子が笑み崩れた顔を杏子と麻美子に向ける。食事ですって、とつぶやいた。

「……誘われた？　この前おっしゃってた人？」

「そう……あれからも毎日電話があって……本気ですまで言われたら、そりゃあ断りきれないっていうか……」

「どんな人なんです？」

「お医者さん。上の子がかかっていて、それで知り合って……あたしより五つ下かな？　二十八とか……そこそこイケメン」

このままでいいですから、と順子がベッドに横になる。部屋着だったので、まあいいかと杏子は腰に手を当てた。

「優しい先生で、子供好きなんですよ」マッサージを受けながら順子が喋り始めた。「年上だってことはもちろんわかってる……だけど、それでもって」

「順子さん、おきれいだから」

「そんなことないけど……まあ食事ぐらいはいいかなって。いつもお世話になってるわけだし、ありがとうございますってことで」

「そりゃあ……そういうこともあるかもしれないですね。食事ぐらいなら……」

「それだけかなあ。えへへ……それだけじゃないかも」

「いやあ、それは……それ以上はちょっとマズイんじゃ……？」

「そうだけど……でも、これからどんどん歳を取っていくでしょ？　どんなに逆らったって止められないことだし……男の人から声をかけてもらうことなんて、ゼロとは言わないけど少なくなるのはわかりきってるし」

「……そうかもしれないですけど」

「今なら、こうやって誘ってくれる人がいる。しかも変な男じゃないし。医者で、身元もはっきりしてるし……どうせ主人は無関心だし、あたしが何をしたって別に……興味もないでしょうし。いつかは女じゃいられなくなるんでしょうけど、今はあたしは女で、女として扱ってほしいの」

「……おっしゃってることはわかりますけど」

もちろん杏子も順子の気持ちはわかる。順子だけではなく、すべての女性に共通する思いだろう。いくつになっても、女は女として見てほしい。扱ってほしい。現実には難しいことでも、そうありたい。

だけど、だからといって何でもありというわけではない。間違っているとは言えないが、正しいとも言うことはできない。どう答えればいいのだろうか。

「あたしは浮気したことがありますよ」

いきなり声がした。杏子と順子が同時に顔を上げる。赤ん坊を抱えた麻美子がにこにこ笑っていた。

「麻美子さん……」

「あなたの話は少し社長から聞かせてもらいました。あたしも同じです。子供を産んでから、主人とそういうことはなくなりました」麻美子が話を続けた。「そんなものなんだろうなって思ってましたけど、女性として見てほしいっていう気持ちはやっぱりありましたよ。それは欲求がどうとかってことじゃなくて、もっと本質的なものなんでしょう。女でありたかったんです」

そうなんです、と順子がうなずく。女っていうのはねえ、と麻美子が小さく息を吐いた。言いたいことは杏子にもわかる。子供を産めば母親になり、そういうふうにしか見られなくなる。仕方のないことだが、それればかりでは辛くなる。

麻美子は高校時代の同級生と浮気したと言った。いけないことだとわかっていたが、だから余計にはまりこんだ。だが数カ月で別れた。あまり楽しくなかったから、と笑った。

「たぶん……本当には好きじゃなかったんでしょう……あなたはそのお医者さんのことが好きなの？　気持ちはある？」

「それは……よくわからないっていうか……」

「麻美子さんは……」杏子が顔を上げた。「後悔してるんですか？」

「正直言うと……少しだけしてます」麻美子が言った。「浮気したのは三十年も前のことです。だけど、ふっと思い出すことがある。ちょっと主人に悪かったなって思う。少しだけ苦しくなります」

「……そうですか」

「夫婦の間に隠し事や秘密や言えないことがあってもいいと思いますよ。人間ですからね。何でもぶっちゃけるっていうのも、逆におかしくない？　だけど、意味のない後悔はない方がいいとも思います。負い目を感じながら生きていく必要はないでしょ？　まあ、でも……やっちゃったものは仕方ないんですけどね」

くすくすと笑った。済んだことを今さら言っても始まらないと思っているようだった。

「麻美子さんは……そんなふうには見えないです」杏子は半ば感心していた。「すごく普通の……ちゃんとした奥さんなんだろうなっていつも思ってました。浮気するようには……」

「普通の主婦でもね、やる時はやりますよ」

麻美子が今度は大きな声で笑った。杏子も順子もつられるようにして笑い声を上げる。

「考えます……言ってること、すごくよくわかりました」

順子が言った。どうぞどうぞ、と麻美子がうなずいた。


帰宅してから子供たちと夕食を取り、それから仕事をした。毎日のことだが、手間がかかる。スタッフに電話をして、明日の確認をする。支障があればスケジュールを調整して、シフトを組み直す。

面倒だが、やっておかなければ仕事に差し支える。ため息をつきながら最後の連絡を終えると、もう十一時を過ぎていた。

真人はまだ帰ってきていない。何をしているのか。どこにいるのか。誰と会っているのか。

浮気しているのか、していないのか。諸見里ではないが、遊びだと言うのなら今回だけは許してもいい。許せないが、百歩譲るべき時はあるだろう。でも、本気だったら？

頭を振った。今考えるべきじゃない。家のことをしよう。夜のうちに洗濯をしておいた方がいいかもしれない。朝は朝でいろいろある。忘れないうちにと思ってリビングに戻ると、真人がテーブルの前に座っていた。

「……びっくりした……帰ってたの？」

「さっきね」真人はスーツ姿だった。「帰ったよとは言ったんだけど……聞こえなかったか？」

「……どうしてここに？」

「……最近、何をしてる？」

静かな声で言った。怒ってるというわけではない。むしろ、怯えているようだった。

「何って……別に」

「子供たちに聞いた。時々、夜に出掛けてるみたいだな」

「それは……買い物とか、学校のママたちに会ったりとか……尚也も五年生だし、すぐ中学受験よ。いろいろ教えてくれる人がいて……」

「……おれにも教えてくれる人がいてさ」真人が苦笑した。「学校の関係とか、ご近所さんとかだ……お前が駅近くの店でお年寄りと一緒にいるところを見たって……何人かのジイさんやバアさんといたとか、ジイさんと二人だけでお茶を飲んでいたとか、そんなことだ。もちろんお義父《とう》さんとかじゃない。誰なんだ？　どういうことだ？　何をしている？」

「それは……たまたま……」

「よくわからんが、年寄りの知り合いがそんなに大勢いるとは思えない。どういう関係なんだ？　まさかとは思うが……宗教とかの勧誘か何かか？」

「違います。何も……悪いことはしていません」杏子は言った。「心配することなんてないんです。信じてください」

「信じたいさ……だからすべて話してほしい……どうなんだ？　正直に言ってくれよ」

「とにかく……もうこんな時間だし、今は……」首を振りながら杏子は真人を見つめた。「あたし、ちゃんと話したい。改めて話し合いましょう。あたしも聞きたいことがあります。話がしたいのは同じなんです」

「……確かに、夜遅い」真人が腕時計に目をやる。「今言うことじゃないかもしれない……言いたいことがあるなら、整理しておいてくれ。こっちにもある。今度話し合おう」

「わかりました」

「子供たちのことをちゃんと見てくれ」立ち上がった真人がネクタイを外す。「それだけは頼む……おれもちょっと疲れてる。冷静になって話そう。いいな？」

「……わかった」

ジャケットを脱いで肩に引っかけた真人が部屋を出て行った。

6

翌朝はふだん通りだった。真人も何も言わない。杏子もだ。

子供たちが朝食を食べているのを横目で見ながら、真人はいつも通り出て行った。いつものように会話をした。笑いながら見送った。心は真っ暗だった。真人もそうなのだろうか。

落ち込んだ気分のまま仕事に出掛け、それなりに終わらせた。パートナーは有佳利だったが、機嫌が悪いと思っているのか話しかけてくるようなことはなかった。

帰りに吉祥寺の駅で誘われ、いつものオープンカフェに行った。みんな楽しそうに話していた。話題の中心は諸見里で、最近ナンパに成功した三十歳の主婦の話をしている。元気だねえと感心しながら女たちが詳しい話を聞いていた。

「別に何をしようってわけじゃない」諸見里がワインを飲みながら言った。「清いおつきあいだ。向こうは人の女房だしな。トラブルは避けたい。だが、会って話をする分には楽しい。

それぐらい、いいだろう？」

「悪かないけど、その女もどういうつもりなんだか」麻美子が言った。「本当に三十？　実は六十とかじゃないの？　お爺さんと話して、何が楽しいのかしら？」

「向こうに聞いてくれ……今度連れてくるからさ。明後日、会う約束をしてる。聞きたきゃその時……」

テーブルを両手で叩いた中島がいきなり立ち上がった。顔が真っ赤になっている。何なの、と玲が言った。

「ずっと黙ってたかと思ったら……どうしたの、怒ってるの？　何か気に障るようなこと言った？」

老人たちが互いに顔を見合った。騒ぎ過ぎたかな、と諸見里が申し訳なさそうに言う。

「別に自慢話をしたかったわけじゃないんだ。たまたまうまくいったんでね、ちょっと言いたくなって……」

「おれは市民マラソン大会に出る」

宣言するように中島が言った。何のこと？　と祥子がいぶかしげに見る。

「武蔵野市の大会だ。タイムはどうでもいい。とにかく走り通す。ゴールしたら……」

「ゴールしたら？」

「ひとつだけ言いたいことを言う」中島がちらりと有佳利を見た。「矢島は言ってた。やりたいことをやるべきだと。その通りだ。言いたいことがあったら言うべきだ。だが、そのためには資格がいる。マラソンを走り通して、その資格を得たい」

「……あのね、中島さん……あなたの言いたいことはみんなわかってますよ」麻美子が中島の腕に手をかけた。「資格って……言いたいことがあるんなら普通に言えばいいんじゃないの？　マラソンなんかしなくても……」

「おれは……男らしくないところがある」中島が首を振った。「自分でもよくわかってる。諸さんみたいなことはできない。情けないが、結果が出るのが怖くて黙って何もしない、そういう男なんだ」

「いや、それは向き不向きっていうかさ」諸見里が手を振った。「おれは好きでやってる。趣味なんだ。趣味なんて人それぞれだろ？」

「六十五になった今、自信を持ちたいと思った」中島は諸見里の言葉など耳に入っていないようだった。「男としてちゃんとやれる自信が欲しい。そうじゃなかったら言いたいことを言う権利なんてない。そうだろ？　見ていてくれ」

椅子を蹴倒した中島がそのまま店を飛び出していった。あんたどうすんの、とその背中を見送りながら玲が言った。

「あたしの問題じゃないでしょうよ」

有佳利が答える。どうかしちゃったのかね、と話し始めた老人たちを見ながら、杏子はそっとため息をついた。

第六話　ラン&ラン

1

翌日の夕方、杏子がオープンカフェに行くと老人たちが集まっていた。中島はいない。よくわからないという目で佐々木が見ていたが、何も言わずに席についた。

「……武蔵野市民マラソンのこと、調べてきたんです」

数枚の紙をバッグから取り出す。昨日、プリントアウトしたものだ。あたしらも調べたよ、と玲がうなずく。

「再来週の日曜なんだってね。五年前に始まったんだって？」

「みたいですね。市民の健康のためとか、そんなテーマがあるらしいんですけど……東京マラソンみたいに、タイムで足切りしたりすることはないって……でも八時間経ったら自動的に終了するとも書いてありました」

「フルマラソンなんだってね。四二・一九五キロ走るの？」祥子が言った。「市民じゃなくても参加自由だって……要するにスポーツやりましょうってことなんでしょうけど……年寄りでも参加できる？」

「本人が申し込めばできるそうです。年齢国籍男女問わずって……」

「しかし、マラソンだぞ」諸見里が首を曲げる。「中島にできると思うか？」

「あの人、一応ジョギングが趣味だから」麻美子の言葉に、そうだったねえと全員がうなずいた。「いつか東京マラソン出るんだって、そんなことを言ってたよね……夢を持つのは自由だから、そりゃ勝手なんだけど……現実問題としてはどうなのかしらね」

「何だかんだ言って六十五だもんねえ……別に陸上やってたわけじゃないんでしょ？」祥子が言った。「ジョギングだって、血圧が高いから始めたとかそんなんじゃなかった？　神経痛持ちだし、難しいんじゃないの？」

「……タイムじゃないんでしょ」玲が左右を見た。「完走して、男らしいところを見せたいわけでしょ？　あの人が言う、男の資格だか何だかを手に入れて、それで告白したいんでしょ？　やりたいって言ってるんだから、やればいいんじゃないの？」

でしょ？　と言われた有佳利が嫌そうに顔を歪める。どうすんのよと重ねて聞かれ、古くない？　と言った。

「青春ドラマで育ったわけでもないだろうに、根性だ努力だって言われてもねえ……何それって。関係ないっていうか」

「ひどいよねえ、この人」玲が有佳利の肩を押す。「冷た過ぎない？　それって」

「でもそうだろ？　後でごちゃごちゃ言われたくないから今のうちに言っとくけどさ、つきあってる男がいんのよ。元会社社長」

「聞いてる」

「この間、プロポーズされた」

マジで？　と全員が一斉に叫んだ。どうすんのどうすんの！　と祥子が有佳利の腕を摑む。

「向こうの子供がちょっとね……でも、プロポーズそのものは受けました」有佳利がうなずいた。「今すぐってわけじゃないし、籍を入れるかどうかもわからない。この歳になって財産目当てとか言われたくないしね。だけど年内には一緒に住むことになるんじゃないかな」

「いいと思うよ。おめでとう」諸見里が手を伸ばして握手を求める。「結構な話じゃないか

……ただ、中島にも話すべきじゃないかな」

「まあ……そうかもしれないけど」

「中島が有佳利さんに好意を持っていたのは、わかってただろ？　あいつは友達だ。友達が

好意を持っていてくれている。それは悪いことじゃない。きちんとするべきだ。事実をはっきり伝えて、なるべく傷つかないようにしてやるのが年寄りの知恵ってもんじゃないか？」

「そうだけど……自分からは言えないよ」有佳利が肩をすくめる。「どうしたもんかね」

難しいところだ、と全員が首をひねった。

数日、何も起こらなかった。みんないつものように仕事をしている。中島もだ。つきあいに変化はない。それぞれに仕事をして、終われば集まって話をし、酒を飲んだりもする。何もなかったかのようにみんなふるまっていた。

家も同じだった。真人はあれ以来何も言ってこない。普通に接してくる。はっきりさせるのが怖いのだろう。それは杏子も同じで、自分からは言い出せない。無風状態が続いていた。

良美はいつものように毎日大騒ぎをしているが、尚也の様子が少しおかしいことに気がついていた。妙におとなしい。話そうとしない。何があったのだろうかと思うが、どう聞いていいのかわからないでいる。

四日後の午前中、杏子は家で洗濯物を干していた。仕事は午後からで、こんな時に溜まった家事を片付けておかないととんでもないことになってしまうのはわかっていた。

良美のトレーナーの袖に穴が開いているのを見つけて、ため息をついた。あの子はどうしていつもこうなのか。そんなに暴れまわっているのだろうか。服を破ってしまうのは女の子としてどうなのか。

帰ってきたらお説教だ、とつぶやいたところに電話が鳴った。中島からだった。

「社長？　今どこだい？」

少し息を乱しながら言った。家ですけど、と答える。だよな、とまた荒い息遣いがした。

「近くにいるんだ。ちょっと出てこれないか？」

「……いいですけど」

「すぐ近くだ。一分もかからんよ。じゃあな」

スマホを持ったまま、マンションの外に出る。本当に一分も経たないうちに、妙に本格的なジョギングウェアに身を包んだ中島が走り込んできた。よお、と手を上げる。

「何を……してるんですか？」

「走ってる。毎日だ」足踏みをしながら言った。「もともと東京マラソンのためだった。昨日今日じゃない。速いわけじゃないが、持続力はあるんだ。基礎はできてる。体調もいい。完走するだけならいけそうな気がする」

「はあ……」

「社長の家はおれの練習コースでさ。一度挨拶しようと思ってたんだ。応援してくれるだろ？」

エッジの尖ったサングラスを上げ下げする。張り切った声に、まあそうですね、と答えた。そう言うしかないだろう。

杏子の周りをぐるぐる走っていた中島が、後三キロなんだ、と言い残して走り去っていった。いったい全部で何キロ走っているのか。やる気満々なのはよくわかったが、と家へ戻った。フルマラソンをあの歳で走るというのはいかがなものか。

完走して有佳利に自分の想いを告白しても、返事はノーとわかっている。意味はない。万一、途中で心臓麻痺にでもなったらそれも困る。どうしようかな、と思いながら部屋に入った。

2

翌日午後、杏子は佐々木と共に吉祥寺のある家の前で待っていた。そろそろですね、と佐々木が囁く。うん、とうなずいたところで玄関から中島と玲が出て来た。

見送っている若いママに手を振って表に一歩出た中島が、何だよ、とつぶやく。こんにちは、と杏子は頭を下げた。

「何してる？　若い者同士でお茶でも飲んでたか？」

「お茶は今から飲むんです。行きましょう」

「はあ？」

中島を取り囲むようにしてフォーメーションを取り、歩きだした。玲は二人がどうしてここに来ているのか知っている。困惑した表情の中島を連れて、駅からほど近い喫茶店に入った。諸見里と祥子、麻美子が待っていた。何だよ、と中島が不満そうに言った。

「まあ座れって……何にする？　コーヒーでいいな？」諸見里が勝手に注文する。「ちょっと話がしたい。すぐ終わる」

「……金ならないぞ」

中島がぼそりと言った。そんなんじゃない、と諸見里が体を少し前に傾ける。

「おれたちは仲間だ。そうだよな」

「……そういうことになるんだろう」

「仲間の幸せはみんなの幸せだ。喜んでやらなきゃならん。そうだろ？」

「そうだな」

「個人的にはいろんな思いがあるだろう。だが、それを耐えて忍んで共に喜んでやる。それが男ってもんだ。違うか？」

「そうだな」

じれったいわね、と祥子が割って入った。

「はっきり言いますよ。あのね、有佳利さんが結婚するの」

「……結婚？」

「中島さんの気持ちはみんなわかってますよ。複雑でしょう。それもわかります。でもね、ここはおめでとうって言ってあげなさい。よかったねって言うの。有佳利さんが幸せなんだから、それは祝ってあげなきゃ。わかった？」

「……マラソンには参加しないで欲しいんです」杏子は運ばれてきたアイスコーヒーをストローで掻き混ぜた。「走ったって意味はないんです。有佳利さんは結婚します。もう決まったことなんです。努力するのは立派なことですけど、むしろ迷惑になるかも……」

「悲しいかもしれないけど、あたしらでよかったらいくらでもつきあうから」麻美子が言った。「話も聞くし、お酒だって一緒に飲んであげる。何だってしますよ、友達なんだから。だからここは大人になんなさい。一歩引くのも男ってもんでしょう」

ゆっくり首を動かして周りを見ていた中島が、静かに口を開いた。

「女房が……病気で死んで、二十五年経つ。あいつは四十だった。若すぎるって。それなのに、ガキは三人もいた。母親がいない子供ってのはかわいそうなもんだ。おれはあいつらをちゃんと育てるって約束していた。精一杯、やれることは全部やったつもりだ」

「わかってる」諸見里がうなずく。「たいしたもんだよ、お前さんは」

「おれは別に何の取り柄もない中年男で、見てくれもこんなだ。稼ぎがあるわけでもない。三人の子持ちのオヤジのところに来てくれる女なんているわけがない。だいたい、それどころじゃなかった。無我夢中で生きてきたんだ」

「立派なことよ」玲がコップの水を飲んだ。「自分を卑下することはありません」

「末の息子が大学を出て就職した。その年におれは会社を定年で辞めた。まあ、何とかなった。間に合った。あいつらはみんな出て行って、おれだけが残った。何十年ぶりかで自分のことを考えた。どうもこいつは……寂しいことになったとわかった」

「みんなそうですよ」麻美子が慰めるように肩に手をやる。「男の人は特にそうですけどね」

「縁があって、社長の会社に入った」中島が杏子を見て笑った。「有佳利さんと知り合った。初めて会った時から、いいなあって思った。元気で、社交的で、美人で、友達も多い。きらきら輝いて見えた。おれにないものをたくさん持ってる。こういう人と一緒にいたいって思ったよ」

わかりますよ、と佐々木がつぶやく。お前なんかにわかるもんか、と中島が苦笑した。

「だけど、言えないよそんなこと。おれなんか相手にしてくれるわけがない。男として見てくれてないのもわかってた。別にいいさ、それで。そばにいて、一緒の時間が過ごせればいいと思って、諦めてた」

老人たちがお互いを見合った。だけどさ、と中島がコーヒーをひと口飲む。

「それじゃいけないって、矢島の奴に言われたような気がした。おれはどうにか元気だし、まだそこそこ時間は残ってる。伝える決心をした。駄目なら駄目でいい。結果が欲しいわけじゃないんだ。言うべきことを、言わなきゃならないことを言おうって思ったんだ。そのために資格が欲しい。無駄だとかそんなのはどうでもいい。マラソンは走るよ」

「意地にならなくてもいいんじゃない?」玲が中島を見つめた。「そんなの意味がない。そんなふうに思えたっていうだけで、十分に男らしいと思いますよ。それでいいじゃありませんか。あなたが本気だっていうのは、みんなよくわかってます。それ以上何をどうしようっていうの? ちょっと違うんじゃない?」

「有佳利さんにプロポーズした男っていうのは、会社の元社長だそうだ」諸見里が冷静な口調で言う。「金持ちだってさ。三鷹にでっかい家を構えてるんだってよ。背も高いし、顔もいいらしい。はっきり言うけど、勝ち目はないよ。しょうがないさ、人生ってそんなもんだ。勝つ奴は勝つし、おれもそうだが負ける奴は負ける。どうしようもないことなんだよ」

それからも老人たちが口々に説得を続けた。思いを伝えるのは大事なことだが、言えば迷感になることもある、という意見には中島もうなずいた。自分の気持ちを押し付けることが正しいとは限らないとわかる年齢になっている。

「それもそうだなあ……」中島が弱々しくつぶやいた。「こっちが勝手に思ってるだけだもんな。あの人は仕事は続けるわけだろ？　ぎくしゃくするのも申し訳ないしなあ……」

「そうだろ？　こんな歳だ。みんなで仲良く過ごそうじゃないの。それも人生だよ」

「すぐ忘れますよ。楽しくやりましょう。みんなで飲んで食べて歌って……」

いきなり佐々木が立ち上がった。どうした？　と老人たちが見つめる。

「頑張ってみるべきです」佐々木が手を強く握った。「有佳利さんのことを好きだっていう気持ちがあるなら伝えるべきです。そのためにマラソンを走らなきゃならないっていうのなら走りましょう。恋は年齢でするもんじゃないでしょう？　いいじゃないですか、応援しま……」

「座れよ、若いの」諸見里が佐々木の腕を引っ張った。「お前みたいなひよっこに何がわかる。黙ってろ」

「若い人とは違うのよ」麻美子が唇を尖らせた。「学生同士じゃないの。一方的に思いを伝えて、それで満足する。そういうわけにはいかない。みんなそれぞれ事情があるの。わからないだろうけど」

「友達が無茶なことをして傷つくのを黙って見ているわけにはいきませんよ」玲が諭すように言った。「あなたたちは……こっちの女が駄目なら次の女ってことになるんでしょうけど、あたしたちはそうはいかないの。ひとつひとつが重いのよ。だからこそ、言っちゃいけないことがある。それが人生の機微ってものなのよ。もっと勉強しなさい」

「いや……ですが……」佐々木がまた立った。「恋愛っていうのは、そういうもんじゃないと……」

「うるさいよ、お前」中島が佐々木の膝を叩いた。「口を挟むな。黙って座ってろ。みんなの言う通りだよ」

「……あれ？」

佐々木がつぶやく。中島さんのために言ってるのに、と言いかけた肩を押さえて強引に座らせた中島が口を開いた。

「まったくだ。持つべきものは友だね。佐々木くん、おれはな、遊び感覚で有佳利さんのことを好きになったわけじゃないんだ」

「それは……もちろんわかってます」

「重いよ、とお前ら若いのは言うかもしれん。そうなんだろう。有佳利さんにとって重い話なのはわかってる。言ったって迷惑になるさ。お前らみたいに一週間単位で人を好きになったりはしない。メールで告白だ？　そんな奴らと一緒にするな。おれは真剣なんだ」

「いや、だからこそ……」

「真剣だから、言っちゃいけないこともある。何でも言えばいいってもんじゃない。お前たちには侘《わ》び寂《さ》びの心はないのか？　ないんだろうな……かわいそうだなあ、若い奴らは……」

はあ、と唸った佐々木がうつむく。みんなの言ってることはよくわかった、と中島が笑顔になった。

「おっしゃる通りだ。つまらんことだった。ちょっとばかり自分の中で盛り上がっちまっただけなんだ。余計なことは言わない。おれだってそこまで馬鹿じゃない。マラソンなんて止める。安心してくれ」

「それがいい」諸見里がうなずく。「もっと楽しいこともあるさ。今度合コンしよう。女を連れていく。おれが選んだ女だ。レベルは高いぞ」

「じゃあ、とりあえずカラオケ行こうか」祥子が立ち上がった。「話もついたことだしさ、ちょうどいいじゃない。今日はぱーっと騒ごうよ。いいでしょ？　有佳利さんの前祝いだよ」

そうしようそうしよう、と老人たちが席を立つ。パセラ予約しようか？　と麻美子が携帯を取り出す。あれえ？　と頭を抱えた佐々木が左右に視線を送った。これでいいの、と杏子は微笑んだ。

3

みんなに言われて応えたのか、中島はジョギングを止めたらしい。気になって時々部屋から外を眺めていたが、中島が現れることはなかった。今までと同じようにみんなで仕事をし、終われば集まって飲んだりする。それだけだ。

有佳利の結婚話は進んでいるという。籍や式をどうするかなど、細かい話は残っているが、その辺の事務的な問題が片付けば一緒に住むことになるようだ。

結婚してもこの仕事は続ける、と有佳利は宣言した。生活を変えるつもりはない。あんたたちとのつきあいも同じだ。男より友達の方が大事だと言う。それもその通りなのだろう。

相変わらず真人は何も言ってこない。お互いにはっきりさせようと言っていたが、それが怖いようだ。杏子も自分から切り出すことはできなかった。浮気しているのかと問い詰める勇気はない。否定されても疑いは残るし、認められたらそれもまた大変だ。

中途半端にバランスを取りながら、どうにか暮らしていた。子供たちとも真人とも普通に話している。尚也がどこか上の空なのを除けば、特に問題はない。

だが、いずれ何かが変わる。どこかですべてを明確にしなければならない。それはわかっていた。わかっていて、黙っている。なるほど、嵐の前の静けさとはこういうことかと思った。

二週間が経った。もしかしたらこのまま永久に何事もなくすべてが終わるのだろうか。そんなふうに思い始めていた土曜日の深夜、スマホが鳴った。

「社長？　おれだよ」

中島だった。こんばんは、と答えながら時計を確かめる。十一時だった。

「どうしました？　来週の予定の確認とか？　それなら明日電話するつもりだったんですけど。予約、けっこう入ってて……」

「明日のマラソンで走るよ」

一瞬、何を言ってるのかわからなかった。マラソン？　と口の中でつぶやく。

「……それは……止めたっておっしゃってたじゃないですか。ジョギングだって……」

「ずっと走ってた。止めるつもりなんかなかったさ」中島の声は明るかった。「意地とかじゃないんだ。無意味だってみんなが言うのもわかってる。その通りだ」

「だったら……」

「ずっと負けてきた」中島の声ははっきりとしていた。「そういう人生だ。嫌だなんて思ってない。そういう男なんだ」

「中島さん……」

「だからそんなことはいい。有佳利さんに気持ちを伝えるために走ると言ったが、本当はそうじゃない。言ったって砕けるのはわかってるって。おれはおれのために走る。おれがおれであることを証明するために走る。結果や見返りが欲しいんじゃないんだ」

「それは……皆さんには言ったんですか？」

「あいつらには言ってない。どうせ反対されるだけだしな。佐々木くんにだけ話した。一週間、一緒に自転車で走ってもらった。あいつは馬鹿だがいい奴だ。文句ひとつ言わなかったよ」

「……佐々木くんが？」

「社長にだけ話したのは、万が一だけど走っていて倒れたりしたら迷惑がかかると思ったからだ。来週も仕事は入ってるよな？　プロの選手だってフルマラソンを走ったら何日かは休むって聞いた。六十五のおれならひと月ぐらい動けなくなるかもしれない。わかってないとシフトとか困るだろう。これでも後のことは考えてるんだ」

「そんな……そりゃあ、休まれたら困りますけど……でも、そんなことはどうでもいいんです。そうじゃなくて、中島さんの体が心配なんです。無茶なことは……」

「死にはしないって……じゃあな」

電話が切れた。すぐかけ直したが、中島は出ない。どういうことよと半ば怒りながら佐々木の番号を押した。

「桜井だけど。今、中島さんから電話が……」

「聞いています」佐々木が低い声で答えた。「社長には言っておかなくちゃなって言ってました。その通りだと思います。一番迷惑がかかるのは社長ですから」

「迷惑とかそんなこと言ってない。体のことを言ってるの。六十五よ。老人なのよ。心配になるのは当たり前でしょ？　あなただってそれぐらいのことはわかってるって思ってた。何で止めなかったの？　一キロ走るとかじゃないのよ？」

「……中島さんの気持ちがよくわかるんです」佐々木が言った。「男だから……わかるのかもしれません」

「男？　何言ってるの。男とか女とか、そんな話を……」

「好きになった人に思いを伝えたい」佐々木の声は落ち着いていた。「相手にも事情はあるでしょう。振り向いてくれないとわかっている。それでも伝えたいと言っている。正しいと思いました。諦めないで欲しかった。駄目なんでしょう。望んだ答えは得られないんでしょう。でも、気持ちは本物です。頑張って欲しかった」

「佐々木くん……」

「ぼくは……ぼくにも今、好きな人がいます」佐々木がはっきりした口調で言った。「でも、その人は結婚していて……幸せなんでしょう……生活を壊そうなんて思ってません。だから言えないでいます」

「……佐々木くん？」

「でも、本当は伝えたい」佐々木がかすかに笑った。「中島さんが頑張ってくれたら、ぼくも勇気をもらえる。伝えることができるかもしれないと思って、中島さんの練習を手伝いました。ぼくにも……好きな人がいるんです」

「あたし……みんなに電話しなくちゃ」耳が熱くなるのを感じながら杏子はしどろもどろで言った。「どうするか考えないと……今から中島さんの家に行こうかな……止めないと……」

「中島さんは家にいません」佐々木が言った。「社長たちが説得しに来るのはわかってるって言ってました。ちょっと身を隠すぜ、と。どこにいるのかはぼくにもわかりません」

「とにかく……また話しましょう。中島さんから連絡があったら何時でもいいから電話して。絶対よ。約束してね」

「了解しました」

じゃあ、と言って電話を切った。胸が激しく鳴っている。それどころじゃないのよ、とつぶやきながら諸見里の番号を捜した。

4

結局中島は捕まらなかった。諸見里に中島の自宅まで行ってもらったが、いなかったという。仕方なく、翌朝十時に井の頭公園に向かった。

公園には大勢の人が集まっていた。数百人いるだろうか。全員、走りやすいウエアに身を包み、スタートの合図を待っている。見物人も合わせれば千人近くいるかもしれない。

スタートライン付近で中島を捜したが、人間が多すぎて見つからなかった。人の数はどんどん増えているようだ。

スーツ姿の初老の男が設けられた壇上に立つ。手におもちゃのピストルのようなものを持っていた。アナウンスが流れ、十、九、八とカウントダウンが始まる。

一、と言ったところでピストルを高く掲げ、引き金を引いた。スタート、という大きな声が響き、ランナーたちが走りだした。

想像以上にランナーたちのスピードは速い。中島を探すどころかコースにも近づけないでいるうちに、集団が目の前を通り過ぎていった。

「追いかけるのは無理だ」諸見里がちょっと焦った口調になった。「先回りしよう。給水所かなんかあるんじゃないか?」

「十キロごとにあるって」二つ折りのチラシを見ながら麻美子が叫ぶ。「五日市街道よ。成応大学の近くだって」

十キロ地点の給水所で待っていると、最初のランナーが現れた。学生なのだろう。引き締まった体格は、かなりのトレーニングを積んでいるようだ。

次々にランナーたちが目の前を通り過ぎていく。スピードは圧倒的だった。それぞれが手を伸ばして、台の上の紙コップを摑み、一気に飲んでは捨てていく。後片付けが大変ねえ、と祥子が囁いた。

「あれは……中島じゃないか?」どんどん走っていくランナーたちの後方を見ていた諸見里が叫んだ。「あの妙な色のTシャツは……間違いない。あんな悪趣味なシャツを着るのはあいつだけだ。どうだ?」

そう言っている間にも、走る男女が何人も前を行き過ぎていく。体がかぶさってよく見えない。中島さん、と祥子が大声を上げた時には、百メートルほどの距離まで近づいていた。

中島が走っている。ストライドは大きくないが、それなりに確実なピッチを刻んでいた。

「おーい！　中島！」

「中島さーん！」

中島がにやにやと照れたように笑って左手を振った。何だ、結構速いじゃないの、と祥子が言った。杏子はコースに飛び出した。こんなこともあろうかと思ってスニーカーを履いてきている。

「中島さん、待ってください」走りながら叫んだ。「待って……待って……ねえ、止めてください。こんなことをしたって……」

「走るのは楽しいな」少しだけスピードを緩めた中島が振り向く。「金もかからん。皇居の周りを走る奴が増えるのは当たり前だ」

「何をのんきなことを……十キロも走ってるんですよ。止めましょう、こんなこと……お願いしますから」

「大丈夫だよ、社長。心配ご無用ってね。これがランナーズハイって言うのかね？　どこまでだって走れそうだよ」

「中島さん！」

「社長、これっぽっちしか走ってないのに、もう息が切れてるぜ。三十九だろ？　やばくないか？　運動不足だ。老化の始まりだよ。あんたも少し走った方がいい」

「そんなこと言ってる場合じゃ……待ってください」

「こっちのセリフだ。あんたが待ってろ。ゴールにいてくれ。じゃあな」

中島がスピードを上げた。練習していたというのは本当なのだろう。足取りは軽く、とても六十五歳の脚力ではない。着実に前へ進んでいく。

もう駄目、と杏子はコースアウトした。大丈夫ですか、と駆け寄ってきた佐々木がペットボトルを差し出す。

「次の給水所は二十キロ地点よ」麻美子が場所を確認する。「市役所の近くね。そこまで行った方がいいんじゃない？」

そうしましょう、と祥子が歩き出した。しっかりしなさいよ、と言う玲の肩に摑まりながら、杏子はよろめく足を踏み出した。

二十キロ地点、三十キロ地点と先回りして中島を追いかけたが、ペースは衰えていなかった。順位は落ちていたが、足はよく動いているし、辛そうな顔をしているわけでもない。むしろ楽しそうに見えた。

「調子はいいみたいだわね」玲がうなずく。「心配しなくてもよかったのかしら」

「あれなら完走するかも。ていうか、しそうじゃない？」麻美子が微笑んだ。「できなきゃできないでいいんだし、別に止めなくても……とにかく倒れるようなことはなさそうよ」

「ここから先、給水所はないわ」祥子が言った。「ゴールで待つしかないわね」

市内を半周して井の頭公園に戻ればそこがゴールだ。行こう、と言い合ってタクシーに分乗する。戻ってみると、既に何人ものランナーがゴールしていた。どんだけ速いのよ、と呆れたように祥子が言った。

「最初の十キロは一時間ちょっとかかってた」玲がメモを見る。「次の十キロで十分遅れて、その次は三十分。最後の十二キロはどうかしら。たぶんもっと遅くなるんじゃない？」

お茶でも飲むか？　と諸見里が歩きだす。そうだね、とみんなで後に続いた。

公園内のカフェでそれぞれドリンクをオーダーし、のんびり話した。玲の孫の中学生が彼女にふられた話が始まる。その間抜けさに笑っていたところにスマホが鳴った。ゴールで待ちますと言い張ってその場に残った佐々木からだった。

「中島さんが……まだなんです」声は暗かった。「もうとっくにゴールしててもおかしくないんですが」

時計を見た。あれから三時間近く経っている。いつの間にとも思ったが、十二キロを三時間というのはどうなのか。歩いたとしても十分戻ってこられる時間だ。

どうかしたか、と諸見里が言った。中島さん、まだ戻ってないそうなんですと説明しながら耳をスマホに当てる。

「どっかで倒れてんじゃない？」麻美子が不吉なことを言った。「ヤバいよねえ」

とにかく戻りましょう、と杏子は席を立った。仕方ないねえ、というように老人たちも立ち上がる。面倒かけるね、あの人、と麻美子がつぶやいた。

5

夕暮れが迫っていた。杏子たちはコースを逆にたどって一時間ほど歩いた。休み休みなので、二キロほどしか進んでいない。三鷹市に入っていた。

「どこにいるのかね、あの人」玲が罵った。「手間ばっかりかけさせて、始末に負えないよ」

「もういいんじゃない？」祥子が半分真顔で言う。「倒れてたら倒れてたで仕方ないでしょ。こんなことしたって見つかるかどうか……」

どうしたんでしょうと杏子がつぶやいた時、中島さん、という叫び声がした。麻美子だった。

「ちょっと……何してんのあんた、こんなところで……捜したのよ」

道路沿いに立っていたバス停に中島がもたれかかるようにして座っていた。顔中に汗をびっしょり掻いている。一気に十歳歳を取ったようにも見えた。大丈夫ですか、と駆け寄った杏子に、唸り声で答える。

「……動けん」弱々しい声がした。「足が攣りやがった。両方ともだ……ひでえもんだよ」

「張り切り過ぎるからですよ……歩けませんか？」

「歩けなくはないが……踏み出すと脳天まで響く。畜生、情けねえ」バス停に摑まりながら中島が体を起こす。「くそ、調子良かったんだがな……こんなの練習の時はなかった」

「もう大会は終わってます。中島さんは失格ってことに……タクシー呼びますね。座っててください。病院行った方がよくないですか？」

「放っておいてくれ」中島が呻《うめ》く。「病院なんかくそくらえだ。タイムなんか知るかよ。関係ないね。おれは最後まで走るんだ」

「走ってないじゃないか」近づいてきた諸見里が言った。「こんなこと言いたくはないが、歩いてさえいないぞ。赤ん坊のはいはいの方が速い。ナマケモノだってもう少し動く」

「おれはナマケモノ以下か？」中島が苦笑しながら立ち上がった。「勘弁してくれ、あんなケダモノ……痛え」

「もう止めなさいって」麻美子が叫ぶ。「わかったから。十分ですよ」

中島は答えない。足を引きずりながら前へ進み始める。老人たちが真顔になった。

「こんなことしたってしょうがないでしょう」玲が立ち塞《ふさ》がる。「あなた、本当に痛いんでしょ？　いつもの冗談と違うわね？　脂汗掻いてるじゃないの」

「お願いだから止めて」祥子が目に涙を浮かべた。「格好いいかもしんないけど、体のことは……あたしたちはもういい歳なんですよ」

「佐々木くん、おぶってあげて」玲が命じる。「あそこの角まで行ってちょうだい。タクシー拾いましょう。見てらんない」

前に出た佐々木がしゃがんで背を向ける。触るな、と中島が唸った。

「いいんだよ。痛いからって死ぬわけじゃないんだ。ちょっとでも触ってみろ、ぶっ殺すぞ」

「中島さん」

「ランナー以外の奴が触ったら、その場で失格だからよ」痛みのために中島が顔を歪めた。

「ゴールしたいんだ。カッコつけてるんじゃない。四十キロ走ったんだ。あと二キロだぜ？　もったいないだろ？　もう一生こんなことはできねえ。二キロでギブアップしろって？　そりゃ殺生だぜ」

「でも……」

「さっきも言ったが、死にゃしない。カタツムリよりのろのろ行くさ。ゴールにはたどり着けるだろう」

老人たちが顔を見合わせて苦笑した。しょうがねえな、と諸見里が手を叩く。

「わかったよ、つきあってやるさ。やりたいようにすりゃあいい。その代わり、本当に駄目だと思ったらすぐ言えよ。意地を通すのも度を超すとみっともないぜ」

わかってる、と中島が右足を前に出した。膝が折れる。痛え、と呻いたが続けて左足を引きずって歩き始めた。頑張りましょう、と佐々木が横につく。

「そんな悲愴感溢れる声を出すんじゃないよ」中島が立ち止まって腰に手を当てた。「死にゃしないって言ってんだろ。若い奴はユーモア精神に欠けるな」

「減らず口を叩かないと歩けないんですか？」

「残念ながら口だけは動く。喋らせてくれ。他にやることがないんだ」

数メートル進んでは止まってふくらはぎの辺りをさする。見守っている老人たちは何も言わない。励ましの言葉に意味がないとわかっていた。どうすることもできない。ただそばから離れないと決めている。情けねえ、と中島がつぶやいた。

「歳を取るってのは哀しい話だ。昔は違った。階段なんか二段飛ばしで……」

「はいはい。おっしゃるとおりですよ」玲が唇を曲げた。「わかりましたから黙って歩いてください。それなりに心配してるんですよ、こっちは。つまらない愚痴を言う余力があるんなら、先へ進んでちょうだい」

おっかねえ、と中島が歩きだす。ペースは変わらない。少し進んでは立ち止まり、時にはしゃがみこんで休む。

畜生、痛えよ、馬鹿野郎。その三つのフレーズしか中島が言わなくなった。同じ言葉を何度も繰り返し、ただ歩き続ける。太陽が沈み始めた頃、ようやく井の頭公園の入り口が見えた。あと四、五百メートルだ。

どうにかたどり着くことができそうだと杏子が前方を見た時、入り口から女が出てきた。すぐに戻っていく。あれは、と口の中でつぶやいたが、それ以上何も言わず中島に目をやった。

「そこが公園の入り口ですよ。あとひと踏ん張り」

はいはーい、とやけになったように中島が返事をする。一歩踏み出した。

そこから三十分以上かけて公園に入った。ゴールまでは二百メートルほどだ。先に様子を見に行っていた佐々木が駆け戻ってきて、ゴールラインは撤去されていますと報告した。いいんだよ、と諸見里が低い声で言う。

「そんなこたあどうでもいいんだ。中島、行けよ。ゴールしたらビールだ」

「あたしがお酌しますよ」麻美子が笑った。「嬉しかないだろうけど、これも気持ちですからね」

「そんなことはない。嬉しい。女をはべらかして酒を飲みたい」

中島が言った。じゃああたしたちも、と玲と祥子がうなずく。

「ご一緒しましょう。何だったらお触りもオッケーしちゃおうかしら」

「手を握ってあげてもいいけど、どうする？」

そりゃ光栄だ、と歩きだした中島がよろめく。危ない、と杏子が叫んだのと同時に佐々木が手を伸ばしたが、左に傾いた中島の体が地面に叩きつけられた。

「どうした」諸見里が怒鳴る。「大丈夫か？」

痛えよ、と中島がうずくまって左の膝を押さえる。声に余裕がない。何なの、と麻美子が前に出た。

「ぶつけた？　膝？」

違う、と中島が呻く。

「神経痛だ……痛い痛い痛い」額から脂汗が滲んだ。「痛えよお……くそったれ、こんなところで……何だよ、もう……」

荒い息を吐いて膝を押さえている。しばらくそうしていたが、駄目だ、と吐き捨てて仰向けに寝転んだ。

「ちっくしょう……痛え……くそ、動けねえ」目から大粒の涙が溢れた。「くそったれ……馬鹿野郎、何だっていうんだ……痛えよ」

練習してる時、一度だけ神経痛の発作が出たことがありました、と佐々木が言った。

「その時はぼくが家まで連れ帰りました。薬を飲んで、一時間ぐらい経ったら痛みは収まったようでしたけど……あの時よりひどいようです」

「どうする？　もう少しだが、頑張ってみるか？」諸見里が屈んで顔を寄せた。「あと百メートルちょっとだ。それも無理か？」

「止めるのも勇気よ」麻美子がつぶやく。「駄目だって思ったらストップするって言ったじゃない。この先ずっと引きずって歩くことになるかもしれないんだよ」

悔しいなあ、と頭を振った中島が、諸さんよ、と腕を伸ばした。

「やっぱり駄目だね、おれは……あと一歩のところでこのざまだ。いつもそうだ。そういう生まれつきなんだな」

「悪くはない。そういう人生があってもいい」

「かもしれん……ここまでだ。手を貸してくれ……」

あれ、と玲が杏子の肩を叩いた。指さす先を目で追う。ゴールラインがあった辺りから人が近づいてくる。どんどん近づいてくる。女だ。さっきのひと、と杏子はつぶやいた。

「あれって……有佳利さん？」祥子が眼鏡をかける。「どっから出てきたの？」

駆け込んできた有佳利が、いきなり中島の足を蹴りあげた。止めてください、と言った佐々木を突き飛ばして、ジョギングウェアの胸倉を摑む。

「何だ、このざまは。情けない。みっともない。あんたはそんな男だ。死ぬまでそんなジジイだよ」

中島の足を踏み付ける。止めて、と麻美子と祥子が叫んだ。

「中島さん、頑張ったんだよ。それは本当なんだってば。認めてあげなよ」

「ここまで来ただけでもたいしたもんじゃない？　誉めてあげれば？」

「冗談じゃない」有佳利が吐き捨てた。「決めたことなんだろ？　最後までやんなさいよ。それが男ってもんじゃないの？　頑張った？　努力しました？　そんなの、みんな頑張ってるって。あんた、何だって諦めてきたんだろ？　それならそれでいいさ。一生諦めて生きなよ。それがお似合いだよ」

「有佳利さん！」

「馬鹿じゃないの？　一度ぐらいやり通してみなよ。そんなこともできないあんたは死ぬまで負け犬だ。一度ぐらい……」

杏子は有佳利の体を押さえた。何なの、と睨まれたが首を振る。暴れる有佳利を佐々木に引き渡して、中島の横にしゃがみこんだ。有佳利さんの言ってることは間違ってませんと囁く。

「あなたは自分が自分であることを証明するために走ると言った。それならゴールしてください。最後まで走るんです」

「社長……」

「それができたら、あたしがあなたにいい女を紹介する。有佳利さんなんか目じゃない、若くてきれいで優しい、いい女を。絶対です。伊達に三年もママたちのケアをしてきたわけじゃない。ネットワークはある。女同士です。諸見里さんが連れてくるキャバ嬢なんかじゃなくて、本物のいい女を紹介します」

そうかい、と中島がゆっくり立ち上がった。激痛に顔を歪めながら、唇の端で笑う。

「そりゃ結構な話だ。約束だぜ、社長」

「誓います」

右手を胸に当てた。中島が足を引きずりながら前に出る。くそったれ、とつぶやきが漏れた。

老人たちが並んでゴールラインを作っている。あと二歩だよ、と玲が叫んだ。

約束約束、とつぶやきながら中島が足を一歩踏み出す。いい女いい女。若くてきれいな女。

くそったれの馬鹿野郎。呪文のように口の中で唱えてもう一歩進み、そのまま倒れ込んだ。

「ゴール！　十時間二十分！」祥子が右手を高く突き上げた。「ゴールしたよ、中島さん！」

「小学生の方が速い」諸見里が中島の体を抱えた。「次はもうちょっと何とかしてくれ。十時間待ってるほど暇じゃないんだ」

次はねえよとつぶやいた中島が、ビールをと手まねする。それがいい、と諸見里が肩を支えて歩きだしたが、杏子は有佳利の手を引いてその前に出た。

「中島さん、言いたいことを言いましょう。十時間以上かかったけど、とにかく走り通した。あなたには資格があります。有佳利さんも黙って聞いてください。あなたには聞く義務があります」

ふて腐れた顔の有佳利を前に押しやる。中島が諸見里から離れて、一人で立った。

「……有佳利さんと初めて会ったのは三年前で……一目ぼれした。三年、ずっと思い続けてきた」中島が静かに口を開いた。「世界が違うのはわかってた。言ったってしょうがないから、一生黙ってるつもりだった。六十を過ぎたって、ふられるのは辛いからな。とにかく友達にはなれた。黙ってりゃ死ぬまでそばにいられる。それでいいと思ってた」

あらそう、と有佳利が横を向いた。中島が苦笑を浮かべる。

「結婚するそうだな。結構なことだ。幸せになってほしい。本気でそう思ってる。だけど本当に、本当に幸せになりたいんだったら、もっといい男を教えてやる。おれだ」自分自身を指さした。「何でかって？　その男より、おれの方があんたをめちゃくちゃ好きだからだ」

　老人たちが見つめている。何も言わない。

「断言する。有佳利さんが七十年生きてきて出会ったどんな男より、おれの方があんたを好きだ。それがわかってて別の男を選ぶっていうなら、それはそれで結構なことだ。心の底から祝ってやる」

　有佳利がゆっくりと首を曲げて、中島を睨みつけた。そんなもんかい、とつぶやく。

「六十五点だ。レベルが低いね」辛辣《しんらつ》な口調だった。「あんたはボロボロで、八十に見える。ジジイはどこまでいってもジジイだ。年寄り臭いのは大嫌いだ。言っておくけど、あんたの顔はタイプじゃない。背も低い。あんたはあたしの好みじゃない」

　知ってる、と中島がうつむく。不意に有佳利が笑った。

「だけど、今日はおまけしてあげる。百二十点だよ。ビール、飲みに行こう」

　有佳利さん、と中島が顔を上げた。結婚は止めた、と有佳利が中島の腕を自分の肩に回す。

「つきあってくれって言うんならしょうがない。つきあってあげよう。あたしも女だもん。惚れられたら弱いさ」

　行くよ、と歩きだした。情けない顔でうなずいた中島が、そっと足を前に出す。あなたたちは中学生ですか、と杏子は背中に向かって言った。

「最初からそのつもりだった？　有佳利さん、見え見えです。だったらもっと早く……」

「年寄りが中学生みたいで悪いか？」中島が首だけを向けた。「おれたちはな、恥ずかしいんだよ。世の中には照れってもんがあるんだ。言いたいことがちゃんと言えるほどうまく歳を取ることができたわけじゃねえよ」

「あんたみたいな子供にはわからないんだ」有佳利がうなずく。「余計なことは言わず、放っといておくれ」

二人が歩きだす。老人たちがその後に続いた。足取りはゆっくりだ。良かったわね、と杏子は振り返った。

「どうにか収まった……まずい、もうこんな時間？」時計を見て顔が強ばる。「あたし、帰らないと……」

言いかけたが、その先を続けられずに黙った。佐々木が見つめている。視線を外した。帰らなきゃ、とつぶやきながら、杏子は動けなくなっていた。

第七話　ずるいけど、駄目

1

　家に帰ったのは八時半だった。どこ行ってたのお、と玄関へ駆けてきた良美を抱き締めて、ごめんね、と謝る。

「お腹すいたよね。ゴメンゴメン。すぐ作るから……お兄ちゃんは？」

「おにい、ご飯作ってくれた」だからお腹はすいてない、と良美が腕の中で暴れる。「お米炊いてあったから、おにいがおむすび作ってくれた。シャケとおかか。あたし、梅干し嫌い。酸っぱいもん」

「そう……本当にゴメン。買い物してたら、昔の友達と会っちゃって……ちょっとだけ話すつもりだったんだけど……ママが悪い。反省してます。許してね」

「借りてきたアニメ、今から見ていい？　一緒に見る？」

「いいよ、一緒に見よう。お兄ちゃんはどこ？」

「お部屋」ママ帰ってきたよー、と廊下を走りながら叫ぶ。「ママが帰りましたよお」

「パパは？」

　知らない、と返事があった。素早く着替えて、子供部屋を覗く。電気はついていない。尚也がベッドで横になっていた。

「……どうしたの？　大丈夫？」部屋に入って、ベッドに近づく。「ごめんね、ママ遅くなって……おむすび作ってくれたの？　ありがとう。でも、それだけで足りる？　何か作ろうか？」

「……眠いんだ」尚也が低い声で言った。「放っといてよ。出てって」

　ゴメン、とつぶやいて部屋を出た。DVDを抱えた良美が近寄ってくる。テレビ見ようね、と手を引いてリビングに向かった。

　DVDをセットして、リモコンでスタートボタンを押す。良美が最近夢中になっているアニメが始まった。三十分ほど一緒に見ていると、良美がソファから滑り落ちた。半分眠っている。いつものことだった。見たい見たいとせがむくせに、最後まで見ることができない。

　揺り起こして、お風呂入りましょうと言った。虚ろな顔でうなずく。浴室に連れていき服を脱がせると、目が覚めたのか一人で風呂場に入っていった。

　着替えとタオルを用意していると、チャイムの音がした。出てみると、ドアを開けた真人が入ってくるところだった。

「お帰りなさい……こんな遅くまで大変ね」

「まあ……ちょっと飯食ってきたりとかもあったから……十時か。やれやれ」上着を脱いで杏子に渡す。「明日も仕事か……サラリーマンに休息はなし、と。風呂入って寝るよ」

「うん。でも、今良美が入ってる」

「そりゃナイスタイミング。一緒に入ろう」小さく笑った真人がそのまま浴室のドアを開けた。「お姫様はまだおれと風呂入ってくれるからありがたいよ。尚也はもう駄目だ。男同士なのに恥ずかしがる。いいだろうって言ってるんだけど……」

「良美だってそう言うようになるわ。すぐよ。今年一杯かも」今のうちにどうぞ、と片手を前に出した。「ビールとか飲む？」

　いらない、と背中で答えた真人がワイシャツを脱ぎ始める。ごゆっくり、と言ってドアを閉めた。

　自然を装って会話をしていたが、何をしていたのだろう、と思っている。日曜出勤はいいとしても、遅過ぎないか。本当に仕事だったのか。

頭を振った。考えていても始まらない。いずれははっきりさせなければならないのだろう。だが、今ではない。明日でもないのだろう。いつなのか自分でもわからなくなって、もう一度頭を振る。

ため息をついて、寝室へ入った。真人の上着をハンガーにかけようとした時、アンパンマンのテーマソングが小さく流れた。聞き覚えがある。真人の携帯の着信音だ。

ポケットから携帯を取り出し、画面を見る。奈津美、という表示があった。電話は鳴り続けている。止まった。また鳴り出す。奈津美。

怖くなって携帯をポケットに突っ込み、そのまま寝室を飛び出した。手の震えが止まらない。先に風呂から上がった良美を寝かしつけているうちに、真人も出てきた。入浴は短い方だ。

寝室でパジャマに着替えていたが、すぐベッドに入った。良美が眠ったのを確かめてから寝室に戻ると、布団の中から真人が虚ろな視線を向けた。

「……あいつらは？」

「二人とも寝たわ……何だか尚也が元気ないみたい……大丈夫かな」

「大丈夫、大丈夫」真人がぼんやりした声で言って、背中を向ける。「寝る子は育つさ」

「のんきなこと言って……あなたから話してもらえない？　最近、よくわからなくて……」

返事はなかった。小さな寝息をたてている。昔からそうだが、寝付きが異常によく、一度眠ると大概のことでは起きない。

諦めて部屋に行き、パソコンを立ち上げた。客からの予約が何件か入っていたが、十一時をとっくに回っている。明日にした方がいいだろうか。

その時、机の上でスマホが点滅しているのに気づいた。メール。開いてみると佐々木からだった。一時間ほど前に届いていたが、見ていなかった。

『今日はお疲れさまでした。遅くなってしまいましたけど、大丈夫でしたか？　心配になって、ついメールしちゃいました』

絵文字はない。佐々木からのメールはいつもそうだ。事務的で、感情は一切入っていない。だが今日のメールは少しニュアンスが違った。文面から本当に心配してくれていることがわかり、何とも言えない気分になった。

十一時過ぎだ。非常識だろうか。そう思いながら手の中のスマホを見つめた。しばらく迷っていたが、番号を押す。すぐに、はい、という声がした。

「佐々木です」

「ゴメンね、遅くに……寝ちゃってた？」

「いえ。起きてました。嬉しいです」

「……あれから、みんなどうしたの？」

「社長が帰った後、皆さんどうしても飲むって……飲まずに死ねるかって言い出して」佐々木がくすりと笑った。「異常に元気ですよ、あの人たち……いせやに行って焼き鳥山ほど食べて、ビールやら焼酎やら……中島さんと有佳利さんのお祝いだって言ってましたけど、要するに自分たちが飲みたいんですね」

「元気だよねえ」

「まったく……そりゃ平均寿命も伸びますよ」

「百まで生きるんだろうな……おっそろしい」

「……社長、大丈夫でしたか？　お子さんとか……」

「まあ、何とかね……」

「……ご主人は？」

「……うん」

それ以上何も言えなくなって黙った。佐々木も何も言わない。つきあってくれているのだとわかり、胸が苦しくなった。嬉しかった。温かいものを感じた。

「……佐々木くんって、優しいよね」

「そうですか？　そんなことないです。普通ですよ」

「……人の気持ちがわかるっていうか……話してほしい時は話してくれるし、黙っててほしい時は黙ってるし……そういうの、優しいって思うよ」

「そんなことないです。駄目な、小さな男です」

「そうかな……そうは思わないけど」

また沈黙。杏子はスマホを持ち替えた。あの、と佐々木が少し上ずった声を上げた。

「社長……前も言ったかもしれませんけど、良かったら飲みに行きませんか？」

「……うん……別にいいけど」

「もし……あれだったら……あの……明日の夜とかどうですか」

「明日？」

「……駄目ですか？」

「ううん、駄目じゃない」首を振った。「いいよ、明日ね……うん……」

「ぼくは……つまり、言いたいのは……」

佐々木が口ごもる。何？　と聞き返した時、後ろでドアが開く音がした。振り向くと、良美が立っていた。

「……どうしてバイキンマンは悪いことをするの？」

「え？」

「バイキンマンは悪い人じゃないと思う」良美がすすり上げる。「きっと本当は優しいんだよ……なのに、どうして？　わざと？」

「……ゴメン、佐々木くん。ちょっと……明日話そう。またね」返事を聞かずに通話を切り、良美の肩を抱きよせた。「それはママにもわからないけど……アンパンマンと仲良くしたいって思ってるからじゃないかしら？　だけど、うまく言えなくて……」

「コミュニケーションが下手なの？」

「どこで覚えたの、そんな言葉……」賢いのね、と頭を撫でた。「それなのに、どうしてテストの点は悪いの？」

何も言わずに良美が体を預けてくる。寝ましょう、と抱き上げた。ママ大好き、と良美が目をつぶった。

2

マッサージの仕事を終えてから家に帰り、食事の支度をした。餃子の王将のコックより速くフライパンを引っ繰り返して三品のおかずを作り、テーブルに並べる。レンジでチンして食べなさいと子供たちにメモを書いてから、部屋に駆け込んだ。時間がない。

　午前中、佐々木と話して六時に約束をした。中道通りにあるガスタンというフレンチを予約しました、というメールが入ったのは午後になってからだ。

　思いきりフォーマルというわけではないが、カジュアルとも言えない店だということは知っている。それなりの服を着ていかなければならないだろう。

　よくわからないままクローゼットを引っ掻き回し、四着選んだ。時間がない、とつぶやきながらすべて試着してみる。体に当ててみるだけでは納得できなかった。

　何かおかしくないか、と鏡を見ながら思った。こんなはずじゃない。太った？　いつの間に？　どういうこと？

　四着の服をクローゼットに突っ込み、結局全然違う服を選んだ。ドレッサーに座り、メイクをする。焦っていた。どうしてだろうと思ったが答えは出ない。何だかなあ、としみじみ自分の顔を見つめる。三十九歳ってことなのかなあ。

　いろんなことが気に入らなかったが、本当に時間がなくなっていた。もういい、とつぶやいて改めて服を着直す。一番好きなネックレスとイヤリングをつけ、別に何があるってわけじゃない、と口走りながらめったに使わないプラダのバッグを摑んで部屋を飛び出した。

　たかが食事だ。玄関に向かいながらうなずいた。相手は従業員だ。一緒にご飯を食べるぐらい普通だろう。慰労ということだ。それも仕事だ。社長としての義務なのだ。

シューズクローゼットからローヒールを三足取り出し、しばらく眺めてからフェラガモを選んだ。足がきれいに見える、と前に女友達から言われたことが頭にあった。

子供たちには後で電話をしよう。すぐ帰るからと言えばいいし、実際食事が終わればすぐ帰るのだ。八時か、遅くても八時半には帰れるだろう。それぐらい子供たちだけで何とかしていただきたい。もう小学生なんだから。

鍵を閉めた途端、ハンカチを忘れたことを思い出した。こんな時に。でも。もう一度鍵を開けて中に入る。フェラガモを履いたまま廊下を歩き、部屋へ行った。靴を脱ぐ時間も惜しいのよ、あたし。


十分遅れでレストランに着いた。いらっしゃいませ、と黒のベストを身につけたショートカットの女の子がバッグを受け取って席まで案内してくれた。ファミレスとは違うわあ、と思いながら前を見ると、スーツ姿の佐々木が座っていた。

「ごめんなさい、ちょっと……出掛けにばたばたしちゃって……」女の子が引いてくれた椅子に腰を降ろす。「待った？　ホントにゴメン」

「いえ、全然」佐々木が少しかすれた声で答える。「ぼくも今来たところです」

どう考えてもそうではなさそうだったが、何も言わないことにした。

「スーツ、着るんだ……いつもはねえ、ラフな格好だから、結構新鮮かも」

「出張マッサージ師がスーツっていうのは違うでしょう」佐々木がネクタイを直す。「実はよく着るんですよ。前の会社も、もちろんスーツ着用でしたし」

「そりゃそうよね……うん、似合ってる」

ソムリエなのか、黒服を着た男がテーブルに近づいてきた。いらっしゃいませ、と会釈する。

「本日はご予約ありがとうございました。ワインリストをどうぞ……食前酒は何になさいますか？」

じゃあキールを、と答えた。昔から何とかのひとつ覚えでそれしか頼まない。佐々木も同じものをと言った。

「ワインはいかがいたしましょう」

「後で決めます」佐々木がリストをぱらぱらとめくる。「メインは鴨でしたっけ？　じゃあやっぱり赤かな？」

「後ほど伺います……それでは、どうぞごゆっくり」

ソムリエが一礼して去って行った。どうしてあんなに丁寧な喋り方なの？　と囁く。有名らしいですよ、と佐々木が答えた。

「大きなコンテストで優勝だか入賞したとか……ネットの口コミに書いてあったんですけどね。そういう人だから、ちょっともったいつけてるんじゃないですか？」

「逆に笑える」杏子は肩を震わせた。「真面目な顔してもっともらしいこと言う人見ると、からかいたくなるの」

「もしかして性格悪いんですか？　実はぼくもそうなんですけど」

グラスが二つ運ばれてきた。とりあえず乾杯しましょう、とキールを掲げる。何に？　と聞くと、新しく誕生したカップルのために、と佐々木が言った。グラスを合わせると、澄んだ音がした。

あがっている。あたしはあがっている。

上品ではあるが、何ということはないフレンチレストランだ。昔は仕事の関係もあって、しょっちゅう行っていた時期もあった。回数は減ったが、今だって年に何度かは友達と食事をすることもある。

くどいようだが、取り立てて高級ということではない。フォークやナイフの順番もわかる歳だ。マナーだって知ってる。にもかかわらず、異様に緊張していた。

理由はうっすら見当がついていたが、認めるのは嫌だった。ごまかすためにワインを何杯もお代わりした。ペースが速いのはわかっているし、佐々木も心配そうにしていたが、その顔を見ているとますます飲まずにいられなくなった。結果、酔った。

「何で離婚したわけ？」メイン前の舌平目を蒸した料理を食べながら、ストレートに聞いた。「浮気？　男ってどうして……」

「違いますよ」佐々木が真剣な表情で答える。「どう見えてるかわからないですけど、浮気とかできないんです。女房だけじゃなくて、過去につきあった女性ともそういうことはしませんでした。今の男って、けっこうそんなもんですよ」

「ああ、草食男子」杏子はフォークをひらひらと振った。「つまんなくない？　最近の若い子って……」

「子育てで意見が食い違いましてね」佐々木が顔をしかめて、野菜のムースを口に入れた。「女房は厳しいところがあって、ルールを決めたらそれを子供に守らせようとして……必要なことかもしれませんが、子供が母親の顔色を窺いながら喋ったりするのを見ると、それはちょっと違うんじゃないかって……だんだん、ぼくにもその矛先が向くようになって、ぼくを管理したり、行動を見張ったりするようになって……」

「浮気っぽいことしたんでしょ？　だからだって」ワインを手酌でグラスに注ぐ。「怪しいことしたら、そりゃ奥さんだって疑うわよ」

「してないですって……もちろん、女房だけの責任じゃなくて、ぼくにも反省すべき点はありました。だけど、溝は深まる一方で……話し合って別れることに……子供は女房が引き取りました。そこそこ大変だったんですよ」

佐々木が微笑んだ。わからなくもないけど、とうなずく。

「でも、今ママたちのマッサージをするようになって、話を聞いたりすると……」佐々木が話を続けた。「女房の苦労も少しわかったような気がします。もう少し理解するように努力するべきだったかもしれません」

「そうよ。奥さんがかわいそうだわ。何もかも男が悪いのよ。男なんかみんな死ねばいいのに」

「桜井さん、絶対飲み過ぎですって……」佐々木が覗き込んだ。「水とかもらいましょうか？　少しゆっくり……」

「注ぎなさいよ……いいじゃない」グラスを差し出した。「それで？　それからの女性関係をお聞かせ願えますか？」

「いや、そんな……離婚でエネルギーは使い果たしました。とても次の女性がどうとか、それどころじゃなくて……僧侶みたいに清らかに暮らしてますよ」

「生臭坊主なんじゃない？」

「ひどいなあ……だけどこの仕事するようになって、少し心境が変わったっていうか……やっぱりママたちは幸せそうだし、パパもきっとそうなんでしょう。もう一回チャレンジしてみようかなって……」

「ああ、いいんじゃない？」がぶり、とワインを飲んだ。「有佳利さんじゃないけど、恋愛はした方がいいって。相手はいるわけ？」

「いないですよ」佐々木が苦笑する。「そんなに惚れっぽいわけじゃ……だけど、いいなって思う人はいます」

「素敵。ご立派」乾杯しましょう、とグラスを持ち上げる。「どんな女？　どこで知り合った？」

「とても……素敵な人です」佐々木が視線を逸らした。「自分の生き方があって、他人のために働くことを厭《いと》わない。そういう人です……すごく生き生きしていて、元気をもらえます。ずっと話していたいと思える。いつもその人のことを考えています」

佐々木が顔を上げる。逆に杏子はうつむいて、空になった皿を意味もなくずらした。

「ちょっと問題があるんです。少し年上で……彼女は結婚してるんです」

そう、とつぶやいてフォークで皿の上のソースをいじる。白と茶色の模様が広がった。

「お子さんもいます。ぼくのことなんか相手にはしてくれないでしょう。だけど……好きなんです」

一瞬、視線を上げる。佐々木が見つめていた。まあその、とワインをひと口飲んで、また顔を下に向ける。

「頑張ってみたら？　よくわかんないけど……でも無理だと思うけど。うん」

「無理……でしょうか」

佐々木の体が僅かに前に傾く。いやそれは、と無意識のうちに髪の毛を整えながらまたワインを飲んだ。

「いろいろあるじゃない？　事情っていうの？　人それぞれだし、考え方だし、あたしはそういうの、何て言うのかな、わからないけど……」

「桜井さん」

佐々木がワインを一気に飲んでグラスを置いた時、黒服のソムリエが近づいてきた。ワインを勧めるだけではなく、接客も仕事のようだった。

「いかがいたしましょう、メインの鴨でございますが……ニース産ですが、オレンジと粒コショウのソースはわたくしどものシェフの一番得意とするところで……」

「持ってきてください」杏子はすがるように男を見た。「それと、どうしよう……ワインでいい？　ボトル、空いちゃったんだけど」

「同じものでいいんですか？」佐々木が座り直した。「でも……そんなに飲めます？」

「空っぽだとさみしいって、グラスが言ってる」

では同じものを、と佐々木が言った。ハーフボトルにいたしましょう、とうなずいたソムリエが下がっていった。届いたワインを佐々木が注いでくれたが、ワインを頼んだのはとりあえず話を逸らしたかったからで、話題を変える口実だ。

仕事の話と会社の経営について喋った。佐々木もその方が良かったのだろう。会社をどうやって運営しているのかについては興味もあったようだ。鴨のローストを食べながら、露骨に金の話をした。現実的な話題の方がいいのだろう。

デザートを食べ、カプチーノを飲みながら何となく時計を見た。九時半だった。九時半？

「やばい、あたし帰んなきゃ」中腰になった。「いつの間に？」

「……そうですか」残念そうに言いながらも、佐々木は引き留めなかった。「そうですよね……帰らないと……いけないですよね」

「ゴメン、いきなり。でも……楽しかった。美味しいよね、この店」

「そうですね」合図をした佐々木が上着のポケットから財布を取り出す。「すいません、席で支払っても？　カードでいいですか？」

「駄目よ佐々木くん、今日はあたしが払います。あたし一人ですごい飲んだし、あたしの方が年上だし、何しろあたしは社長だし……」

「そんなつもりで誘ったわけじゃありません」佐々木がカードを店員に渡した。「一緒に食事したかったんです」

それはそれ、これはこれでしょう、と杏子も財布を出して、ワリカンにしようと言った。しばらくやり取りがあったが、らちが明かないので一万円札を強引に押し付けて立ち上がった。

「半分かどうかわかんないけど……だいたいってことで。受け取ってよ」

「……わかりました」伝票にサインをした佐々木がにっこり笑う。「じゃあ、次はぼくがおごりますから。男の甲斐性です」

「そうねえ……その時はまた考えましょう……行く？」

行きましょう、とうなずいた。歩きだそうとした杏子の足がふらつく。危ない、と佐々木が支えた。

「飲み過ぎですよ……送ります」

「いいって、そんな……遠いわけじゃないし、全然一人で帰れる」

「送りたいんです」

杏子の手を取った佐々木がそのまま店の外に出た。手は離さない。何となくそのままにして歩きだした。心臓が物凄い勢いで鳴っている。酔っているからだと自分に言い聞かせて、速足で進んだ。

「うーん、やばいかも」吉祥寺の駅を目指して井ノ頭通りに入りながらつぶやいた。「やばいよね」

子供ができてから、飲みに行ったりする回数は減ったが、まったくなくなったということではない。友達と会ったりすることもある。ただ、そういう時は真人に子供たちのことを頼んでいた。放ったらかしにしたことはない。この時間まで家を空けたことは一度もなかった。しかも、明らかに酔っている。足元も怪しい。タクシーで帰れば良かったと思ったが、もう遅かった。とにかく帰ろう。急いで帰ろう。

佐々木をちらりと見た。黙って歩いている。手を握る力が強くなっていた。放さなきゃ、と思う。誰かに見られたら、とも思う。

だが、放せなかった。そのままにして歩き続ける。マンションが見えてきた。

「ここでいいから」杏子は立ち止まった。「今日はありがとう。本当に楽しかった。ごめんね、送らせちゃって」

「いいんです」

佐々木が手を放した。ありがとう、と繰り返した時、スマホが鳴った。バッグから取り出して画面を見る。真人からだった。

「ダンナ」苦笑する。「何なのよ、もう……」

出ようとした時、いきなり抱きすくめられた。がっしりとした腕。強い力。動けない。電話は鳴り続けている。

「……佐々木くん……」

腕を体の間にこじ入れて、離れようとした。佐々木の力はますます強くなる。どうにもならない。

顔が近づいてくる。反射的に目をつぶった。キス。

「……佐々木くん……」

スマホが鳴り止んだ。全身から力が抜けていく。立っていられなくなり、そのまま座り込んだ。

「あなたが好きです」

佐々木が数歩後ずさりして、そのまま走り去った。何なの、とつぶやく。何なの何なの何なの。

その時、またスマホが鳴り出した。真人からだ。道路に尻をついたまま出た。

「もしもし、おれ」

「ああ、うん、ゴメン。ちょっと……」立ち上がる。「出られなくてゴメン。手が放せなくて……」

「今、駅なんだけどさ」のんきな声がした。「何か買ってくものないかなって思って」

「……牛乳とトイレットペーパーがない」平静を装って返事した。「コンビニでしょ？　だったら燃えないゴミの袋も買ってきてもらえると……」

頭がぐらぐらしている。いいのだろうか。これはマズくないか。キスなんて。男にキスされたなんて、いつ以来？　あんな真剣な顔で、声を震わせて。それって、やばくない？

でも、とスマホを見つめた。真人だって浮気している。たぶんそうだ。だったらキスぐらいよくない？

「わかった。じゃ、買い物してから帰る。よろしく」

通話が切れた。大変だ大変だとつぶやきながら、ダッシュで家を目指した。

3

しばらく休ませてくれ、と中島から連絡があった。フルマラソンなんて走るもんじゃないよ、と言う。

「やっぱ動けねえや。痛いとかじゃないから心配しなくていいが、尾籠《びろう》な話ションベンにも一人じゃいけない。足腰が立たないんだよ」

「大丈夫ですか？　何かできることがあれば……」

「ないない」上機嫌で中島が言った。「ていうか、つまり、その、何だ……彼女が来てくれてるんでね。世話してくれてる。寝たきりジジイのナイチンゲールになりたいんだとよ」

「彼女って……有佳利さんがですか？」

「まあ、そうだ。メシからトイレから風呂から、面倒を見てもらってる。そういう人なんだよ。世話女房タイプなんだな。おれはわかってたけどね、そういうところ。つまりさ……」

延々と続くのろけ話を聞き流しながら考えた。中島が休めばマッサージ師は自分と佐々木の二人だけということになる。フル稼働しても客の対応ができるかどうか。

依頼を断ればいいのだが、何とかしてほしいというママたちは増え続けている。お金がどうとかではなく、助けてあげたいという気持ちがあった。無下には断れない。

だが、中島は六十五歳で無理が利かないこともわかっている。仕方がないだろう。自分と佐々木でどうにかしよう。

そうした方がいい、とどこかで思っていた。佐々木と顔を合わせるのをできるだけ避けたかった。

今朝、佐々木と話はした。仕事の話だ。連絡や確認など、伝えることがあって電話せざるを得なかった。昨日のことには触れないし、佐々木も何も言わない。普通に受け答えしている。社長と従業員という関係性はそのままだ。

だがその後佐々木は何度もメールをしてきた。会ってほしいと書いてある。会うだけでいいんです、ともあった。文字量は少ないが、それだけに感じるものがある。

会うべきではないだろう。会ってはならない。老人たちがいれば別だが、二人きりで会ってはいけない。佐々木のためではない。自分のためだ。会えば、どうなるかわからない。自分でもわからないのだ。

好きなのかどうかは何とも言えない。嫌いではないが、年齢も離れている。自分は結婚していて、子供も二人いる。余計なトラブルはごめんだ。

でも、あんなにひたむきな目で見られたら、とも思う。何と言っていいのか分からない。自分の気持ちを整理できないでいる。この状態で会ったら、面倒なことになる。

会わないためには忙しくすればいい。自分も、そして佐々木もだ。目一杯仕事を入れて、時間が余らないようにする。余計なことを考えずに済むようにする。それしかないだろう。

メールに返事はしていない。イエスとは言えないが、ノーとも言いたくない。会いたくないということではなかった。正直に言えば、会いたいという思いもある。でも、会ったらどうなるか。自信がない。

翌週の月曜日、やっと動けるようになったと中島から連絡があった。働くぞ、と張り切った声で言う。お願いしますねと言って、シフトに組み入れた。

気づくと、毎日計ったように一日何通も届いていた佐々木からのメールが来ていなかった。どうしたのだろうと思ったが、返事がないので諦めたのかもしれなかった。

佐々木は辞めるのだろうか。居辛くはあるだろう。引き留めるべきなのか、どうしていいのかわからなかった。

4

火曜日、午前中に一件、午後に二件マッサージをしにいった。終わってから吉祥寺に戻り、いつものオープンカフェに顔を出すと、すっかりできあがったカップルになった中島と有佳利を取り囲むようにして、老人たちが座っていた。

「おお、社長」中島が手を上げた。「迷惑かけたな。まあ座れよ。お茶ぐらいつきあいなさいって」

席を見回した。佐々木がいないのを確かめてから、じゃあちょっとだけと座る。

コーヒーを頼んで、体は大丈夫なんですかと聞いた。元気元気、と飛び上がった中島が上半身を大きく動かす。中島さんのことはいいとしても、と祥子が口を開いた。

「佐々木くんなんだけど、社長から何とか言ってくんない？　ちょっと今日はひどかった」

「何かあったんですか？」

「遅刻はしてくるし、マッサージをしていても心ここにあらずでさ」口を尖らせる。「やる気が感じられないし、ママたちともろくに話さないし。お金だってもらい忘れるとこだったんだよ」

「あたしの時もそうだった」麻美子がうなずいた。「ぼんやりしちゃって……寝てないのかな？　顔色も悪いし……」

「どうしたのかね？　何かあった？　社長、何か知ってる？」

「いえ……わからないですけど……」

「そのうち客から苦情が来るよ。あんなんじゃね……」祥子がため息をつく。「肩が凝ってるって客の足だけ三十分揉んでりゃ、そりゃ違うだろって言いたくもなるよね」

「ああいう若い子は……」

老人たちが口々に喋り始める。聞きながら、何とかしなければと思った。放っておくわけにはいかない。だが、どうすればいいのか。

理由はわかっている。あたしのせいだ。でも、どうしろと言うのか。会うわけにはいかない。

三十分ほど店にいて、それから帰った。もう帰るの？　とみんなが言ったが、家のことをしなければならない。洗濯物がたまっていて、そろそろ限界だった。帰って大急ぎで洗濯を済ませ、夕食の支度を始めた。欠食児童のように大騒ぎする良美と、何も言わずに部屋に入ってきた尚也のためにおかずを作り、食事をさせる。

その間もずっと佐々木のことを考えていた。どうしよう。どうすればいいのか。

いつもより早く子供たちを風呂場に追い立て、部屋にこもってスマホを取り出した。メールだけでもしておいた方がいいだろう。だが、何と返事をすればいいのか。会うべきではないと思う。でもストレートに言った方がいいのか。その場しのぎでも、ごまかした方がいいのではないか。

とにかく、とメール画面を開く。こんばんは、と一行文字を打った。どう続けようか。

不意にスマホが手の中で震えだした。着信。

「……もしもし？」

「……佐々木です」

「……うん」

「すいません、遅くに……」

　時計を見た。九時半。

「電話していいのかどうか……わからなくて。でも、かけた方がいいって……自分に正直になろうって思って……」

「あのね、佐々木くん……」

「会ってもらえませんか？」佐々木の声が響いた。「会いたいんです」

「……それは……」

「今、外なんです」佐々木が言った。「社長の……マンションの下にいます」

「……え？」

「すいません、こんな……ストーカーですよね、これじゃ」情けないです、という声がした。

「だけど……少しでいいから、顔が見たくて……」

「佐々木くん、それは……良くないよ。あたし、ここに住んでるんだし……誰かに見られたら……」

「すいません。本当にすいません。二度としません。約束します」佐々木が同じ言葉を何度も繰り返す。「こんなこと……自分でもこんなことする人間だなんて思ってませんでした……謝ります」

「謝ってほしいわけじゃなくて……」

「でも、ちょっとだけ……五分でいいんです。会えませんか？　無茶を言ってるのはわかってます。ルール違反なんでしょう。だけど……」

スマホを見つめた。かすかな呼吸の音。三分よ、と言った。

「マンションに来る途中に小さな公園があったでしょ？　あそこにいて。行くから」

「すいません、本当に……今日だけです。ごめんなさい」

すぐ行く、と言って電話を切った。部屋着の上からカーディガンをはおる。ろくにメイクもしてないし、みっともない格好をしている。それはわかっていた。でも、その方がいいだろう。三十九歳の二児の母親の本当の姿を見せた方がいい。

怒っているわけではない。佐々木はまだ若い。我慢ができない年齢なのだ。思いをそのままぶつけようとする。ある意味でその素直さが羨ましい。自分にはなくなってしまったものだ。

ただ、本人も言っていたようにルール違反ではあるだろう。自宅まで押しかけるというのは違う。直接話した方がいい。スマホだけ持って立ち上がる。風呂場の前まで行き、声をかけた。

「……ゴメン、ちょっとママ、コンビニまで行ってくる。すぐ戻ってくるから」

「ハーゲンダッツが欲しい」

良美の声がした。今度ね、と答えて廊下を進む。子供部屋のドアをそっと開けると、携帯電話を真剣に見つめている尚也がいた。

ちょっと出掛けるねと声をかけたが返事はない。仕方ない、と肩をすくめてマンションを出た。夜の匂いがした。


公園の入り口に佐々木が立っていた。近づくと、こんばんはと言って微笑んだ。

「家はどうして……そうか、この前来てくれたもんね」

「ええ」まっすぐに杏子を見つめる。「すいません、本当に……こんなことをするなんて……自分でもよくわからないっていうか……」

「ごめんね、佐々木くん。時間がないの。あたしはね……」

「聞かせてください。どうして何も言ってくれないんですか？」佐々木が早口で言った。「返事をしたくないのはわかります。でも、それはちょっと残酷なんじゃないかって……会えないって断ってくれてもいいんです。はっきり言ってもらった方が……」

「……そうかもしれないけど……そんなに簡単には……」

「希望を持ってしまうんです……会えないわけじゃないってことかなって……無理なのはわ

かってますけど、でも、もしかしたらって……」

「それは……そういうことじゃ……」

　佐々木が一歩近づいた。

「ご主人がいるから、お子さんがいるから、そんなことはできないっていうのはわかります。ただ、ひとつだけ聞かせて欲しいんです。ぼくのこと……迷惑に思ってますか？」

「……それは……」

　視線を逸らす。また佐々木が一歩近づく。

「迷惑だって言うんなら納得します。帰ります。二度とこんなことはしません。全部忘れてください。ぼくも忘れるようにします。忘れられないと思いますけど」

　哀しそうな笑みを浮かべた。違うの、と杏子は首を振った。

「迷惑とか、そんなんじゃなくて……だけど、よくないことだって……」

「ご主人……他に……その、女性が……いるって、この前……」言ってましたよね、と佐々木が見つめた。「嘘をついて、悲しい思いをさせてる……ぼくならそんなことはしない。絶対にしません」

「……そうかもしれないけど……」

「ぼくは……女性に対してこんなふうに思ったことがなかったんですけど……あなたを守り

たいって……あなたのそばにいたい。幸せにしたい。そんなふうに……」

　更に一歩近づいた佐々木が杏子の手を取った。駄目よ、と言ったが放さない。

「どうしたいって言うんじゃないんです……ただ、気持ちを伝えたかった。あなたの顔を見て、そう言いたかったんです。すいません、強引で……でも、どうしようもなくて……」

「あなたはまだ若いのよ」杏子は手を引いた。「そういう気持ちになるのはわからなくもない。あたしも昔はそうだったかも……でも、もうそんなことはできない……気持ちのままに動いたらいけないって……」

「どうしてですか？　自分の気持ちに正直になるのはいけないことですか？」

「……そうじゃなくて、人にはいろんな事情があるってこと……思ったことをそのまま口にすれば、誰かが傷つくかもしれない……あたしは……そんなことは……」

「杏子さん」佐々木がまっすぐな視線を向けた。「あなたが……好きなんです」

　肩に手が置かれた。顔が近づいてくる。いいのかな、とぼんやり思いながら一瞬目をつぶりかけたが、意志の力だけで飛び下がった。

「駄目だよ、佐々木くん……駄目だって」

「杏子さん」

「帰って……ずるいこと言うよ。嬉しくないわけじゃない。あなたの気持ちは嬉しい。だけど駄目。やっぱり無理。お願い、帰って」

　佐々木が半歩前に出る。動かない。伸ばしかけた手が力無く下がった。

「帰ります……すみませんでした」

「……ゴメン」

「でも、諦めたわけじゃないです」佐々木が小さく笑った。「頑張っちゃいますよ。若さの特権です。あなたを好きなことに変わりはありませんから……だけど、今日は帰ります。嫌われたくないですし」

　じゃあまた、と手を振って公園を出て行った。その背中を見送りながらため息をつく。自分でもどうしていいのかわからない。これでよかったのか。明日からどうすればいいのか。

　手の中のスマホが小さく鳴った。メール。真人からだった。

『今、駅。これから帰る。風呂よろしく』

　わかりました、とうなずいて歩きだした。なかなかロマンチックなエンディングにはならないものだ、と思った。

　翌日の朝は大変だった。佐々木とのことがあったからか、うまく寝付けずに寝坊した。真人はいらないと言ったが、尚也と良美にトーストを焼いて食べさせてから三人を送り出した。

　ほっとしたのもつかの間、すぐにスマホが鳴り出した。今日予約が入っていたママからで、急用ができたので一時間早く来てもらえないかと言う。ちょっと厳しいですと断ったが、どうしてもお願いしますと泣かんばかりに頼まれてパートナーである諸見里に連絡を取った。どうにかなるというので、では九時に伺いますと伝えた。

　そう答えたのが八時半のことで、時間はなくなっていた。慌てて家を飛び出し、三鷹にあるママの家へ向かった。諸見里と落ち合い、チャイムを鳴らすとママが出てきた。ごめんなさいとくどくど謝ってきたが、時々あることですからと言ってマッサージと家事代行の仕事を始めた。実際、時間の変更など急な要望はないわけではなかった。

　きっかり一時間経った時、チャイムが鳴った。誰かしら、とママがベッドから起き上がろうとする。あたしが出ますと言って杏子は玄関に向かった。

「ごめんなさいね。宅配便だったらハンコは靴箱の上だから」

　はいはい、とうなずいてドアを開けた。真人が立っていた。

第八話　いちばん大切なひと

1

三鷹駅にほど近いファミリーレストランに杏子と真人はいた。会社は休んだ、と真人がぼつりと言った。

「子供たちと一緒に……出たんじゃなかったの？」

「家の外まではね。会社には行かなかった」

真人がコーヒーを飲んだ。まずいな、とつぶやく。そうね、とうなずいた。

真人の顔を見て、説明させてと玄関で言った。もちろんだと答えた真人が家に入り、諸見里とパジャマ姿のママに夫だと名乗った。それ以上何も言わずに杏子の腕を引っ張って駅まで戻り、道沿いにあったファミレスに入った。怒っている様子はない。不安そうな表情を浮かべているだけだ。もうひと口コーヒーを飲んだ。

「……自分でどう考えているか知らないが、このところお前の様子はおかしかった」真人が静かに話し始めた。「一、二カ月前からそう感じてた……最近特にひどくなってる。話し合わなければならないと思ってたが、どう切り出せばいいかわからなくてね……だが、昨日の夜遅くに、お前が若い男と会っていたのを見た。それで踏ん切りがついた。話を聞こうと思った」

「……若い男？」

「児童公園だ。おれは帰る途中だった」真人が苦笑した。「お前たちを見かけて……その場で騒ぎ立てたって良かったんだが、冷静になるべきだろうと思ってメールだけ入れた……あいつは何なんだ？」

「何でもないの……あたしの……下で働いてる子で……」

「下で働いてる？　何をしてるんだ？　こそこそ隠れて、おかしなことを……前にも言ったけど、お前が年寄りと一緒にいるところを見た人が教えてくれたりもしていたんだ……ずっと妙だと思ってた」

「……そう」

「今日、家の近くで待っていたらお前が出てきた。急いでいるようで、三鷹まで行くのをつけるのは簡単だった」

「……気がつかなかった」

「あの家にジイさんと入っていった。様子を窺ってたんだが、何もわからなくてね。我慢できなくなって乗り込んだ。あの老人は何だ？　あの若いママは？　はっきり聞こう。いったいどういうことなんだ？」

「……会社を作ったの。三年前よ」杏子は真人の顔を正面から見つめた。「育児に忙しいママのマッサージと家事を手伝う仕事をしてる。老人たちはスタッフとして雇ってる。諸見里さんっていうんだけど、あの人もその一人」

「……そうか」

「安心してほしいけど、家のお金を持ち出したりはしていない。儲かってないけど、損もしてないの。この一年ぐらいはお客さんも増えて、そこそこ安定してる」

「どうして言わなかった？」

「前に一度話したわ。その時、あなたはそんなの無理だって言った。そうなのかもしれない。だけど、どうにか形にした。今さら言っても反対されるだけだと思って……」

「……何でそんなことを始めた？」

「あたしも経験があるけど、妊娠、出産、子育てって本当に大変なの」杏子は体を前に傾けた。「精神的にも肉体的にもね。父親には……男の人にはわからない。ママは辛いのよ。あたしだって辛かった。口では説明できない。そんな簡単なことじゃないの」

「大変なのは……わかってるつもりだけど」

真人が不機嫌そうに言う。わからないわ、と首を振った。

「そういうママはいっぱいいるの。少しでも苦労を減らしてあげたいと思って、会社を作った。マッサージって何だよと思うかもしれないけど、腰痛や肩凝りに悩んでるママは多いのよ。四、五キロある子供をずっと抱えながら掃除や洗濯をしなきゃならない。ちょっとした拷問よ。楽にしてあげたいじゃない」

「そりゃあ……わからんでもないが」

「ママたちは毎日家事をこなしてる。毎日毎日よ。子供が小さいと特に大変で、母親が眠れないっていうのはわかってもらえるよね？　それでも家事はやらなきゃならない。ちょっとだけでも代わってあげて、熟睡させてあげたかった。休んで欲しかった」

「……母親が大変だっていうのは、その通りだと思ってる」真人がうなずいた。「父親の側の理解が低いっていうのもそうなんだろう。おれも立派な父親じゃなかったし、ケアしてやれなかったのは済まないと思う。それなりにはやってたつもりだったけど、そんなもんじゃないって言われればひと言もないよ。余裕ができた今、他のママたちを助けたいっていうのもわかる」

「……うん」

「だけどさ……他のママたちをどうこう言ってる場合じゃないんじゃないか？　尚也も良美もまだ小学生だぞ。大人が見ていなきゃならない年齢だろう。杏子に家のことは任せてきた。子供のこともだ。どこの家だって似たようなもんだろう。今の世の中、母親が家と子供を見て、父親が金を稼いでくるのは仕方がない現実じゃないかな。他のママたちの世話をしてる時間があるなら、自分の子供たちの面倒を見るべきなんじゃないか？」

「……そう言うと思ってた」杏子が目を伏せる。「だから言えなかった。言ってることが間違ってるとは思わない。それが現実だって言うんならその通りよ。だけど、ママたちが救いを求めてるのも事実なの。何とかしてあげたいじゃない。あたしだって何とかして欲しかった。助けてもらいたかったのよ。放っておける？」

「たいした儲けにはならないと言ったが、おれが渡す金だけじゃ足りないからそんなことを始めたんじゃないのか？」真人が眉間に皺を寄せた。「十分かどうかはわからんが、そこそこには渡してるつもりだけど……」

「……お金のためにやってるわけじゃない」

「良美に聞いたが、夜出掛けることもあるようだな……そんな母親のことを子供たちはどう思うと？　面倒は見ていると言うが、百パーセントと言えるか？　何かあってからじゃ遅いんだ。つまらないことは止めてくれ。今すぐだ。頼んでるんじゃない、止めろと言っている」

「……あたし……あたし寂しいの」杏子が両手を握りしめた。「ママたちを救いたいと思ってるのは本当だけど、そのためだけに起業したわけじゃない。お金のためでもない」

「……じゃあ何でだ？」

「子供と向き合って暮らしてきた。あの子たちのことだけを考えて生きてきた。会社も辞めたし、友達だって減った。社会に背を向けて家に閉じこもり、子供だけを見つめてきた。役割としてはそうなのかもしれないけど、どんなに寂しくて不安かあなたにはわからない」

そりゃあ、と言いかけた真人が頭を振った。言えよ、と唇だけを動かす。

「子供とのコミュニケーションだって、そんなにうまくいかない」滲んだ涙を右手でこすった。「あの子たちと話すのは、友達とお喋りするのとは違う。あの子たちは何をしてあげても、ありがとうと言ってくれない。毎日毎日そんな子供たちと顔を突き合わせて暮らしてる。どんなに孤独かわかる？　毎日よ？　起きてから寝るまでずっとよ？」

「……うん」

「ストレスだって溜まる。でも発散する場所はない。子供たちを虐待する母親が増えているのはもちろん良くないことだけど、そうしてしまうかもしれない瞬間は誰にだってある。あたしだってやりかねなかった。寂しくても、誰にも訴えることはできない」

　話しながら泣いていた。口が回らない。水を一気に飲んで先を続けた。

「たった一人、頼れる存在であるはずのあなたは無理解だった。母親であることを当たり前のように考え、家事をするのは義務だと思ってた。あたしがどんな思いをして生きているのか考えることはなく、理解しようともしなかった。そんなことはないって言うかもしれないけど、本当にそうなの。あたしは一人ぼっちだった」

「杏子……」

「気がつけば社会とは無縁になっていた。昔はそれで良かったのかもしれないけど、そういう時代じゃない。どんなに焦ったか、あなたにはわからないわ。社会とつながっていなければ人は生きていけない。だから会社を作った。かわいそうなママのためにとか言ってるけど、本当はかわいそうな自分のために始めたの」

「……それが悪いとは言ってない。ただ、今じゃないだろうって……」

「責められても仕方ないと思ってる。言ってることは間違ってないもの。でも、そっちはどうなの？　家のことは任せたとか適当なことを言って、自分は会社に行ってそこで話をしたりいろんな関係を持ってる。楽しいんじゃないの？　その上、浮気までしてる」

「……浮気？」

「奈津美って誰？」杏子はグラスを握りしめた。「わかってるのよ。何歳？　会社の人？　ずっとつきあってるの？」

「……どうして……それを……」

真人が左手で顔を覆った。あたしのことを責める前に自分のことを考えてよ、と杏子が叫んだ時スマホが鳴った。

着信音が鳴り続けている。出ないのか、と真人がかすれた声で言った。それどころじゃないわよと答えながら画面に目をやる。小野田先生、と表示があった。尚也の担任からだとわかり、大きく息を吐いてからスマホを耳に当てた。

「はい、桜井です」よそ行きの声で答えた。「おはようございます……何か？」

「尚也くんが登校していません」小野田が怯えたような声で言った。「風邪とかでしょうか？」

「……いえ、そんな」スマホを持ち替えた。「今朝もあの子は学校へ行くと言って家を出ています。妹も一緒です。登校していないというのは……何かの間違いでは？」

「実は、妹さんなんですが……」小野田が話を続ける。「良美ちゃんも来ていないようなんです。さっき、良美ちゃんの担任の先生と話してわかったんですが……その……何か事情でも？」

「いえ、何も……何もありません」杏子の声に怯えが混じった。「本当に、学校には行ってないんですか？　どういうことなんでしょうか？」

「こちらもまだよく……わかっていないんです」

「とにかく、すぐそちらへ行きます。話を聞かせてください」

「もちろんです。今からでしたらわたしは授業がありませんので、職員室におりますから……」

すぐ行きますと言って通話を切った。不安そうに見つめていた真人に事情を説明する。わかったとうなずいて立ち上がった。

「学校へ行こう。何があったのか、話を聞かなきゃならんだろう。おれたちのことは後だ」

うなずいて店の外へ飛び出す。手を上げて左右を見回すと、一台のタクシーが近づいてきた。

2

「今朝、始業時間にいつものようにホームルームがあったんですが」

職員室で小野田が話し始めた。杏子は真人と並んで立ったまま聞いた。

「出欠を取りましたが、尚也くんは来ていませんでした。届けも出ていなくて、おかしいとは思ったんですが、寝坊でもしたのかなと……本人の携帯番号は知ってましたから、何度かかけましたが……どうも電源を切っているようで……」

小野田の目が泳いでいる。責任問題になるのを恐れているのだとわかった。真人もそう感じたのだろう。続けてください、と低い声で言った。

「ですが、一時間目が終わってもまだ来なかった。どうするべきかと思ってたところに、二年生の……良美ちゃんの担任の先生が来まして……あの子も無届けで休んでいるという。子供たちに聞きましたが、誰も見ていないことがわかりました。兄妹揃って来ていないというのはちょっとおかしいと思って、お母さんに電話を入れたというわけです」

「それで？」

「学校内での報告はしました。教頭、校長にも伝えています。警察、病院などはまだです。お母さんの話を伺ってからと思いまして……騒ぎにしたくはありませんが、放置しておくわけにも……事故や犯罪に巻き込まれた可能性もある。警察に通報しようと考えていました」

「すぐ捜しましょう」真人が言った。「どこにいるんだ、あいつらは……」

「どうして……あの子は学校を休んだの？」杏子は左右を見た。「しばらく前、ずる休みをしていたのは知ってます。でも、尚也とは話しました。もうしないって約束してくれたのに

「……どうして？　どうしてなんですか？」

　ああ菅原先生、と小野田が椅子から立った。少し年かさの男が近づいてくる。良美の担任の菅原だ。ご苦労様です、と言った。

「良美ちゃんは今まで理由なしに休んだことはありません。今日が初めてで、何かあったのだろうとしか……」戸惑ったような表情を浮かべながら、早口で話す。「ただ、最近になってちょっと怪我が目立っていました。大きな傷じゃありません。擦り傷とか転んだ跡とか、そんなような……聞いてみると、こすったとかぶつかったとか、ちゃんと理由を言ってましたので、子供だからそういうこともあるかぐらいに思っていたんですが……何か関係があったのかもしれません。ご両親は気づきませんでしたか？」

「どうなんだ」真人が杏子の腕を摑む。「何かあるか？」

　思い当たることがあります、と杏子はうなずいた。

「この二、三カ月……あの子は手足にアザとかを……服が破れていたことも」

「放っといたのか？」

「聞いたわよ！」杏子は叫んだ。「どうしたの？　って、何があったの？　って……だけど、自分で転んだりして怪我したと言ったから、それ以上は……気をつけなさいとしか言えなくて……何があったんでしょうか」

「校内暴力とか？　まさか先生が？　それとも生徒同士？　いじめですか？」

真人が矢継ぎ早に言った。二人の教師が視線を交わして、ちょっと考えにくいですと答える。

「うちの学校で校内暴力の報告は今日まで一切ないです。体罰は厳重に禁止していますし、そんな先生がいるとは……いじめとおっしゃいますが、二年生ですからね。好き嫌いはあるでしょうけど、暴力まではちょっと……」

杏子はうなずいた。二年生でも仲のいいグループ、悪いグループとかはあるだろう。だが、そこで何かあったとしたら、良美はちゃんと言う子だ。誰に叩かれた、蹴られた、全部話すだろう。

「怪我が関係あるかどうか、今の段階ではわかりません。とにかく今は良美ちゃんと尚也くんを捜す方が先でしょう」菅原が現実的な指摘をした。「警察にも届けるべきだ。捜すにしても人手が必要です。空いてる先生方に声をかけます。ご両親も手伝ってください」

「もちろんです……でも、どこを捜すと？　二人は一緒なんでしょうか。ぼくが最後にあの子たちを見たのは八時頃で、もう三時間近く経っている。無事なのか……」

顔をしかめた真人が睨みつけた。

「お前がしっかり見てないからこんなことになったんだ。どうしてもっと早く気づかなかった？　おれに話せばいいじゃないか。学校に相談して……」

　不安と怒りの矛先が杏子に向かう。お父さん、と菅原が首を振った。

「お母さんにも事情はありますよ。あなたの責任でもある。もちろんわたしたちもです。ですが、それは後の話でしょう。今は二人を見つけることを優先するべきでは？」

「……すいません……申し訳ありません」真人が頭を下げて詫びた。「つい……かっとなって……悪かった。今のはおれが悪い。最低のことを言った」

　すまない、と謝る。それも後にしましょう、と杏子は答えた。

「……とにかく、思い当たるところを捜します。あたしたちは通学路を家まで戻ってみます。途中、行きそうな場所も確かめます。店とか公園とか、わかるところもありますから……先生方は学校の周辺をお願いできますか？」

「そうしましょう。人数が集まれば吉祥寺駅周辺も捜します」菅原と小野田がうなずいた。

「警察にはこちらから連絡しておきます。何かわかればすぐ連絡入れます」

　お願いしますと二度頭を下げて、杏子は真人と共に職員室を出た。駆け足になっていた。

　学校を飛び出し、家までの道をたどった。通学コースはわかっている。一キロちょっとの道だ。途中には子供たちがよく行く遊び場や店などがある。店では店員などに話を聞く必要もあった。

学校のすぐ近くにあったコンビニに真人が飛び込み、店員に尚也たちのことを聞き始めた。

杏子はスマホで今日の客に電話をかけ、子供が急病になったので予定をキャンセルしてほしいと申し出た。二人の客はすぐ了解してくれた。

続けて今日の午後のパートナーになるはずだった有佳利にも電話して、仕事は全部なしにしますと言った。いいけど、何かあったの？　と有佳利が聞いた。

「諸さんから連絡あったよ。あんた、朝の仕事も途中でいなくなったそうじゃないか。ダンナが来たみたいだって言ってたけど……」

「……子供が……二人とも学校に行ってなくて……どこに行ったのかわからないんです。捜さないと……」

「どうして？　何でいなくなった？」

「わかりません……」

コンビニから出てきた真人が、誰も見てないと言った。わかった、とうなずく。

「すいません、とにかくそういうことで……今日はちょっと……すいません」

電話を切り、行こうと歩きだした。真人がついてくる。子供たちと話はしているが、学校帰りにどこで遊ぶかというような細かいところまでは聞いたことがなかった。どうするかと左右を見ていたところでスマホが鳴った。

「武蔵野警察署少年課の宮本と申します」柔らかい男の声がした。「学校から連絡があり、お子さんを捜しています」

「どうもすみません」

歩きながら答えているので息が切れた。学校から顔写真などはもらいました、と宮本が言った。

「身長、体重などもわかっています。ただ、今日の服装が……お母さんならおわかりかと思いまして」

「尚也は……上の子は……白のシャツです。半袖です」思い出しながら答える。「襟だけがグリーンです。下はデニムの、青い半ズボンで……スニーカーをはいています。下の娘は、良美は……薄い赤の半袖のブラウス、下はキュロットスカートみたいな……レンガ色っていうんでしょうか……」

「ランドセル姿ですね？　それ以外に持ち物は？」

「いえ、特に……尚也は携帯電話を持っています」

「聞いています。こちらからかけていますが、つながりません。今、七人ほどで捜しています。まだ始めたばかりですから何も報告できることはありませんが、必ず見つけますからご安心ください」

「お願いします。何でもしますからあの子たちを見つけてください。お願いします……」

「ご安心ください」

宮本が電話を切った。警察から、と歩きながら真人に説明する。どうなんだ、と空ろな声で聞く。その時またスマホが鳴った。

「もしもし。あたし」

「有佳利さん？」

「今、中島と一緒にあんたのマンションの前にいる」淡々とした口調だった。「もう一人いる。老人会の仲間で、桜庭って人」

「桜庭？　有佳利さん、あたし今、ちょっとそれどころじゃ……」

「わかってる。桜庭さんは元泥棒なんだ」

「泥棒？」

大声を上げて立ち止まった。不安そうに真人が見ている。

「安心しなさい、今は更生してる。いつまでもバカやってらんないってさ。ただ、今からあんたの家に入らなきゃならないから来てもらった。一応、許可をもらおうと思ってね。駄目だって言われたって入るけど」

「家に入る？　何のために？」

「あんたの息子と娘を見つけるためだよ」

「家に入って何をするつもりなんです？」

「時間がないんだろ。後で説明する。とにかくそういうことだから。心配はいらない。任せておきなさい。じゃあね」

電話が切れた。泥棒って何のことだ、と真人が途方に暮れたような顔で聞く。再び歩きだしながら、有佳利が言ったことを伝えた。

「どういう……老人なんだ？　泥棒の仲間？　ってことはその人も犯罪者？」

「そんな人じゃない」杏子は首を振った。「七十のおばあさんよ。身元もはっきりしてる。泥棒なんかじゃ……」

「だけど、仲間なんだろ？　そんな老人を雇ってたのか？」いや、いい、と真人が足を速める。「そんなことはどうでもいい。今はあの子たちだ。どこにいる？」

開いているパン屋があった。良美が好きな店だ。迷わず入っていって、店員に声をかけた。

3

二時間、通学路とその周辺を捜した。道自体はまっすぐだが、脇道もある。すべて捜した。

近所の住人や歩いていた人などにも直接聞いたりした。だが見つからない。子供を見たという人もいない。

警察や学校から数回電話があった。どこを捜しているか、何人の警察官が動員されたか、そんな報告が入った。彼らも見つけていない。どこにいるのかはわからない。どうしようか、と顔を見合わせた。

「……町かな？」真人が額の汗を拭った。「ゲームセンターとか本屋とか……そういうところへ行った？」

「それは先生方が捜してくれてるはず」杏子がうなだれた。「でも、何も言ってこない……」ため息が漏れた。どこにいるのか。二人は一緒なのか。何かあったのではないかと最悪の事態が頭をよぎり、心が押し潰されそうになる。

「もう一度捜しましょう」杏子が歩きだした。「見落としがあったのかも……」

戻りかけたところでスマホが鳴った。

「良美ちゃんを見つけた」有佳利の声がした。「北町の愛宕《あたご》神社だ。すぐ行きな」

「……もしもし？　何ですって？」

「愛宕神社の境内にいる。見つけた時、良美ちゃんは気を失ってたそうだ。理由はわからない。救急車も呼んでる。もうすぐ着くだろう。生きてることは確かだから安心しなさい。じゃあね、今から尚也くんを捜すから」

「もしもし？」

通話が切れた。スマホを摑んだまま走りだす。表通りに出て手を上げると、タクシーが近づいてきた。

「どうしたんだ？」

「良美が見つかったって。愛宕神社にいるって」タクシーに乗り込んだ。「気を失ってるみたい……何でそんなことに？」

「愛宕神社？　ちょっと遠くないか？」

二人を乗せたタクシーが走りだす。あそこで遊ぶことがあるのは知ってる、と杏子は言った。

「時々二人で行ってた。他の子たちとも一緒よ。あそこの神主さんが子供好きで、騒いだりしても怒られないんだって……でも、どうしてそれが有佳利さんにわかったんだろう」

「バアさんが見つけた？」

「よくわからない……聞いてみる」スマホに触れた。「……もしもし？　あたしです。今、神社に向かってます。有佳利さん、どうやって良美を見つけたんですか？」

スピーカーホンに切り替える。有佳利のしわがれた声が車内に流れ出した。

「武蔵野市の人口は十四万人だ。老人はその四分の一いる。三万八千人だ。みんな暇で、時間を持て余している」

「……だから？」

「市内には山ほど老人ホームや施設がある。あんたは知らないだろうけど、詩吟やら俳句やら書道やら歌やらゲートボールやらボウリングやら、趣味の会は無数にある。数え切れないぐらいだ。あたしはそういう連中に片っ端から連絡して、子供を捜してほしいって頼んだ。今も頼んでる。百人以上の老人が町に出てる。あんたの子供を捜してるんだ」

「……有佳利さん……」

「パソコンは偉大な発明だよ。今じゃ、老人会はどこだってメールで連絡を取ってる。一斉メールを送った。あんたの子供の写真も添付してる。老人会の代表や世話役がそれを個人の携帯やスマホに転送した。触れもしない人もいるけど、使い方をわかってる者もたくさんいるんだ。年寄りをなめちゃいけない。何人かいれば一人は使える。それを持って子供たちを捜してる」

「そんな……」

「あんたの家に入ったのは子供たちの写真が必要だったからだ。あんたがまめで助かった。写真はすぐに見つかったよ。ついでにパソコンも使わせてもらった」

「パソコン？」

「桜庭さんはプロの泥棒だったんだ。ロックの解除なんか朝飯前だよ……あんたが過去の客を全部ファイリングしてるのは知ってた。客のメールアドレスなんかを登録してるのもね。ママたちにも助けを求めた。三年やってりゃ、顧客は三百人以上いる。メールを流した。もう何百通も返信がきてる。ママたちも町に出てる。あんたの子供を捜してくれてる」

「……ママたちが？」

「あんたがしてきたことは間違ってなかった」有佳利の声が響いた。「助けてもらった、救われたと思ったママたちは、あんたが思うより大勢いたんだ。金だけじゃないってみんなわかってる。誰だって恩は返したいって。心配しなさんな、あんたは一人じゃない。友達がいる。仲間がいる。必ず子供は見つける」

「……すいません、杏子の夫です。あの子たちの父親です」真人が呼びかけた。「本当にそんな……すいません、ありがとうございます。何て言ったらいいのか……」

「あんたの女房はあたしの友達だ」有佳利が言った。「友達のピンチを放っておくほど間抜けじゃない。男だろ？　そんな情けない声を出すんじゃないよ。しっかりしなさい。女房を支えるのがあんたの役目だ。じゃあね」

有佳利が通話を終えた。車内が静かになる。真人が顔を上げた。くしゃくしゃに歪んでいた。

4

タクシーが神社に着いた。救急車が表に停まっていたので、捜す必要はなかった。横で救急隊員がひざまずいている。回り込むと、横たわっている良美の手当をしているのがわかった。

「良美……！　どうして……？」

駆け寄って声をかけた。ゆっくりと首が動いて、ママ、とつぶやく。意識は取り戻しているようだった。

「お母さんですね？　後頭部に殴打された跡があります」様子を見ていた救急隊員が言った。「それで気を失っていたんでしょう。具合を見る限りたいしたことはないと思いますが、一応病院で検査した方がいいですね」

そうしてください、と真人と共に顔を上げた。数人の老人たちが不安そうに見ている。大丈夫なのかね、とそのうちの一人が一歩前に出た。

「わしらが見つけた。有佳利さんに頼まれたんじゃ捜さざるを得んよ……社殿のところに倒れてた。すぐ救急車を呼んだ。お嬢さんとは話してない」

「もう一人、男の子を見ていませんか？」

真人が聞く。見てない、と老人が首を振った。ありがとうございますと手を握って、救急車に乗り込む。病院に向かって走りだした。

救急車はかなりのスピードで走っている。良美がすすり泣く声がした。痛いの？　と聞くと、ううん、という答えがあった。

「いったいどういうことなんだ……尚也はどこに？」

真人が話しかける。何があったのと横から杏子は聞いたが、泣き声が大きくなるだけで答えはない。多少出血はありますが心配ないでしょう、と救急隊員が言った。

「……誰にこんなことを？　大人に殴られた？　それとも……変な奴とか？」

真人が左右を見る。救急隊員が首を振った。いたずらはされていないという意味だった。

「良美、お願い……教えてちょうだい。何があったの？」

「……何もない」良美がしゃくりあげる。「誰にもぶたれてない。自分で……転んだの」

それはあり得ません、と救急隊員がつぶやいた。傷の場所などから見て、殴られたことは間違いないと言う。

「誰にやられた？　顔は見てないのか？」

真人が肩をつかむ。良美が大声を上げて泣き始めた。もしかして、と杏子は言った。

「お兄ちゃん？……尚也なの？」

ちがう、と良美が叫んでまた泣き出す。

「おにいじゃない。おにいは悪くない……おにいを怒らないで」

息ができなくなって咳き込む。背中をさすりながら、怒ったりしないと言った。

「約束する。ママもパパも怒らない。だから全部話して。何があったのか教えてちょうだい」

あと五分で病院に着きます、と救急隊員が言った。体を折るようにして呼吸を続けていた良美が、ゆっくりと息を吐いた。

「……おにい……時々……ぶつの」また咳き込んだ。「しばらく前から……最初はちょっと痛いよとか……やめてって言ったらやめてくれたけど……」

何でそんなことをと言った真人を制して、話しなさいと肩をさすった。良美が涙目で杏子を見つめる。

「だんだん……ひどくなって、ぶったり蹴ったり……跡が残るぐらいひどく……」

「ケンカでもした？」

「そうじゃない」良美が首を振る。「わけもなく……いきなり……あたしのことが嫌いとかそんなんじゃないんだって……どうしようもないんだって……ぶったりすると、その後はすごくやさしくなって……ごめんって何度も謝る。ふつうの時は何もないし……おにいのこと好きだし、しかたないかなって……ガマンしてた」

「どうして話してくれなかったんだ」真人が顔を両手で覆った。「何で言わなかった？」

「それは後で……今日はどうしたの？　お兄ちゃんも一緒だったんじゃなかったの？」

　杏子が言うと、途中まで、と良美が答えた。

「校門が見えてきたら……行きたくないって。行くの止める、お前も一緒にこいって……学校は行かないとだめなんだよって言ったんだけど、腕を引っ張られて、神社まで来て……最初はにこにこしてたんだけど、急におっかない顔になって……逃げようとしたら後ろからわーってきて……でもおにいは悪くないの。きっと、良美がいけないことをしたの……おにいを怒らないで……」

「……なぜそんなことを？」真人が首を傾げる。「あいつは……良美のことをかわいがってる。妹思いの子だ。暴力をふるうような子じゃないだろ？」

「でも……言われてみると」杏子が目を伏せた。「最近……ううん、しばらく……きちんと話してなかった。反抗期ってことなのかなって、放っておいたんだけど……」

　向き直って、良美の手を取った。何か知ってることがあったら教えてちょうだいと優しく囁きかける。わかんないけど、と泣きじゃくりながら答えた。

「おにい……クラスで……嫌なことがあったって……そんなこと言ってた」

「嫌なこと？」

「無視されたり……カバンとか隠されたり……そんなことが……わかんないけど、何でかは言わなかったし……」

「いじめか？」真人の顔に暗い影がさした。「だけど、小学校五年生だぞ。そんなことって……」

「ないとは言えないでしょう」救急隊員がうなずく。「そういう事例があると聞いています。お兄ちゃん……尚也くんですか？　もしかしたら、いじめにあっていたのでは……」

「あいつが？」

「あり得ます」救急隊員が言った。「誰にも言えなかった。ずっと我慢してたのかもしれません。ですが、フラストレーションが溜まり、それを発散するために身近にいた最も弱い存在である妹さんに暴力をふるっていた。そういうことでは……」

「聞いたことあります」杏子は首を縦に振った。「ママたちから、そんな話を……小学校でもいじめはあるって……」

「そりゃあ……なくはないだろうが……どうして尚也が……」

真人が呻く。それはわからないけど、と杏子は良美を抱き寄せた。

「……まさか尚也が……」

お兄ちゃんはどこへ行ったかわからない？　と救急隊員が話しかけた。わかんない、と杏子の胸にしがみついた良美がまた泣き始める。病院が見えてきた。


検査を受けた方がいいという勧めに従って良美を預け、杏子は真人と共に町に戻っていた。老人たちやママたちが尚也を捜しているという。彼らは人海戦術を取っていて、手当たり次第調べていると有佳利からは聞いていた。圧倒的な数だから、十分な力になるだろう。

だが、母親として両親として息子の行きそうな場所に心当たりがある。自分たちでも捜すべきだった。

一時間以上、二人で町を歩き回った。いつの間にか手をつないでいた。尚也とよく行った店、ファーストフード、デパートなどを歩き続け、何十人もの人に聞いたが、尚也を見たという者を見つけることはできなかった。

「良美に……怪我をさせたことは自分でもわかっているだろう」真人がつぶやいた。「あいつは優しいが、気の弱いところがある。おれに似たんだ……妙なことを考えなければいいが……」

「縁起でもないこと言わないで」杏子が立ち止まる。「何言ってるの？」

「つまり、その……馬鹿な真似をしなけりゃいいんだが……」

「お願いだからつまらないことを言うのは止めて。あの子がそんな……そこまで馬鹿じゃないわ。あたしの子だもの」

「わかってる」

「むしろ事故とかの方が怖い……交通事故とか……」

「お前もそんなこと言うな。病院からはそんな連絡は来てないだろ？　警察もだ……だけど……」

立ち尽くした。嫌な想像ばかりが膨らむ。自殺？　事故死？　変質者に連れていかれた？

そんなことはない、と真人が頭を振った。

「とにかく捜そう。何か思い当たる場所は？　尚也の行きそうなところは？」

「わからない……学校の近くかな？」

どうしよう、とつぶやいた時スマホが鳴った。有佳利だった。

「たった今、連絡があった。井の頭公園で尚也くんを見かけたって言ってる人がいる」

「井の頭公園？」

「掃除員だ。あたしもよく知ってる。嘘をつくような人じゃない。すぐ行きな。あたしも向かってる」

井の頭公園へは時々遊びに行く。地域の住民として、誰もがなじみのある場所だ。ただ、広い。自分たち二人で行っても見つけられないだろうと思っていたのでとりあえず外していたが、公園にいるのだろうか。

すぐに行きますと答えて、真人の腕を摑んだ。走りだす。お願いだから公園にいてちょうだい。走りながら祈った。


井の頭公園の入り口まで来て、杏子は足を止めた。信じられない光景がそこにあった。

ふだんと同じように学生や家族連れ、カップルなどもいるのだが、それ以上に老人たちがいた。数人のグループに分かれ、隅々まで広がっている。杖をついたり、車椅子の者も少なくない。弁天池の橋の上に数十人の老人がいて、周りを見渡しているのがわかった。

子供を連れた母親も多い。その顔の多くに杏子は見覚えがあった。話をしたことがある者、マッサージをしたことがある者、悩みを相談されたり愚痴を聞かされた者もいた。

神田深雪というママがいた。関根順子というママ。子供の手を引きながら、もう片方の手でスマホを操作している。他にも大勢のママの姿があった。杏子を見つけた諸見里と佐々木が駆け寄ってきた。見た女がいる、と諸見里が言った。

「話を聞いた。間違いなくあんたの息子だ。三十分ほど前、一人でふらふら歩いてたのを見て、ちょっと気になったから覚えてたと言ってる。遠くには行ってないだろう。必ず見つかる。心配するな」

「他の皆さんも来てます」佐々木がうなずく。「玲さんも、祥子さんも、麻美子さんも……」

「いったいこの人たちは……」杏子が辺りを見回した。「何人ぐらいいるんですか？」

「相当な数なのは間違いない」諸見里が鼻の頭を搔く。「おれたちもちょっとしたもんだろ？」

「捜しましょう。警察も来てくれてます。有佳利さんと中島さんが呼びかけてますから、更に人数は増えていくでしょう。絶対見つかりますよ」

佐々木の言葉通り、公園の入り口に新たな老人の一団が入ってきていた。駅の方からやってくる者たちの列が長く続いている。井の頭公園に尚也がいるという情報が入り、他の場所から移動してきたのだろう。

「……何て言っていいのか……本当にありがとうございます」

頭を下げた真人に、お前が夫か、と諸見里が視線を向けた。

「後で話がある。だが、今は子供が先だ。捜すぞ」

背中を向けて歩きだす。足元で木の葉が舞った。

5

一時間後、尚也が見つかったという連絡が入った。自然文化園の一角だという。杏子は真人と一緒に走った。諸見里たちもそれに続く。

教えられた通りリスのいる檻《おり》の裏手に回ると、動物たちの餌を集めておく場所があった。そこに八十歳ぐらいの老夫婦が立っていた。

二人はしゃがみこんで動かない。男の子をじっと見つめている。杏子が前に出ると、老婆の方が顔を上げた。母親だとわかったのだろう。小さくうなずいた。

怒ってはいけません、とその目が言っていた。悪いことをした子供を叱るのは親の役目だ。だが、この子は傷ついている、と片手で男の子の頭を撫でる。傷ついている子供を怒ってはいけない。抱きしめてやりなさい。

老夫婦が下がった。伸ばした手で子供の肩をさすっている。パパとママが迎えにきたぞ、とお爺さんが言った。髪の毛をくしゃくしゃにした尚也が泣いていた。

杏子と真人は膝をつき、そっと近づいた。手を伸ばす。触れる。抱きしめる。

「……お願いだから、生きていてちょうだい」杏子が囁いた。「生きてててくれたらそれでいいから。ママはそれ以上望まない。それだけでいいの」

「良美は大丈夫だ」真人が杏子と尚也を両腕で包み込む。「怒ったりしない。お前が何をしても、おれたちはお前の側に立つ。絶対だ。絶対……」

真人が口をつぐんで泣き始めた。涙が止めどもなく溢れる。ごめんな、と呻くように言った。

「……パパは……パパは……お前と良美に……ママにも……何かあったら、もう駄目なんだ……許してくれ……パパを許してくれ……やり直させてください」

地面に頭をつけて、大声で泣き出した。逆に不安になったのか、尚也が顔をこすって父親に触る。無事でよかった、と老夫婦がお互いを見て微笑んだ。

連絡を受けた数人の警察官が近づいてきて、その場で救急車の手配をした。何もないように見えるが、念のために病院へ行く方が強く勧める。医者に診せた方がいいというので、言われた通りにすることにした。サイレンの音が公園に流れ、すぐに白衣を着た男たちが現れた。医者らしい男が尚也に話しかけている。

杏子は立ち上がって、振り向いた。大勢の老人、ママたちが集まっている。真人と並んで深く頭をさげた。

何とかなったみたいだね、と人々の間から出てきた有佳利が言った。中島と玲、そして麻美子と祥子もいた。

「年寄りも子供のいるママも、みんなどうしようもなく弱い」有佳利がうなずいた。「ちっぽけで、一人じゃ何もできない。そんなことはわかってる」

子供が見つかったぞ、と中島が両手を上げて叫ぶ。周囲から歓声が起きた。

「みんなもわかってますよ」玲がつぶやいた。「有佳利さんの言う通り、一人一人の力は本当に弱いけど、力を合わせることはできます。誰かのために頑張ってた人がピンチだと知れば、みんなで立ち上がります。放っておくことはしません。必ず助けます」

麻美子が杏子を抱きしめる。ありがとうございます、というつぶやきが漏れた。

「ちょっとお前に話がある」諸見里が真人を手招きした。「夫だな？」

祥子と二人で挟むようにした。不安そうな顔でうなずいた真人の肩に手を置く。

「お前には女房の価値がわかってない。話は聞いてる。つまらんことはすぐ止めろ」

「謝んな」祥子がネクタイを摑んで強く引いた。「女房に謝るんだよ」

「今日はおれが間に入ってやる。許してやってくれと言ってやろう」諸見里の声が更に低くなった。「だが、次に女房を軽く見るようなことをしたら、見過ごしたりはしない。老人が何も言わないと思ったら大きな間違いだ」

「あたしたちはね、あんたを潰しにかかる。殺すなんてくだらないことは言わない。だけど、会社にいられないようにするぐらいのことはできる。そんなやり方はいくらでも知ってるんだ。わかった？　わかったらすぐ詫びろ。謝るんだよ」

　真っ青になった真人が、そんなつもりじゃなかったんです、と言い訳を始めた。ふざけたことを言うな、とワイシャツの襟元を摑んだ諸見里を杏子が止める。

「もういいです……この人も反省してますから……あんまり脅かすようなことは……」

「こういう奴には体で覚えさせた方がいいんだ」諸見里が澄ました顔で言った。「二、三発入れた方が、本人も身に染みると思うがね」

　集まっていた老人やママたちがその場から去り始めた。ご苦労さんでしたあ、と大声で叫んだ中島が歩み寄る。

「とにかく見つかって良かったじゃないの。だろ？　どうする？　カラオケでも行くか？　昼から飲むっていうのも、おれは悪いと思わんが……」

「それはいいけど、どうしてこんなことに？」麻美子が言った。「あの子は妹さんを怪我させたって聞いた。何でそんなことをしたの？」

「……小学校で、いじめがあったようです」杏子はうつむいた。「なるべく早く、学校と話し合わないと……小学生ですから、どうしてそんなことをしたのか聞いてもよくわからないでしょう。深い意図があったとも思えませんし……流行りみたいなことなのかもしれません。

今すぐどうしてほしいとか言ってるんじゃなくて、先のことを考えて相談ができれば……」

「そうだな」真人がうなずく。「尚也を病院へ連れて行くそうだ。おれたちも一緒に……」

　待ちなさい、と声がした。玲だった。

「今すぐどうこうじゃないって？　そうじゃない。今すぐどうにかしなきゃ駄目よ」

「……どういうことですか？」

「あたしには娘がいる。もうずっと病院で暮らしている」

「知ってます」杏子がうなずく。「それが……どういう関係があるんです？　娘さんは確か心臓が弱いとか前におっしゃってませんでしたか？」

「あの子が……喜美江《きみえ》が入っているのは精神科なの」玲がうつむく。「心を病んでる。もう十年以上になるかもしれない。喜美江はあたしの……実の母親のこともわからないまま、ずっと……」

　どういうことか、と全員が見つめる。玲は娘の病気について、もう何年も隠していたということなのか。

「あたしは学校の先生で……喜美江も教師になった。中学で英語を教えてね……自分の娘だけど、評判のいい先生だった。何年も教え、信頼されていた。十何年か前だけど……喜美江の担任していたクラスでいじめが起きてね」

「そんなことが……」

「被害にあっていた生徒が自殺未遂を起こして、大問題になった。その頃、ちょうど社会問題にもなってたんだ。学校、親、教育委員会……喜美江はあらゆるところから責任を問われた。あの子は真面目で、きちんとした性格だったから……全部自分で受け止めようとした。だけど、どうにもならなくて……心を閉ざした。三十女が言葉も喋れなくなって……どうにもできずにいる。今でもあの子は病院にいるんだ」

「そりゃあ……」中島が左右を見た。「……大変だったな」

「だったんじゃない。大変なんだよ」玲が苦笑した。「今だってそうさ。あたしも責任を感じてる。前に出てやればよかったのに、自分で解決しなさいって突き放した。何であんなことを言ったんだろう……馬鹿だよ、あたしは」

「そんなことは……ないだろうけど」

「いじめっていうのはね……本当に惨《むご》いもんだ」言うまでもないことだけど、と玲が言った。

「いじめられてる子も、いじめてる子も、ただ見ていた子も、教師も、学校も、親も、係わってるすべての人を巻き込んで、しかもその時だけじゃ終わらない。みんなが辛い思いをする。あたしたちまでそうなる。苦しんでる。何年も何年も……」

「そりゃよくないよね」祥子がうなずく。「いじめなんてね……」

「そうさ。いちいち言う必要もない。みんなわかってるんだ。いじめは悪いことだってさ……」玲が顔を上げた。「いじめなんて昔からある。人間の本性なんだろう。だけど、なくさなきゃいけない。ただ難しいのは、教室っていう密室の中で起きてるから、外の人間にはわかりにくいってことだ。喜美江もそうだったけど、気づくのが遅くなってしまって対応が後手後手になった。そこは難しい」

「でも……今日尚也くんはＳＯＳを出した」麻美子が言った。「妹をぶったりするのはもちろん良くないことだけど、何て言っていいのかわからなかったんだね」

「今、いじめが起きてることがわかった」玲が杏子を見つめた。「話し合うのもいい。学校と相談するのも大事だろう。みんなで知恵を出し合って、どうするか考えなきゃいけない。だけど、今、今できることはない？　何かするべきじゃ？」

杏子は真人に視線を向け、医者に診てもらっている尚也を見た。何かしなければいけない。では何をすればいいのか？

「わかった」有佳利が一歩前に出た。「行こう」

「どこへ？」真人が驚いたように叫ぶ。「どこへ行くって言うんです？」

ついてくりゃわかる、と有佳利が歩きだした。中島が、祥子が、麻美子が、諸見里が、そして玲が並んで歩きだす。

尚也はどうする、と真人が囁いた。病院にお願いしましょう、と答えて杏子は後に続いた。

6

尚也の通う小学校に着いた。校門から入り、校庭を横切る。尚也のクラスは、と有佳利が聞いた。

五年A組です、と杏子は答えた。校舎にあった案内図を見て、全員で階段を上っていく。廊下を歩き、プレートを見つけ、教室のドアを開いた。

「……何か……?」教壇に立っていた小野田が一歩下がった。「ああ、桜井さん……尚也くん、見つかったと聞きました。とりあえず良かっ……」

あなたたちは、と老人たちを見て不安そうな顔になる。何も言わず、有佳利たちが教壇に上がった。気圧《けお》されたように小野田が退く。

「話は簡単だ」黒板を背にして立った有佳利が周りを見渡した。「このクラスでいじめが起きてる」

何を言ってるのか、というように子供たちが互いの顔を見つめる。囁く声。何だあのお婆さん、という声もあった。

「黙れ。ごちゃごちゃ言うな」有佳利が黒板を叩いた。「いじめがあったのはわかってるんだ。しらばっくれるな」

子供たちが口を閉じた。ちらちら目配せをしている。

「いじめた奴もいるだろう。自分とは関係ないと思ってる奴もいるだろう。知ってて何も言わなかった奴もいるはずだ。だけど、昨日までのことはいい。謝れとも言わない。反省しろとも言わないさ」

子供たちがほっとしたように息を吐いた。だけど、と有佳利が教卓に手をついた。

「明日から先、またいじめがあったとわかったら、ここにいる六人のジジイとババアが何をするかわからないということを覚えておけ。お前らは五年生で、十歳だ。だけどそんなことは関係ない。あたしらは徹底的にやる。年寄りが徹底的にやるというのは、お前らを潰すまで止めないってことだ」

「お前たちにはこれから何十年も先がある」中島がにこにこ笑いながら静かに話し始めた。「やりたいこともあるだろ？　夢だってあるだろうさ。楽しい人生が待ってる。いいことだ。おれは子供が大好きで、心から応援したい」

そうだね、と老人たちがうなずく。

「おれたちにはあと十年か、長くて二十年ぐらいしか時間は残ってない」中島が更に笑みを濃くした。「もうそんなに面白いことや楽しいことはないと知ってる。逆に言えば、二十年生きたってしょうがない。おれたちは残ってる時間を使って、お前らの五十年六十年を潰すことができる。おれたちはどうなったっていいんだ。年寄りが優しいだけだと思ったら大間違いだぞ。何をするかわからん。何をするかって？　そりゃ自分で考えろ」

「考えつかない馬鹿がいるかもしれない」祥子が視線を左右に振った。「だからヒントをあげる。あたしたちはね、警察に捕まったっていいの。残酷でひどい老人だと非難されたって構わない。あんたたちに、そういうことをする」

「ちょっと……ちょっと、その……」止めてください、と小野田が悲鳴のような声を上げた。「冗談が過ぎます……この子たちは十歳で、まだ子供なんです。脅かしてはいけません。教育的に見ても……」

「あんたもだよ、先生」麻美子が小野田の胸を軽く突いた。「いじめが起きていることに気づかなかった？　だとしたらあんたは先生失格だ。気がついていて放っておいたのなら、人として駄目だ。どちらにしたってあんたを潰してもいい。だけどあたしらは優しいから、今すぐそうしようとは言わない。よく考えなさい。二度といじめを起こさないようにするにはどうしたらいいか、真剣に考えるんです」

　老人たちが教室の生徒たちをじっと見た。顔は覚えた、と諸見里が言った。

「一人も逃がさない」

どうする？　と聞く。子供たちの一人が泣き出し、それがクラス全体に広がっていく。恐怖を感じている。老人たちが嘘や脅しでそんなことを言っているのではないとわかったのだ。

「もう一度言う」有佳利が片手を上げた。「昨日までのことはいい。誰がいじめたとか、犯人捜しをするつもりはない。そんなことはどうでもいいんだ。明日からのことを言ってる」

ごめんなさい、という声が漏れた。謝れなんて言ってない、と有佳利が首を振る。

「そんなことで許されると思うな。いいか、また同じことが起きたら、いじめがあったとわかったらあたしたちはまたここへ来る。黙って見てた奴、お前らも同じだよ。みんな同じだ。次は言葉だけじゃ済まない。何も言うつもりもない。黙ってやるべきことをやる。それだけだ」

「子供だから許してもらえると思ってる？　そんなことはありません。あたしたちも昔は子供だったんです」玲がゆっくり言った。「子供は残酷な生き物だということもよくわかってます。言って聞かせたり、優しく教えようなんて思ってません。そんなことをしたって無駄ですから。もっと簡単に終わらせる。どうなるか、ゆっくり考えなさい」

最後に言う、と有佳利が黒板を長い爪で引っ掻いた。

「あたしらはどうなったっていいんだ。意味がわからないって言うのなら、いじめでも何でも好きなようにやりゃあいい。あたしらは戻ってくる。その時、何を言っていたのか自分の体で知ることになるだろう。話はそれだけだ」

行くよ、と歩きだした。老人たちが後に続く。最後に振り向いた玲が、失礼しました、と微笑んだ。教室は静かだった。

7

「いいんですか、あんなことを言って……」校庭に出たところで、杏子は前に回った。「あれじゃ……小野田先生じゃありませんけど、一種の脅迫です。それでは何の解決にも……」

「だって脅かしだもん」立ち止まった有佳利が笑顔になる。「本当に何かすると？　あたしらが？　子供たちを全員殺すって？　冗談じゃない、そんなことをしてこれからの人生を棒に振るなんてごめんだよ。楽しいことはいくらだってある。ガキどもの犠牲になんかなりたくない」

「まだまだ美人とつきあいたい」諸見里がぼそりと言った。「これからだよ、おれの人生は」

「何にもしませんよ」麻美子が杏子の肩に手を置く。「覚悟を示したってこと。伝わったんじゃない？」

「でも……本気ですよね？」

まあそこは、と曖昧に笑う。杏子は肩をすくめた。

「とりあえずしばらくの間はいじめどころじゃなくなるでしょう」祥子が言った。「その間にあんたたち親が学校と話し合いなさい。必要なら全学年のすべての子供とその親も交えて話し合えばいい。そんなこと無理だって？　無理じゃない。必死になればできる。何をしたっていいんだ。必ず耳を貸してくれる者、力を貸してくれる者は出てきますよ」

「おれたちは現実的に動く」中島が首を曲げた。「明日から……いや、今日からでも仲間に呼びかけて人数を集める。学校を見回るよ。やれって言うんなら授業中だって教室内に立つ。遊んでるところにもいようじゃないの。全国民の四分の一が年寄りなんだぜ。人手は余ってるんだ。学校に行って子供を見てるのは楽しいし、いい暇つぶしにもなる。おれたちは子供が大好きなんだ」

「そんな……そんなこと、学校が許可してくれるでしょうか」杏子は一人一人の顔を順番に見つめた。「子供たちを見てるって簡単におっしゃいますけど、本当にできます？　親たちだって反対するんじゃ……認められるとは思えません」

「いや、認めさせるべきだ」真人が杏子の腕を取った。「子供たちを老人が監視することになるっていうのはまた違うと思うけど、見ていてくれるというならそれは考えてもいいし、認められるべきなのかもしれない。それ以前に、話し合うことが大事だ」

「あんた、一人前の口を利くね」

有佳利が言った。いえ、と真人が頭をがりがりと掻く。

「女房は……杏子は産後の母親の子育てを大変だと考え、会社を起業したわけですよね？その通りだと思います。子育ては本当に負担の大きな役割で、それはすべての夫が理解するべきでしょう。ただ、子育てっていうのは赤ん坊の時だけのことじゃないと思います。小学校に上がったって、中学高校大学に進んだって、もしかしたら子供が五十になったって続くものなのかもしれない。それは極端な話ですが、とりあえず学校に行ってるうちは子育ては続くと考えていいんじゃないでしょうか」

「だから？」

「ママたちはもっと大変になる。いじめも大きな問題ですが、他にもいくらだってあるでしょう。お前は会社を作った」真人が杏子の方を向いた。「ママたちのケアをしたいというのなら、やるべきだ。どうせやるならすべてをサポートするべきなんじゃないか？」

「真人……」

「いつかは何とかなるかもしれない」真人が言葉を続ける。「制度が整って、役所がヘルプしてくれたら、夫自身や夫の会社なんかが理解を深めていけば、今より少しは良くなるんじゃないのか？　おれは楽観主義者だからさ、そう思いたいよ。だけど、リアルな今、ママたちが抱えている問題の解決はできない」

　そうなんだ、と諸見里がうなずく。

「だからそれまでは、僅かな力かもしれないが、ママたちに救いの手を差し伸べる人間が必要なんだろう」真人が杏子の肩に触れた。「杏子がやろうとしてるのは、そういうことなんだと思う。もし許してくれるなら、おれも協力したい。何かできることはあるか？」

「わりと物分かりが早いね」見直したよ、と有佳利が言った。「そんなに馬鹿じゃないようだ」

　老人たちが笑い声をあげた。ありがとう、と杏子が手を握った時、スマホが鳴った。

「……佐々木です」

「どこにいるの？」杏子はスマホを手で覆った。「いつの間にかいなくなったと思ってはいたけど……どういうこと？　何をしてるの？」

「会社を辞めます」明るい声がした。「お世話になりました」

「……どうして？」

「ご主人のことを見ていました。ぶっ飛ばしてやろうと思ってたんですけど……その気がなくなりました」

「……おっかないこと言わないで」杏子が苦笑する。「でも、何で?」

「浮気してるのかもしれませんけど、あなたを愛している。お子さんを何よりも大切に思ってる。それがわかったんです。男が馬鹿なのは、同じ男ですからわかってます。ふらふらしちゃう時はありますよ」

「あなたは……そんなことないって……」

「ハートの問題です。女の人だってそうかもしれませんけど、一瞬他の人に心が動いてしまうのはしょうがないって言うか……許してあげてほしいとか言ってるんじゃありません。お子さんを含め、あなたたちは家族だ。その絆には勝てないとわかったんです。勝ち目がないのに粘るのはみっともないですからね。あなたのことが好きなのは本当なんですけど……諦めた方がいいみたいです」

「それは……でも、辞めなくてもいいんじゃない?」

いいえ、と佐々木の声が沈んだ。

「そこが男の駄目なところで……これ以上近くにいたら、ぼくも我慢できなくなる。諦めがつかなくて、つまらないことをしてしまいそうです。それは……あなたが望んでることじゃないでしょう。あなたもご主人のことを愛してる。ずっと見てたんです。それぐらいわかりますよ。この前のことは……忘れてください。二人とも酔ってたんです」

「お酒のせいにはしない」杏子が低い声で言った。「あの時は……それもありかなって……」

「別れた女房に会いにいこうと思ってます」また佐々木が明るい声になった。「やり直そうとかじゃありません。謝りたいと思って……子供とその母親について、この数カ月でいろいろ学びました」

「学んだ？」

「夫たちは、もっと思いやりを持って妻に接するべきなんでしょう。少なくとも、ママのことを深く理解するように努力するべきです。それがわかりました。女房に謝るのはひとつのけじめです。それが済んだら……新しい出会いを見つけようかなって。愛する人と暮らせれば、それ以上望むことはありません。全然間に合うでしょう。中島さんが教えてくれたことです。遅いってことはない」

「……そうね」

「いろんなことを教えてくれて、気づかせてくれたあなたに感謝します。お幸せに。どうもありがとうございました」

優しい声でそう言った佐々木が通話を切った。大丈夫よ、とつぶやく。

あなたはまだ二十八歳で、先は長い。有佳利と中島はひとつのあり方で、それだけではない。もっと違う幸せもあるだろう。いくつになったって、楽しく前向きに暮らすことはできる。佐々木なんてまだ子供だ。何度だってやり直せばいい。

でも、と思う。ちょっと惜しかったかな。二十八歳のボーイフレンドがいるというのもなかなかいいものだ。あのキスは素敵だった。

「どうした？」真人が言った。「何かあったか？」

ううん、と首を振ってスマホをしまった。

「ひとつだけ聞くけど……浮気してた？　怒らないから、正直に答えて」

「してない」真人が否定する。「そんな馬鹿なことをするわけが……」

「奈津美さんって誰？」

真人の目が笑えるぐらいわかりやすく泳いだ。知らない、と呻く。まあいいでしょう、と肩を突いた。

「間違いは誰にでもあるもの。二度としないって誓って。今回に限り許してあげる」

「……だから、してないって言ってるじゃ……」

泣きそうな顔になった真人に、わかりましたとうなずく。あたしもちょっとだけそうなりかけてた。強く押されていたら、どうなっていたか。

浮気が心の問題だとしたら、その意味ではちょっと浮気的なことをしていたのかもしれない。五分五分だ。今回だけは見逃そう。

「次に何かしたら……あの人たちに言うわ」有佳利たちを指した。「何をするか、あたしにはわからない。たぶん、生まれたことを後悔させてくれるんじゃないかなって……そのつもりでいた方がいいんじゃない？」

わかってる、と真人がうなずく。怯えているようだった。話は済んだかい、と有佳利が近づいてきた。真人を見つめる。

「あんた、ずいぶん立派なことをおっしゃったけど、あたしらの仲間になるかい？」

「……そうなれればいいなと思ってます」

殊勝な態度で真人が答える。どうだかな、と中島が笑った。

「おれたちは友達を選ぶ。あんたに資格はあるかな？」

「……努力します」

「様子を見ましょう」祥子が言った。「真剣だってわかれば、あたしたちだって鬼じゃない。受け入れたっていいんだよ」

「お前、ちょっと……」諸見里が真人の耳に口を寄せる。「その……会社勤めなんだよな？OLと合コンがしたいんだが、セッティングを……」

「いいかげんにしなさい」麻美子が後ろから肩を叩いた。「まったく、男ってのはどうしてこんなに馬鹿なのか……」

スマホが鳴った。病院からだった。尚也と良美の検査が終わったという。わかりました、とうなずいて電話を切る。行きましょう、と顔を上げた。

「病院に行って、二人を連れて帰ろう。四人でご飯を食べに行かない？　四人でいろんなことを話して……」

「四人でいいのかい？」玲がいたずらっぽく笑った。「本当はダンナと二人の方がいいんじゃないの？」

「子供を預かったっていいんだよ」有佳利が言った。「二時間五千円だけど、社員割引で半額にしてあげよう。どうする？」

老人たちが冷やかすように笑う。杏子の肩を抱いた真人が、遠慮します、と言った。

「家族で一緒にいたいので……お気遣いはありがたいんですが、今日のところは……」

行けよ、と諸見里と中島が二人の肩を押した。

「行きなさい」玲と祥子が手を振る。「どうぞ、ごゆっくり」

杏子は真人を見つめた。微笑。並んで歩きだす。老人たちが手を振って見送った。

この作品は書き下ろしです。原稿枚数590枚（400字詰め）。

セカンドステージ

五十嵐貴久《いがらしたかひさ》

平成26年8月5日　初版発行

発行人——石原正康
編集人——永島賞二
発行所——株式会社幻冬舎
〒151-0051東京都渋谷区千駄ヶ谷4-9-7
電話　03(5411)6222(営業)
　　　03(5411)6211(編集)
振替00120-8-767643
印刷・製本—図書印刷株式会社
装丁者——高橋雅之

幻冬舎文庫

ISBN978-4-344-42228-5　C0193　い-18-10

幻冬舎ホームページアドレス　http://www.gentosha.co.jp/
この本に関するご意見・ご感想をメールでお寄せいただく場合は、
comment@gentosha.co.jpまで。